The Beloved upon
the Clouds

云上故乡

The Beloved upon the Clouds

李骏 著

人民文学出版社

图书在版编目（CIP）数据

云上故乡/李骏著. —北京：人民文学出版社，2023
ISBN 978-7-02-017982-4

Ⅰ.①云… Ⅱ.①李… Ⅲ.①散文集—中国—当代 Ⅳ.①I267

中国国家版本馆 CIP 数据核字（2023）第 079776 号

策划编辑	脚　印
责任编辑	张梦瑶
装帧设计	李思安
责任印制	张　娜

出版发行	人民文学出版社
社　　址	北京市朝内大街 166 号
邮政编码	100705
印　　刷	三河市鑫金马印装有限公司
经　　销	全国新华书店等
字　　数	204 千字
开　　本	850 毫米×1168 毫米　1/32
印　　张	11.875　插页 4
版　　次	2023 年 7 月北京第 1 版
印　　次	2023 年 7 月第 1 次印刷
书　　号	978-7-02-017982-4
定　　价	49.00 元

如有印装质量问题，请与本社图书销售中心调换。电话:010-65233595

脚印工作室

目录

自序：当年只道是寻常　| 001

我的母亲　| 001

每个外婆都有澎湖湾　| 051

留在库尔勒的长夜　| 066

叫声外公太沉重　| 086

三叔的子曰诗云与现世田园　| 112

光棍六爹　| 125

赤脚医生邓天胜　| 135

蔡伯的羊群　| 147

人世苍凉　| 159

梦中少年　| 179

为她敲响希望的钟　| 195

无语凝噎忆B君　| 207

渐行渐远的钟声　| 231

童年滋味　| 246

走出故乡的路　| 262

自序：当年只道是寻常

有人说，到不了的地方是远方，回不去的地方叫故乡。

每个人的故乡，都是人生旅途上那枚永远的邮票。

我的故乡在湖北红安县，人称"将军县"。她原名为黄安县[①]，从"黄安"到"红安"，一字之差的背后，是淋漓的鲜血，是痛苦的涅槃，是烈火的重生，是永远的疼痛。在那个年代，"最后一块布，用来缝军装；最后一粒米，拿来作军粮；最后一个儿子，送他上战场"，几乎家家户户，村村寨寨，皆是如此。然而，革命胜利后，这个解放前曾拥有四十八万人口的小县，竟然有十四万人为革命牺牲，有名有姓的烈士仅六万余人，有两百多个将军诞生，被人称为"将军的摇篮"。徐向前元帅曾题词："两百个将军同一个故乡"。而与此相对，是许多村庄成为无人区，

[①] 黄安县是湖北省红安县的旧称，解放后因黄安曾是革命的摇篮，又出了上百位将军，因此1952年9月1日正式将黄安县改名为红安县，又称将军县。

许多家族从此绝代，许多革命者没有活到解放。

我们村庄和我们家族出去参加革命的人，也是如此，没有一个人活着回来。小时候，我听到的都是母亲的哭声与叹息。那绵长的泪水，让我在历史中浸泡出另外一种人生的观照。

我们在这样的地方生长，在贫瘠的深山与并不肥沃的土地上长大，拥有了一种别样的人生，它让我们的生命打上了一种忧伤的甚至于绝望的底色。直到我们费尽九牛二虎之力，有幸挣脱与逃离了那块伤心之地进入城市，回头望去，仿佛就像我们的后代一样，完全想不到，我们竟然生于斯长于斯，能从那里走出来——那曾是一条多么艰辛艰难艰苦之道啊。我在感慨幸福命运之时，又滋生了另外一种视角——原来，在将星闪耀的故里，在星辰闪烁的背后，故乡还真实地生活着另外一些人。他们看似平常，却有着另外一种并不平凡的人生。只是很遗憾，作为沉默的大多数，他们终其一生，就像漫山遍野的松树，像丘陵上遍地生长的小草，像路边一块块不语的石头，像天空中飘来飘去的白云，来与去，爱与恨，生与死，有谁会在意和在乎？烈士已矣，多数故事无人知晓。而他们，却活生生地出现在我的身边，生活在我的眼前，是邻居，是对门，是村里，也是湾下；他们是叔，是爷，是外公公婆，是同学，是朋友，是留不下名字的庄稼汉与寂寞无边的乡贤乡绅；是贫穷，是无奈，是生老病死，是喜怒哀乐……

岁月有光，人生无常。生死常由命，富贵自在天。有的人去了，从此就一骑绝尘，让生命成为绝唱；而有的人走了，就像一阵风过，有歌也是挽歌，有烛也是风中之烛。无论他们是伟大还是卑微，是成功还是失败，是欢乐还是痛苦，在我还没有成为作家之前，我就想记下他们。因为总有一些人，会给我们的生命留下或深或浅的印记。大时代也有小人物，小时代也有大人物。无论是巨光还是微光，不少人曾带给我们希望与温暖，激励着我们奋斗、前行，他们是孤勇者和殉道者。到我真正成为一名业余作家之后，这个念头更加强烈。我后来发表了一系列关于红安革命和反映红安历史的小说，比如长篇《黄安红安》《喧嚣的墓地》，以及小说集《红安往事》等，都是通过小说来呈现我要表达的那种情感。如果前面出版的这些为虚构，那么这本散文集则恰恰相反，文中的主人公，都是在我生活生命中出现过的人，只不过，他们已一前一后离开了这个喧嚣的世界，变成故乡大地上的一座座寂寞的坟地，或是空中飘荡的流星与云彩。回忆往事，时常让我想起命运，命运其实是个非常奇怪的词，谁也没有见过它，它却无处不在。每个人的命运，总是由偶然变成必然，从此或辉煌或落寞。大人物的命运被人反复聚焦放大，遥不可及，而普通人的命运，却并不能引发世人甚至于亲人的关注。

生者皆过客,逝者是归人。对逝者而言,不朽的是精神;对生者而言,不尽的还是思念。如果时光再往前走,我们的身边会有多少人掠过或飘过?每天会与多少人交集或者交错?又有多少人,能在自己的世界里留下深刻的印痕?是不是有过这样的时候,即使有些人在生命的光阴中相处时间很长,但一转身就会迅速忘掉?而另外一些人,哪怕仅是匆匆交错,却能让人铭记一生?世事沧桑,人生变幻,当一切俱成往事,我们总会在各自的人生道上走失或迷失,并且最终成为另类的孤单。我们在年轮日复一日增长的同时,也忘掉了许多曾一路同行的人。其中有许多还是当年的知己朋友,在久别之后成为路头上那一抹看不见的影子。即使有些温暖仍在心头,但模糊下去的面容,好像已找不到回时的道路。多少优秀的人啊,从此却埋落民间,阴阳两隔,不知所往,不复当初!就像一些伟大的人物有时经不起推敲一样,相反平凡的人物却往往能经得住时间的考验。在漫长的时光里,许多人的侧影,还是像故乡的底色一样,时常奔入梦里,无论你走多远,他也会跟随着你一起流浪天涯。那些曾经有过交集但再也见不到的人,一下子因为某个机缘而突然变得鲜活,仿佛从生命里从未离开。那烟熏火燎的热气腾腾的生活,让我们见证了他们的存在。可是,他们走后，怀念虽然依然，但很少有人再去记录他们。即使有，许多人也是心有余而力不足。而我，在能够做到之后，决心为生命中出现过的他们，写一本一个人眼里的乡情榜单。因为，我曾经与他们一路同行。在漫长的弯弯曲曲与波波折折的生活中，他们不少人曾温暖过我卑微的生命，丰富过我单调的生活，给予我微光的照耀。特别是随着年龄增长，人近半百，许多人从梦里、从记忆的瞬间、从生活的片段、从触景生情的刹那走回来了，那些曾经的一路同行者，哪怕只是一个微笑，一句温暖的话，一个善良的举动，一次平凡的举措，也让人在回想起来格外感动。作为沉默的大多数，我觉得不应该让他们在走后就凭空消失。他们也曾在世上这样生活过，追求过，爱恋过，失败过。不管人与人的隔膜是否会像大山一样难以逾越，像新鲜的河流一样陌生，但人与人之间的相遇、相交与相知，注定了必定会是爱与爱的交碰和重逢。月上三更，人行陌路，雨还是雨，风仍是风，点点滴滴，才下眉头，却上心头。

我像他们一样，也属沉默的大多数。当我被"作家"的光环罩住，我发觉记录普通人的生活，能让我感到温暖，感受到写作的真正意义与价值所在。我爱他们，我希望以文字的方式，让他们飘荡在另一个世界的寂寞与沉默的灵魂，还能感受到这个世界的温暖与慰藉，使他们能永远活在这个他们曾经来过、爱过或者失望过的人世间。

　　故乡云上，云上故乡。身在异乡的我，时常对着故乡的方向仰望，天空只有白云飘来飘去，沉默不语。无论这世间的一切是不是浮云，我始终相信，那云彩之上，一定有他们的存在。当我们在思念与默想他们的时刻，他们也一定会一如既往地关心、热爱与祝福着我们——只是我们心急眼拙，为了碎银几两忙碌奔波，早已无从得见。

李　骏

2023年春于北京西郊

我的母亲

2009年,我写过一篇关于母亲的文章,题目叫《回到我们出发的从前》。

那年的某一天中午,我做了一个梦。梦中非常离奇,许多死了的人与活着的人竟然都聚在一起,在同一个熟悉的村庄生活。接着,我突然回到村庄,回到错综复杂的人们中间,不知为什么号啕大哭。哭的时候,我还埋头坐在屋外的一个土堆下,捂着眼睛,尽量不哭出声音让别人看到——因为我发现头顶处,母亲就坐在那里,我更不能让她听见我哭。

其实,那时母亲已走多年了。

母亲走时,我儿子刚出生,北京刚好遇上"非典",我在单位参加"抗非"。为确保儿子安全,他一个多月大就被送到山西岳父家里。母亲至死也没有见上儿子一面,只看到了儿子的大头照片。而我做这个梦时,她的坟头已长满了青草,她的孙子已开始上小学。

醒来我有些发呆,沿着长长的记忆,走入江南的雨里雾里和风里雪里。我记起了有人曾说过的一句话,"我们常常是走得太远,而忘记了出发的目的"。我在一边叹服的同时,还想加上半句,"甚至忘了出发的目的地"。

我的出发地是村庄。村庄,是我永远埋在心底的一个痛。

村庄的记忆太长,我随时能回想起每一个细节,关于人、人们,狗、牛羊,土、土地,稻谷和麦子,森林与墓地。但记忆最深的,还是我离开村庄的瞬间,出发时的那一瞬又一瞬,一次又一次。

其中,都有母亲。

母亲嫁到我们李家时,家道已经衰落。此前,母亲仅见过父亲一次。来后才知道,我们家已一贫如洗。家族里出去参加革命的,没有一个能活着回来;而家族因为曾经开过票号,雇过长工(河南要饭来的,怕他饿死,爷爷便留他在家里赏一口饭吃),解放后为顶指标,爷爷先是被评为"地主",后来改为"富农",接受了一次又一次的批斗。我们家族,因此在人前抬不起头来。母亲刚来的时候,甚至连村里人都劝她与父亲离婚,说这个家的日子苦不穿头。但母亲坚强,硬是在李家扎住了根。

我小的时候,因为害怕孤独,总是想跟在母亲身后。她到哪儿我就跟到哪儿,田头地里,山沟河畔,雨里雪里。母亲苦,又照顾不了我，于是想尽一切办法把我留在家中，比如拿绳子把我捆在树上，等她走了再让老人解开；或把我关在羊圈里，等她出去后再把我放出来。但即便如此，我还是想尽一切办法要跟在她身后，愿意和她一起出工干活，栉风沐雨。母亲实在没法儿，只有生气。直到有一次，她们去很远的山沟里挑塘泥，刚好遇上下雨，她用尼龙塑料把我裹着丢在草丛里，回去时忘了。过了很久才想起回来找我，我因此大病一场，才改了这个毛病。

虽然如此，我知道母亲爱我。从小，我便见母亲在灯下一边纳鞋底一边哭。那时我不知道母亲为什么哭，直到开始上学读书，我才知道，母亲是在为整个家族的命运而哭。那时，村里的苦活重活累活，都是我们这样家庭的人去干的，而受到的歧视，让我们整天抬不起头来。父亲一辈子忠厚老实，生产队让干什么就干什么，回来对母亲服服帖帖，对我们这些孩子却动不动就发脾气。母亲常常把家里最好吃的留给父亲，说他是家里的劳动力——"他要是倒下了，全家人就都没饭吃了"。其实呢，父亲除了种庄稼内行，家里的其他活都是母亲干的。母亲在这个家里辛勤付出，偶尔也为命运长吁短叹。但更多的，却是鼓励我们要好好读书，有一天能够从大山中走出去。

如果不读书，我理解不了母亲。回顾自己的读书之路，真是一条不堪回首而又处处充满母爱的路。

先是读小学。我们的小学不大,只是一个大队九个生产队的孩子在一起上学,学校换了好几个地方,好在每个都离村庄不太远。我们每天早中晚都必须回家吃饭,最远时也只有两里多路,沿途全是绿油油、金灿灿或雪飘飘、风萧萧的田野。每条田埂上都有人,大家一路大呼小叫,有时还难免打群架。那时我们不知道人为什么要读书,一切都是大人的安排。况且各家各户目的还不一样。我母亲的话是,"伢啊,穷人不识字好伤心啊"。那时我还不懂母亲为什么伤心,除了家族还顶着阶级的帽子,除了没完没了令人特别讨厌的贫穷,除了常常吃了上顿无下顿的苦闷,我不晓得母亲要我读书做什么。但是,每到期中期末,当我以侥幸的聪明换来一张张挂在墙上的奖状时,母亲脸上就洋溢出春天般的喜悦。我那时不晓得也不理解母亲的喜乐哀愁,只要她高兴,我就拼命读。所以我的成绩一直很好,在班里也始终当班长,但老实说,整个小学都上得稀里糊涂。母亲经常对着在灯下写作业的我说:"伢啊,好好学啊,不学连个账都记不会。"那时,与母亲的"记账"相比,我更喜欢她炒的为数不多的"油盐饭"。而此时,与我一同考上初中的姐姐,正面临着两难抉择,要么与我一起上初中,要么辍学回家帮助父母干农活。按当时家里的条件,哪怕只是一个孩子上初中,学费也掏不起!最后,姐姐主动选择了放弃,把上初中的机会给了我。那时重男轻女的思想在乡间特别严重,父亲太强势,母亲无奈,最后只好如此。姐姐为此偷偷地哭了好几天,眼睁睁看着我背着书包,手里攥着母亲跑了好几家亲戚才借到的七块钱学费,去上学。

入了初中,我开始到更远的学校上学。起初还可以回来,但四五里路的行程,还是有些远,中午常常赶不上家里的饭。考虑到来回耽误时间,学校便让我们住学,当然也可以选择不住。我开始没住校,觉得还能跑,赤脚穿过村庄与田野也不觉得累,但多半时间花在路上行走。我得穿过三个村庄,躲过三个村庄的狗叫,扛过三个村庄的寂寞,我开始恍然觉得,通往山外的那条路,其实很漫长。但好奇心在滋长,关于山那边还有什么,一直是心头的一个结。到了初二、初三,学校要维修,经常换地方,我也开始像其他同学那样住学。起初父亲不太支持,因为干不了家务活,便意味着他更劳累,意味着他好不容易挣出的那点钱,又要流向一个遥远的未知。但母亲支持,哪怕学费常常是在她悄悄地流了一次又一次眼泪后,偷偷地借到,塞在我的手里。那钱,便在我的掌心有了温度。

住学,一般是一个星期可以回家一次。一星期里,我们带的咸菜常常发霉,煮饭时用的大米,得在学校边的河里或学校前的池塘里淘干净,再放入一个大锅里蒸。没有煤,我们还得挑柴火交给学校。离家五六里的路，起初是父亲挑着柴火送去。后来，父亲忙，便让我自己挑去，无非是每次少挑一点。在当时，挑着柴火上学，也成了一道风景。路上遇到好心的大哥大姐，便担过去，帮忙带一段。但往往到了学校，把柴火过秤，人一进教室，身体就开始散架，累得不行。

　　日子便像教科书中一样慌张与匆忙。那时我特别盼望每个星期回家的时刻，母亲站在一边，望了又望，仿佛不是她的儿子。终于，母亲到厨房里，围上围裙，开始弄吃的，他们平日自己舍不得吃的，却要我一顿全吃下去。我去田地里帮他们干活，母亲开始不让，父亲坚决要我帮着干。干着干着，累了之后，直起腰来，望着高入云天的群山，望着没有尽头的山路，望着不动声色疯狂生长的庄稼，我便常常失落，不知道天在哪里，希望在哪里。许多时候，我躺在山上流泪。悄悄地，不让母亲看见。村庄里失学的人渐渐多起来，许多人选择了广阔的田野，开始面朝黄土背朝天。我还在读，一是母亲的坚持，二是我不相信黄土地里能生长出什么值得我去耕耘的东西。在漫长的岁月中，我们所看到的、经历的，除了贫穷还是贫穷，除了汗水还是汗水。我对土地的失望，开始超过村庄。我不知道，村庄里除了人们一天天变老，除了鸡飞狗跳、牛出羊归，还会有什么值得我留恋。父亲从早到晚莳弄他的庄稼，对庄稼的关心绝对超过了关心我们。我看到母亲眼里堆起的哀伤,便盛满她的哀伤独自去学校寻找希望。

终于,摇摇晃晃的青春开始渐行渐远。初中苦闷、自卑而又压抑的生活,在我多次想自杀但迎着母亲的目光变得没有勇气时,一下子打了一个结。

毕业了。但毕业不是一件好事。起初,乡下谣传,成绩一直很好的我,考上了中专。上中专,在当时意味着拿国家饭碗,吃商品粮。那是多少人羡慕的铁饭碗啊。记得那天,我和父亲在离家很远的一个水田里薅秧。我们光着脚站在泥泞的田里,秧苗拂在腿上使我过敏,全身痒。起初父亲骂我,后来听田埂上路过的人说我考上了中专,父亲的态度就变了。他脸上立刻有了笑容,对我说:"原来你不是吃这碗饭的。"他开始设计我的未来,将来会在城里过怎样的日子。我也相信自己一定能够考上,胸膛慢慢被喜悦撑满。那天父亲很早就收工,回到家,我看到母亲眼里闪烁着伴有泪光的喜悦。一家人,坐在灯下,静默许久。我低着头,父亲与母亲还有姐姐,都用特别高兴而又复杂的眼神看着我。仿佛,我真的就要离开他们,去过另外一种生活了。

但第二天,一个消息敲碎了全家的希望。我不仅没有考上中专,而且连高中都上不了。因为我们那个乡镇没有高中,其他乡镇的高中在录取我们这个乡镇的名额时，分数定得特别高。我们学校除一个与我关系很好的女同学考上了别的高中外，其他人都被排在了别人围墙的外面……

于是，我看到，仿佛有一盆冷水，在冬天泼到了家里人的脖子上，又冰，又凉。一家人围坐在那里，沉默无言。最后，母亲的叹息声从深夜传来，缥缈、飘忽而又沉痛。那个夜里，我翻来覆去地睡不着。推开窗，窗外弯月如刀，仿佛在我心头，一点点地割肉。我悄无声息地哭了出来。怕母亲听见，我把头埋在枕头里，身子激烈地抖动。这时，母亲推门进来看我，问我怎么了。我强忍着泪，说没什么。母亲说："伢啊，明年再好些来吧。"母亲说完就坐在床头，我突然觉得愧疚溢出了胸膛。

为了我上高中，母亲开始漫无边际地找关系。像借钱、借东西、找人情这些事，父亲几乎沾不上边。何况，一个山里人家，与外界几近隔绝，又有什么关系呢？即使有点儿沾亲带故的硬关系，但人家的日子过得那样滋润，乡下亲戚硬着头皮凑上去，也未必倾心帮忙。我那时开始明白，"穷在大路无人问，富在深山有远亲"这句古人留下的千古名句，原来是用血泪铸成的啊。母亲背着家里的花生和花生油去了城里。那时的乡下除此之外，实在拿不出像样的东西送人，而这些不像样的东西，在乡下实在是金贵，即使是自己种出来打出来的，平时都不舍得吃。有一天晚上，母亲回来了。一看她的脸色，不用问，结果已很清楚。

实在没有关系上其他的高中，母亲说："认命吧，伢。"母亲还说，"命中只有八个米，走到天下不埋身。"母亲强装笑颜劝我，"千千万万的人，种了千千万万年的田，不一样过日子？"

就在我几乎认命的时候，收到了一所职高的通知书。那个地方离家六十多里地，父亲为此请木匠给我打了一个箱子——那是我出生以来，拥有的唯一一件属于自己的东西。

我背着这件属于自己的东西，去了一所职业高中。职高当时也叫农高。去了之后我非常失望，那里基本上是一块没有希望耕耘的土地，所有学生的脸色都像挂了一层灰布，个个苦大仇深。偌大的学校里，上千名学生，几乎没有人觉得在那里会飞出一只金凤凰。

这时，由于离家较远，为节省车钱，我一般一个月才回家一次。每个月初回去，背上一袋大米，还得带上能管上这一个月的咸菜。那时乡下没有电话，六十多里的路，几乎完全隔断了我与家的联系。偶尔放假回家，姐姐说，母亲的眼都望大了，特别是到了月底，她总是选择在靠近村庄出口的地方劳动，直到看见我的影子，出现在村庄的那头，母亲的脸上才浮现了笑意。为了这个笑意，每次短暂相聚之后，我还得再次背起米袋和咸菜，在母亲期待的目光中，为了那遥不可及的前途继续去外地上学。

一年后，终于还是像许多人那样，我也忍不住离开了那所职高。母亲背着花生油，又找了人。那次,是我与母亲一起去的。我们坐在人家的门口等，一边等我还一边哭，因为我觉得自己带贱了母亲。母亲也想哭，但她的泪水硬硬地缩了回去。母亲说："伢啊，人在屋檐下，就得要低头啊。"于是，我低头了。等人家回来，母亲说了一堆好话。出了门，我看到，母亲的泪溢出来了。我转过身去，装作没看到。我硬起心说："大，我和你回去种田吧。"母亲生气了，她一路训斥我，说全家人节衣缩食，指望着我有一天能出人头地，好来改变家族的生活，现在我却先尿包了。母亲骂得我心惊胆战，特别是她掉泪了之后，我顿时觉得心里翻江倒海，便答应她继续好好读书。几日后，所找的那个人的爱人，在街头见到我时，一个劲儿地安慰我说："别急，找好了，伢。"

泪水从我脸上滑落下来。好心的女人啊！我当时虽然不好意思向她鞠躬，但在我心底肯定是鞠躬过了。

这样又过了一个月，我去离家更远的地方上高中。去的那天，母亲委托在城里上班的堂兄送我。我总算是进了一所正规的学校上学，又回到了母亲希望的目光中，并在这充满希望的目光中，踏着无限的忧伤与苦闷上路。

这时，我基本上两个月才回一次家。学校离家有八十多里路，中间要经过县城。通常是我们村子里的人，把米和菜带到县城堂兄那里，我一个月去取一次。之所以一个月不回家，除了学习任务日渐加重以外，还有另外一个主要原因，就是为了省钱。有时，连坐车回家的钱也没有。即使回去，车钱也是没有读书的姐姐上山挖药草卖钱后给的。我姐姐说，母亲在家常想我。我知道母亲想我，心里总是沉甸甸的。但有什么办法呢？可以说，高中几年的生活，几乎都是在一种阴暗的心情中度过的。特别是到了星期六和星期天，学校的人基本都回家了，偌大的教室，经常只剩下我们几个外地生。我常常一个人走在镇子周围的马路上，对着天空，涌起无数无端的眼泪。再或，一个人躺在空荡荡的集体宿舍，捂住被子哭。星期六和星期天学校不开饭，这意味着我得自己找饭吃，然而人生地不熟的，哪里去吃饭呢？镇上有餐馆，但谁能吃得起啊，买一根油条，还得犹豫再三，觉得那是一家人身上流着的汗与血，舍不得。于是，有时我就那样饿上一天，饿到头昏眼花，便躺在漆黑一团的宿舍里，对前途充满了恐惧。而那时，我自尊、敏感、脆弱、自卑，多情而又多愁善感，几乎看不到一点优秀青年的影子与特质。今天翻看那时的照片，整个眼里都盛满忧愁，好像足以杀死世界上最凶猛的动物。

　　直到一年过去，我交了当地几个特别好的同学做朋友，他们主动帮了我许多忙，比如把我带的咸菜拿回去加工一下，或者给我带点新鲜的菜，抑或带点吃的来，这种情况才有所改变，但那时我已有严重的胃病了。一到阴天，胃部受了刺激，我痛得几乎站坐不住，严重地影响了学习。有一天，从同学的收音机里听到东北有一种治疗胃病的药，便壮胆给那个企业家写信，希望能够得到救助。但人家回信，说他们不是慈善机构，必须有钱才能买。拿着信，站在异乡的天空下，我觉得天都是阴的。从那时起，我便开始相信命运，觉得一个人的命，一定是天生就注定的。

终于，熬了两个月，我可以回家了。到了家，母亲看着我一脸菜色，开始慢慢地哭。她一哭，我的心便像沉到水底一样。我最怕的，就是她哭。所以在家待两天，干上几天的农活，我就又要走了。每次走的早上，母亲总是要把我送到村口。有时，她还一边送，一边开始抹眼泪。我说："大，你停下来吧，别送了。"母亲不自觉地又跟着走。我又说。她终于停下来了。我告诫自己，千万别回头。等走了老长一段，回头望去，看到母亲单薄的身影还在雾中伫立，我的泪水才哗哗地流下来。村庄，也从此成了我心头永远难忘的一种痛。姐姐说，我不在家的日子，母亲常常在田岸上，在池塘边，在灶头旁，在菜园里，在山头顶，在河沟里，望着村头的路口失神。

是啊，我知道村头，那是她的全部牵挂与寄托。她总是希望我能够通过自己的努力，改变这个家族的命运，能让她抬起头来。一想到这个，我在课堂上便走神，压力更大。特别是每次开学时，面对越来越高的学费，我几乎都被绝望笼罩。

有一年春节刚过，学校要求去报名。因为失望与绝望，因为贫穷与贫困，学校失学的学生越来越多，学校每到开学，不得不出此举。如果不报名，就意味着不再来上学。我在过年的鞭炮声中，跑到八十里外的地方报名。结果去的那天，下起了大雪。那是我们红安城罕见的大雪，五十年不遇。出发时，雪还很小，我对母亲许诺说当天一定回来。可转了几次车到了学校，已是下午时分，报完名准备回去时，由于雪大天暗，路上已无班车。我站在无边的雪里发呆。学校老师说："别走了，明天再回去吧。"我看着漫天的雪，想着回去那么远，也有些犹豫。但我突然想起了母亲，如果我不回去，她会不会跑出来找我？那时乡村没有电话，我又不能通知母亲。再说母亲身体不好，这么大的雪，要是真的出来找我，有个三长两短，我该怎么办啊？

于是，我做出平生一个重大的决定：绝不能让母亲牵挂与担心，走着回去！

那时，无边的雪还在下着。我走着走着，雪便开始没过膝盖。最初，还有几个勇敢的外乡同学一起走，都是山里长大的伢，走起来也没感觉什么。但快到县城时,同学们都分开了,过了县城就只有我一个人走。而八十多里的路,才走了五十里。一冻一饿,腿都麻木了。我又渴又饿,这时天慢慢黑下来,雪也下得更大。出县城时,已过膝盖的雪,让我每走一步都很艰难。我相信母亲一定会在家等我,于是咬着牙,坚持着往前走。每走一步,我都相信,离母亲的心更近了一步。

渐渐地,天完全黑了。四野里没见一个人影。我在路过的一个村庄的柴堆前,找了一根棍子,那时我们那里还不时有狼群出没。我想,如果真的死在路上,也就应了母亲的命了;如果命不该绝,怎么也能见得到母亲。好在一路上除了风,除了雪,除了在风雪里胡思乱想的我,什么也没有遇到。过去,我是害怕走夜路的,村庄里太多关于鬼的传说,让我们从小就害怕鬼会出没。但那时,想到了母亲,我就什么也不怕。

这样一路走啊走啊,终于离村庄越来越近了。巨大的疲惫与喜悦,让我加快了步伐。一边走一边散出的热,把头上和身上的雪都融化了,感觉全身湿漉漉、汗涔涔的。

那时我还买不起表,八十里的路,也不知走了多少时间,但到达村口时,已是夜半时分。

这时,我听到一个熟悉的声音在喊:"伢啊,是你吗?"

听到了母亲的声音,我高兴地大声回答:"大,是我啊……"

我看到，母亲站在雪夜里，手上提着一个马灯，无声的大雪早已覆盖了她一头一身。如果不是那个马灯，我还以为，那里站着的是一棵树，而不是一个人。

我顿时泪如泉涌，接着就倒下不省人事了。直到睡了整整两天后醒来，第一眼看到的还是母亲。

她说："可把我吓着了，你发烧了，我生怕你出事呢。"

我握紧母亲的手，身子不停地颤抖。

从此我相信，永远守候在村头那棵树下，等我和盼我的那个人，是一个人到中年但头发渐白的女人。许多年后，当我有了自己的孩子，母亲已远离人世，我更明白，会守候我一生的，也许只有母亲。

村头那里消失的，永远是她的牵挂；那里出现的，将会是她的希望。

我在这沉甸甸的希望中，延喘，挣扎。多少次泪与泪的交碰，多少次灰心与丧气的折磨，多少次左手握右手温暖自己的虚幻，多少次冬去与春来的重复，一切走到了希望与绝望重逢的日子。

是的，对于乡下的大多数学生来说，什么希望也没有。在经历了漫长而苦闷的三年后，我亦以几分之差，与大学失之交臂。虽然那个分数放在其他的省份或地区，上个一般的大学不成问题，但我们生在分数奇高无比的黄冈，命中注定这些怀着希望的人，要成为沉默的大多数。

一个巨大的气球突然破裂时的滋味，彻底冲淡了一家人的梦想。于是，全家人坐在那里，沉默，沉默，再沉默。并且好长时间变为一种习惯。本来就沉默寡言的父亲，并没有指责我，而是坐在一边开始以同情的目光，不时扫在我的身上；而母亲，想装出若无其事，也已做不到了。村庄里多少句讽刺的语言，在挑战着她的神经和心脏，"癞蛤蟆想吃天鹅肉，祖坟上想冒秀才烟，妄想吧！"她终于忍不住，有一天跑到外婆的坟头上，哭了整整一个下午。

母亲不知道，其实那个下午，我一直跟在她身后。我怕她想不开——乡下多少想不开的女人，在希望破灭的时候，都一了百了，跳河或上吊死了。那个下午母亲没发现我，我躲在离她很远的草丛中，听她哭得撕心裂肺的声音，像一根根针一样扎着我的耳鼓。风声呼啸而过，我感觉自己的内心空空荡荡，一时不知道何去何从。

我没能上大学，母亲也就没了希望。

我决定去当兵。作为出了两百多个将军的黄安县，我们那里盛行当兵的传统与热潮。当兵让无数人改变了命运。我开头瞒着家里，但是当体检、政审等一切都已通过，我在一个夜里得到通知第二天将去领服装的时候，才告诉了母亲。她先是惊愕，接着是高兴，最后是忧伤。但次日，当我兴冲冲去乡里准备领服装时，突然又被告知去不了——因为我们大队包括我在内一共有两名通过，而参军的名额只有一个。对方的亲戚在县里当领导，加之视力只是刚刚合格的原因，我最终还是被淘汰出局。

这个打击，让母亲在家再度大哭起来。她终于明白，这个世界的无情与无奈。

在她的哭声里，我决定出走。而且这个决定是那样斩钉截铁。

终于，在那年九月一个细雨霏霏的夜里，我真的悄然出走，而且几乎是永远地走了。走时除了一个同学知道，其他没有任何人知道我会去哪里。当时我的心里充满了悲壮，根本没有想到有一天还会回来——为了圆母亲的一个梦，我得离开已没有任何希望的故乡，去他乡寻找我自己的人生传奇。

第二天一早，当故乡的人们起来，没有发现我的身影时，我便从那个小村庄里销声匿迹。至今，我想起母亲，都在为那个夜晚愧疚不已。因为我的自私，因为我想到远方去寻找证明，那个夜晚变得如此自私而羞愧。特别是后来母亲不在世的时候，每当想起那个复杂的夜晚，愧疚就会塞满我的胸膛。可是，不这样，我又能怎样呢？难道就待在家里，看着一家人大眼瞪小眼，无限制地悲伤，无节制地自虐？

那个有雨的夜晚，因此显得那样漫长。走时我环视整个村庄，村庄在夜雨中沉沉地睡去。母亲绵长的爱，随着我的目光，掠过高山小河，掠过菜地田野，掠过乱石残垣，掠过无尽的岁月，最后掠过我的心头，只是一阵冰凉的风。

我决计走了，到他乡去寻找自己的梦。我知道，如果告诉母亲，她肯定放心不下，不会让我走。于是，我在半夜爬起来，在大家熟睡之后，背起自己过去写的诗和文稿，背着好友写给我的信，悄然出走了。在村头，在母亲曾经站立等我的地方，我甚至没有下跪，我知道一跪我便失却了前行的勇气。我也没有回头，我知道回头便有无限的内疚与牵挂，会拉扯住我前行的脚步。

我不知道我走后母亲是怎样过的。反正就在那个无休无止的雨夜里，我就那样轻易挥别了故乡与村庄，轻易地留给了母亲一个巨大的漩涡与莫测。

我对自己说：我要到远方去，去寻找证明。

而我行囊里的东西，仅是我平日里写的一本又一本文字。我以为，我一定是个怀才不遇的能者，在流浪的生活中，我一定会写出惊世之作。

武汉、郑州、石家庄、北京……在那些艰难的日子里，我明白生活远远不是诗歌。诗歌中曾有着一千遍号召人们"流浪"的谎言。

那时我也写诗,那是带血的诗。远在天涯的日子,饥饿、困顿、无依、无靠时时刻刻,给了我人生太多太多的启示。那是一些书上从来没有告诉过的启示。

有好些次,死神就在身边徘徊。每到那时候,我便想起了故乡可怜的父母,他们生我养我,竟然不知我流落何方。

于是,每到一个城市,我便流泪给他们写信。每封信只有简单的一行字:我还活着,一切平安,勿念。

我不知道父母收到我的信后是何种心情。我那时年轻,根本不理解"家书抵万金"的涵义。

后来,抱着对文学的狂热,我又去了陕西、青海、甘肃、新疆、西藏,一路狂奔,一路愤世嫉俗,一路长歌当哭……无论走到哪里,我给家里的,还是一封简短的信,还是那一句简单的话:我还活着,一切平安,勿念。

这样的日子,一直坚守到四年之后,我穿着一身军装,扛着军校的红牌子,在一个黑夜里再次从外地归来。

那四年中,我最初流浪了八个省,经历了万千磨难,最后到了新疆。在那个陌生而广阔的地方,我差点因疟疾死去。结果,命运就在那块陌生的土地上发生奇迹,在东不拉舅舅和舅妈——那是后来我永远的亲人——等好人的帮助下,我不但当了兵,而且在守了三年之久的风雪边防后,以高分考上了天津一所军校！边防三年的一千多个日日夜夜，工作之余，我常常一个人在茫茫的雪野里奔跑，让无边无际的风，吹醒我的头脑，让我记得自己是谁，在干什么……后来，我把这种感觉写在了《一个人的戈壁与荒原》中。

这些消息，当时我都没有告诉母亲。当兵，因为是异地入伍和东不拉舅舅怕自家亲戚攀比等种种原因，他不允许我告诉任何人；而刚上军校时，由于指挥专业是淘汰制，我害怕自己不合格被淘汰，害怕竹篮打水一场空，所以一直也不敢告诉家里。直到军校的第一个寒假，也就是我离家近五年之久后，带着母亲当年坚守的那个希望与心愿，我终于回家了。

是啊，回家了。回家是一种多么好的感觉啊。那天也是夜里，天很冷，与五年前我离开家乡下着小雨不同，故乡的冬天下着小雪。我到家时，已是夜半。当我在空荡荡的夜里敲自己家的门时，我几乎没有勇气。我想象，我会怎样在母亲的跟前跪着！诉说这么多年来，我是如何对不起她，又是对得住她们……

当敲动的门在夜半打开，我看到，母亲站在那里，几乎不相信自己的眼睛。她想象不到，她的儿子，那个离家五年，寄托了整个家族和全部希望的儿子，居然这样活着回来了！

借着微弱的灯光，我看到母亲的头发几乎白了一半，她瘦弱的身子站在门口直打哆嗦。我轻轻地弱弱地像过去那样喊了她一声"大"——结果话音刚落,我看到,那个我生命中最重要的女人扑了上来,紧紧地搂着我,不停地捶打着我的背,吼出了一串更撕心裂肺的长哭……

那么多年,我在外受了那么多的苦,从来未曾哭过。而那时,我已不由自主,让自己的哭声也突然高高地扬了起来,让整个沉睡的村庄,在我和母亲的哭声里,从此不这样昏沉沉地睡去;让整个村庄的人,都从夜梦中惊醒,互相传说着我归来的惊人消息——有多少人相信,那些年我已死在了外头;有多少人曾在她耳边说,我跟着外面的坏人学坏,可能加入了黑社会!

而只有眼前这个我生命中最重要的女人相信:她的儿子,载满了她希望的儿子,会选择这样一个时机归来,只是这个可怜的女人,在她流尽与熬干了所有的泪水之后,没想到这一天会来得这样漫长,这样快速……

从她的苍苍白发中,我才听到了人们的种种谣言与传说。

人们说:知道吗?那谁家的孩子,今天在这个城市,明天在那个城市,肯定是加入了黑社会,不然他怎么活下去?

他们于是教育他们的孩子:不要学他呀,学他就学坏了!

我可怜而又自尊心特别强的母亲,听到这些消息后,心里的种种希望一下子全垮了。她整日整夜地跑到山里,偷偷地哭个不停。她的身体从此垮了下去。而我父亲,从此变得愈加沉默寡言。

我没有想到我的出走，会给一个家庭带来这样大的打击。那时我还在努力，还在对生活进行咬牙切齿地奋斗。

我更没有想到，五年后回来，我在故乡变成了传奇人物。人们又开始了这样的谣言：你知道吗？那谁家的孩子，几年前跑了的那个，竟然活着回来了，还考上了大学！

他们开始又这样教育他们的孩子：你看看人家，那才是你们的榜样呢！

我母亲听到人们这样说，精神慢慢变得开朗起来。

再后来，我毕业留校，留在了天津，接着又奋斗到了北京，日子开始慢慢好转。工作之余，发表了大量文章，出版了书籍，立过大大小小的功，获过大大小小的奖。母亲的日子也渐渐好了起来，至少在金钱上，她不再像过去那样发愁了。每当我发了工资，总是要给母亲寄一些，家里的日子也逐渐有了亮色。她所不知道的是，我在外受过的委屈；而我所不知道的是，她日益加重的病情一直瞒着我。

母亲说："你也不小了，该结婚了。"我起初不知道母亲为什么催婚，等我知道真正的原因时，已经晚了。

2002年，我按照母亲的愿望，终于结了婚。在北京办喜事时，我邀请母亲来京参加，但母亲说不来了，走不开。后来我从姐姐那里知道，母亲觉得自己是农村人，来了也不会讲话，怕影响我们。

我听后，心里有一种说不出的揪心之痛。

这一年的秋天，母亲老是说肚子疼。我与爱人商量，决定让她来京治疗。我当时在全国最好的医院工作，觉得母亲得的是个小病，没有治不好的。但母亲怕花钱，坚决不来。我做了几次思想工作也说不通，后来爱人亲自给她打电话，她才决定来。姐姐说，母亲其实是怕影响我的生活。

母亲是和弟弟一起来的。那时我虽然结了婚，在北京还没有房子，爱人住在她们的集体宿舍。我对同宿舍的同事讲了我母亲要来，他就搬到别的屋去住了。母亲和弟弟，还有我，就住在有两张高低床的单身宿舍里，我们像往日在乡间那样说着话，拉着家常。母亲很高兴，她最盼望的场景就是这样的，没想到在北京终于实现了。

起先是在医院做些检查，我们都以为没事。检查结果出来，医生说要住院手术，是宫颈癌。母亲在妇产科住了几天，身体有一项指标一直很低，怎么也上不去，所以不能手术。我劝她别急，听医生的，慢慢来。母亲高兴了，她觉得好像没事，对治病有强烈的信心。这从她开始戒烟可以看得出来。

从懂事的时候起，我便看到母亲抽烟。那时乡间抽烟的女人很多，对此我也没有感到什么奇怪。等上了小学，看到母亲抽烟招致同学们的笑话，我感到面子上受了伤害，回家便劝母亲不要抽了。母亲只是不语，烟却一根接一根地抽着。老实说，这时看到母亲每天烟雾萦绕，心里有些讨厌的感觉。可故乡的传统，是小孩甭管大人的事，母亲是大人，我自然也就不敢多说。

后来上了中学，知道了烟草对人身体健康的种种危害，看到母亲还在吞云吐雾，就再次劝母亲戒烟。母亲抽的烟其实也值不了几个钱，都是我们当地最便宜的那种，什么红花牌、山羊牌等，六七分钱一包，家家农户抽的牌子大致差不多。贵一点的都舍不得买，可一年累积起来，对于我们山区的农村来说，也不是一个小数。听到母亲抽烟不停地咳嗽，有时身体急剧地抖动，我们坚决反对她再抽烟了。

母亲也心疼钱，却始终戒不了。有一天，她给我们讲她为什么学会了抽烟的故事。原来，母亲十五岁多的时候，正是国家号召大修水库之时，家家户户年满十六岁的都要到工地上干活。那时男女干活别无二致，母亲虽然年纪轻轻，可不得不在工地上像一个成年男人一样，挖土、挑土、推车、打炮眼，一天下来，累得走不动，腰也直不起来。而只要工头发现有人站着休息一会儿，都按偷懒处理，一天也不算工分。但工地上有一个不成文的规定，凡是抽烟的人，都可以直起腰来，站着把一根烟抽完。

母亲本来是不抽烟的，还特别怕呛。有一次，她实在是累得坚持不住了，大口大口地吐血，于是就直起腰来站了那么一会儿。工头发现后，不但没计她一天的工分，还加大了她的劳动任务。母亲哭了，再也不敢伸腰。而工地的劳作实在是让她受不了，有时一收工她就倒下了。与她同龄的女子还累死了一个。这时有好心的成年妇女看不下去，便劝母亲她们："孩子，不要和命过不去，学会抽烟吧，抽根烟也许能救你们的命。"

母亲那一拨年轻的姑娘为了活命，就这样学会了抽烟。我不知道十五岁的母亲她们当时抽烟是什么感觉，要知道那时的乡村还很封建。但在那样的环境，没有一个人觉得女孩子们抽烟是奇怪的。于是母亲她们靠着香烟，熬过了她们人生中最艰难的青春季节。

母亲讲完后我沉默了。也说不清为什么，我不再反对母亲抽烟了。我那时还想，等以后有钱，就让母亲抽些好烟。

那之后又许多年过去，我们已经长大，母亲抽烟把手指都染黄了。我看着白发一天天地在她头上缠绕，看着母亲一天天地消瘦，听到母亲在深夜中的咳嗽，又不想母亲再抽了。母亲此时也不想再抽，可就是戒不了。往往是戒了几天，又旧瘾复发。一个人的习惯其实是很难改变的，我们对此毫无办法。因此我毕业后开始把工资的一部分寄回家时，总是在汇款单的留言中这样写：不要再抽那些劣质的烟了，一定要买好点的抽。

母亲当然舍不得。她还是买当地那些最便宜的烟抽，一天最少也得一包两包的。我们回去探家，在给母亲买礼物时往往也选择香烟，尽量拣好的买。可母亲却把它收藏起来，说是要留着待客。这时母亲由于家里家外操劳过度，已明显地瘦了下去。我说："戒了吧。"母亲只是笑。她说："哪有那么容易啊！都快五十年了吧。"

这次，母亲来医院治病，是她第一次进城。来到首都北京她害怕了，紧紧地抓住我的手，生怕人多丢了。当我把中华、玉溪等名烟摆在母亲面前说："这次你终于可以抽上好烟了。"母亲点了一根中华说："就是不一样，不一样。"高兴得不得了。

但住院后，得知自己的病是肝硬化时，母亲的脸就愁云密布了。医生是熟人，他说："你要想活得长一点，必须把烟戒了。"母亲听后，心情一下子低落下来。她不但得了肝硬化，还有了腹水。医生说："这种病特别难治，保肝吧，到啥程度是啥程度。"我听后感到特别难受，心里总像有什么东西堵着，那些天也打不起精神。母亲过去生活苦，等到现在可以享福了，她却又老了。母亲看到我们脸上写满愁容，她安慰我们说："这是命。"

没想到，在母亲住院的那一个月里，她居然创造了一个人生奇迹，竟然把烟给戒了！我弟弟后来对我说，母亲看到他在抽烟，也特别想抽，有时甚至从他的嘴里把烟抢了过去，但母亲抽了一口，又把烟还给了他。母亲说："不抽了，我还想活长一点，替你们抱孙子呢！"

我和弟弟听到这话，感到心酸。我握住母亲那发黄的、长满了老茧和布满了皱纹的手，转过身去，一股泪水已涔涔而下。作为儿子，我多么希望母亲的生活，幸福万年长啊。

可天公不作美。母亲又住了好几天院还打了许多血红蛋白后，血小板还是升不上来。这样来来回回大约折腾了一个月，最后医生诊断说，是肝癌伴肝腹水。医生对我说："手术做不了了，晚期了。宫颈癌是转移发现的。"听到这个消息，我与弟弟都蒙了。于是，我们将母亲转到了肝胆外科，还想奇迹发生。那时每天都要输一瓶白蛋白。当母亲听护士说一瓶白蛋白要几百块钱时，马上就急了。她趁我们不在时，悄悄问医生一共花了多少钱。医生说已经花了一万五千多块——而那时我的工资一个月才六百多块！母亲吓了一跳，当即要求出院。医生也希望她出院，因为没有别的办法。并且医生还规定，母亲不能吃盐。

母亲说："一个人吃饭吃菜，没有盐一点味道也没有，一点力气也没有。"

我们听了很难受，但也没有别的办法。于是，母亲坚决要求出院。办完手续后，我和爱人带她到北京几个地方玩。母亲见到了天安门，见到了故宫，见到了毛主席的水晶棺，她说自己这一生满足了。

母亲和弟弟离开，是临时动议的。他们没有与我商量，而且当天没有买到软卧，最后是坐硬座走的。直到上了车，我弟弟才打电话告诉我。我听后一边责怪我弟弟，一边流眼泪。从此，只要我坐火车，坐在卧铺上，就会产生强烈的自责。

母亲回去后，先是遵照医生的要求，不吃盐，身体好像好了一些。但最后，母亲还是忍不住，吃了一点盐，腹水又有了。姐姐说，母亲慢慢地瘦下去了。

那一年，北京刚好遇上"非典"。我在单位是"抗非"人员之一，天天加班写材料。从姐姐和弟弟嘴里得知母亲病重的消息时，我整夜整夜地睡不着。许多的往事，跑回来敲我的门，好像要把逝去的日子找回来。但是，找回来的只有眼泪，只有无穷无尽的伤痛与悲哀。

当眼泪终于掉下来的时刻，我一直觉得愧对母亲，特别是她后来病得卧床不起的时候。我仿佛看到受了一辈子苦的她，总是那样无声而又孤单地面对命运。命运没有给她一个公平的回复，因此她的一生就那样拥抱了所有的伤痛。

我最为内疚的，还是在自己走投无路的时候选择了独自离家出走。更过分的，是我一直没有告诉她我究竟到了哪里，在干什么。整整近五年的时光啊，他乡的风风雨雨，辛酸委屈，母亲都不知道。在大山里，她无尽的思念变成了一个人深夜时的眼泪。而那时我为了功名在遥远而陌生的地方，开始了长期的孤军奋战。为了证明自己，我在年轻时那样轻易地选择了别离。尽管那时没有一丝阳光洒在我的身上，我却总是相信，美好的事物一定存在于他乡。对于母亲，我觉得对她的爱就是证明自己，用成功来抚慰她的伤痕。如果不是弟弟后来出事，我想母亲也许会少了些对我的思念，正是因为这个原因，她把一生的希望全寄托在我的身上。而当她终于病倒，天天需要吃药打针，生命渐渐衰微下去，我却无能为力。此时，我除了完成本职工作之外，不得不加班加点写各种文章，用挣来的稿费供她吃药。

当"非典"终于控制住，我从北京回去看她时，母亲已经躺在床上。那时她已不再像往日那样对我谈起往事与家常，她呆呆地坐在床头，身子瘦得只剩下骨头。有时她拉着我的手，却什么也不说，有时她只是呆呆地看我一眼，迅速地把眼帘低下去。从母亲的眼里，我知道她不想死，我们也不愿她死，但命运就这样落在了她的头上，仿佛要她把家里的一切苦难一个人全部承受下来。也许生活无所谓公与不公，我不明白，善良而又富有智慧的她，在有条不紊地安顿了我们家庭生活的同时，为什么上苍就不给她一个平安的机会。一夜之间，从她的身上，从我的身上，从我姐姐和弟弟以及父亲等家人的身上，我仿佛读懂了命运。我晓得了命运就是这样的一种东西，它完全没有道理，完全没有章法，完全没有原则，随随便便地安排了生活的一切。记忆之门訇然顿开，于是我想起了小时候，每天夜里醒来，母亲还在纳鞋底，还在哼着赶走瞌睡的小曲，更多的是三更半夜中，被她凄苦的哭声惊醒。那时候，虽然我还小，却明白了生活中有许许多多不可测的东西在左右着我们，在安排着一切。有些人一辈子一帆风顺，衣食无忧；而有的人，从出生起便注定了受苦受难，注定了悲悲戚戚。于母亲一生而言，沉重的劳作压在了她的身上，所有的困难，所有的悲哀，都是她一个人默默地忍受。如果没有她，我相信我们的家庭早就沉入水底，我相信我们的命运也会像大多数人那样，永远生活在困苦之中而无声无息。虽然家里穷，母亲却说："伢呀，穷人不识字好伤心，一定要读书！"于是即使没有钱，即使母亲很爱面子，她也硬着头皮把我送到学校里去，对着老师说一声"对不起"，说能不能让娃先把书读着，学费有了马上送还。母亲领着我上学的情形，至今仍是我梦醒后落泪的原因之一。

在老家的那些日子，当我坐在母亲身边，看着她痛苦地翻身时，我脑子里过电影一般地闪现母亲的一切。在我的记忆中，母亲从来不欠别人的人情，因此这些东西后来也传到了我们的身上，使我们长大后学会了坚韧，学会了忍耐，学会了吃亏，学会了脚踏实地。我最对不住母亲的是，在她还健康的时候，我没有如愿考上大学，也从来没有想到过当年落榜对她的打击。在我离家出走的日子里，我听说下着那么大的雨，她跑到外面的山沟里捡树上散落的木籽卖。为了获得区区的几块钱，她常常被雨打得全身湿透。而我弟弟出事的时候，我考上了军校，却由于怕淘汰没有告诉她，那时我们都音讯全无，她只有天天跑到山沟里哭。父亲一辈子老实巴交，因此所有的委屈与无奈，都在那哭声中严重地伤害了她的身心。那时，她在村子里低着头走路，倔强地支撑着，在困难与困境面前，却又显得那样坚强。后来，随着我们的奋斗，随着我在城里安家，母亲从来没有向我提出过什么要求，从来没有主动向我伸手，从来不说家中的困难，从来不说那些怕我们在外担心的事。每次我给家里钱时，母亲总是显出愧疚的样子，好像为拖了我的后腿而感到不安。每每讲起过去时，母亲总认为没有帮过我什么，为我在外"做过贱人"而一脸的愧疚之色。其实如果没有母亲的支持，我肯定读不了书，读不了书肯定也不会改变命运。而在那失学严重的乡下，即使母亲不让我读书，我也不能责怪她什么。因为整个故乡都是那样，一代又一代读不起书的比比皆是，至今如此，把我撒在故乡的人们中间，可以说毫不起眼。乡下人的命运是我们共同的命运，除了自我奋斗，除了个人的努力，我们很难摆脱现实的束缚，很难不走入苦难的樊篱。现在，每当无数的兄弟姐妹在过了春节跑到外面打工时，我在对他们怀有深深的同情的时候，就对母亲当初没有钱也送我去读书而怀有一种深深的感激。无论我在学校的考试曾多么令她失望，她从来没有埋怨过我。她相信命运，苦难的生活在没有希望时她变得越来越相信命运。因此，当我在一次又一次让她失望的时候，她总是鼓励我，不要怕失败，实在不行了就回来种田。"多少人在种田啊！你要是不行了就回来！"母亲每次越是这样说，我便越是惭愧，因此也更加努力。在我没有考上的时候，哪怕她打我一个耳光我也会好受些，但她总是反过来安慰我。

在后来每次回故乡的时候，母亲总是这样对我说："身稳嘴稳，到处好安身。"我觉得母亲普普通通的一句话，胜过了书本上的千言万语。她的一生不贪不占，不说人家的坏话，不传闲话，这对我的成长起着重要的作用。后来，我在外面之所以能拥有那么多的朋友，就是记住了母亲的话，要与人为善，要乐于助人，要勇于吃亏。

我感谢母亲，如果不是她，也许至今我仍然待在乡下，是一个一事无成的乡间之子。母亲在时，每次回故乡，即使我已三十多岁，母亲还总是不放心这叮嘱那的。我说我已是成年人，也是有孩子的人了。母亲说，再大在她跟前也是小人儿。母亲一说，我的泪便流了下来，为了我们，为了这个家，她在养大并培养了我们的同时，自己却瘦了下来，老了下去，病了下去。我知道无论多少金钱，再也挽不回她的生命；我知道再多的忏悔，也得不到她的只言片语。我在日记中写下了我的忏悔：

> 母亲啊，请你原谅我吧，原谅你的孩子们，在你最需要安慰的时候，都不在你的身边；在你最想看到的时候，一个个都为了生活而选择了逃离故乡。我们那么多的内疚，再也挽不回你的健康；我们那么多想对你说的话，再也说不出口。

啊，母亲，在我的记忆中，只有你来到了北京，看到了我的生活时，你好像才露出了笑脸，只有你看到别人都生活得特别好的时候，你才露出了羡慕。在那种情况下，当医院确定你得的是肝硬化腹水不能再抽烟时，你坚决戒了四十多年的吸烟习惯，你说你想活下去，要帮我们带孙子，要为我们再送上一程。当你住在中国最好的医院时，你总是说，给我们拖后腿了。你的一辈子总是不求回报，却将生命如此慷慨地全给了我们，给了老实巴交、不善言辞的父亲，给了真正帮你分忧、忍辱负重的姐姐，给了读了一年又一年苦书的我，给了还不懂事但吃了不少苦头的弟弟。无论我们做错了事，还是说错了话，你从来没有打我们，总是在教育我们的同时，要我们学会自强自立，学会忍耐和让步。即使你从来没有说过要如何淡泊名利，但我觉得你比那些我认识的哲学家和道学家更为深刻。因为我从小到大，目睹了你是如何带着我们，带着这个家，从绝望走向希望，从无助走出低谷，从困苦走向幸福。记得小时候，你每到过年便对我们说"伢呀，来年再好些来"，我知道你那时已经足够努力了，但你总是把这些本来是我们应该惭愧的事情揽到了自己的肩上。你从来不把过错推向我们。

更让我感动的是，你用自己的一生印证了什么是伟大的爱情。在你与父亲相亲的时候，父亲的家族还顶着"富农"的成分。可你还是嫁给了他，并且关心和爱护着他。父亲一辈子是个老实的农民，从来不敢出头不敢稍有闪失，不能直起腰来做人。而我听说，那时只要有谁欺侮了他，你便变得特别坚强，非要跑到人家里去理论不可。可天下的理，哪里有属于穷人的时候呢？你们也因此吃了一辈子的哑巴亏，你把这一切全装在了心里，却在灯下给我们讲做人的道理。你说:"伢呀伢,让着别人一些啊,你们能活下来,能有今天不容易。"每次听到这些话时我都想哭。可你对父亲却从来不曾亏待,在我的记忆中你们从来不曾吵架,不曾动手,不曾红过脸。我记得小的时候,每天早上父亲在外面劳动时,你总是煮了鸡蛋,送到田头地里,父亲不让你这样做时你还是坚持,你对我们说:"家里的主梁骨不能倒了,倒了一家人怎么办呢?"尽管家里全靠你在支撑,可你总是那样维护父亲,维护着他一个男人的全部尊严。在小时候家里粮食不够吃的时候,你对我们说:"先让你爸吃吧,他要干活。"然后你再让我们吃,有时不够,你自己就不吃,但你对我们说你先吃了。母亲,到底是什么样的生活,使你在苦难中养成了这样伟大的心灵?后来有次我问你,为什么对父亲一直这样好,你说:"人踩人,踩死人;人扶人,人上人。"就是因为这个,你嫁给了一贫如洗的父亲,没有听信别人让你与他离婚的劝告。那时候,有好心人对你说:"伢啊伢,在这个家里什么时候能够苦穿头啊。"但你拒绝了他们的好意,你不信看不到头,你不信命运就会永远让这个家族衰落下去,你说你要看到来日,你说你不信天地没有良心。后来,你终于看到了,但在你看到时,你的身体却渐渐地不行了。为了不牵扯我们的精力,你没有告诉我们，你从来就是这样，把一切的苦难放在了心中不说，总是忍耐着。有人说，你一生受了几生的罪，受了几生的气。但无论是怎样的罪与气，你却总是笑着要我们努力。你从我们很小时就要我们学会勤快，学会劳动，不但给了我们健康的体魄，还给了我们立足生存的道理——到了哪里无论做什么都是不能偷懒的。正是因为这个，我觉得你虽然没有给我们讲什么做人的大道理，但你的一言一行，却已胜过了万语千言，像刀一般地在我们的心头上刻着。我们后来在外面做事，一直记得这些永远也不会忘掉的教诲，永远安分守己地做人，永远忠厚本分。

我还记得在北京，当我和妻子以及弟弟带着你四处游玩时，你好奇地问这问那，就像一个孩子。那时候，我觉得你如果生在城市，一定是个能人。只是命运就是这样无情，它在你最困难的时候，把更多的困难留给你；在你最需要亲人的时候，让你的亲人在远方奋斗；在你最需要健康的时候，病魔却缠住了你。我依然记得，你小时候对我说："命里只有八合米，走遍天下不满升。"太多的困难与孤苦使你相信了命运。在你病重时，我们都很伤心，可你说，这是命。你以此来减轻我们心中的负疚，却不知我们看着你，是多么难受啊。为什么，幸福总是不降临在穷人的身上？后来我在城市里一次又一次地想这个问题，但最终我明白，幸福只是一种感觉。我也因此而明白，你为什么在我们小时候就一直教育着我们要好好读书，要我们学知识，你就是不想让我们落得像你们那样的命运。

于是，我怎么也忘不了我在离家近五年之久的时候，在考上了军校回来的那个夜里。那天一大屋子的人在家里等着，当我走进家门时，你突然冲上来抱着我哭了。我走时你的头上还是青丝，可我回来时你的头上已长满了白发，那时尽管我在外学会了坚强，学会了在人穷志短时怎样的生活，但那天我还是忍不住号啕大哭。我看着瘦弱的你，与可怜的父亲和已是大龄却还守在你们身边没有出嫁的姐姐，是怎样支撑起了这个家，是怎样在痛苦中思念着我，是怎样在人前人后出入于乡村之间。那时我便感到了深深的内疚，我知道一生再也没有什么东西能够挽回这种内疚，母亲啊，我们——你的孩子，的确有太多对不住你的时候。你原谅你不懂事的孩子吧。为了到远方寻找证明，为了让你能够在乡间抬起头来，我就那样轻易地选择了别离，在离开家乡的那个雨夜里竟然没有告诉你一声。我不知那些日子你是怎样度过的，但回到家里我却看到了空空的四壁，看到了家里空空荡荡，一无所有，看不到弟弟的身影；我还看到了几年前我离开家时写的那些愤世嫉俗的条幅与毛笔字，仍在墙上歪歪斜斜地挂着，像是要把我扯回那些痛苦的过去。当时我站在屋子里，眼泪再也忍不住哗哗地流了下来。出门在外那么多年，我受了委屈没哭，因为我想到自己是一个农民的孩子，应该忍受那些伤痛；我受了冷眼没哭，因为我知道自己来自乡间，是不能与别人相提并论的；我受了再大的不公平没哭，因为我知道我们不是来自豪门望族，我们是头顶草屑的孩子，是打着赤脚在乡间行走的穷人，我一直忍耐，像你那样忍耐。可那天夜里，当我费了九牛二虎之力回来，在你抱着我的那一刻，我却像个孩子似的哭了。只有在你的身边，我才知道自己是个孩子，才会受到欢迎，才会得到真正的爱护。抚摸着你那瘦下去的手，我才知道我当初离家出走时没有告诉你是一个多么大的错误。我只想到了穷人的孩子要到外面的世界靠自己的力量混个前途，我却没有想到那些日子会给你心灵上留下巨大的伤痛，没有想到我的出走和家庭的变故会让你的身体受到那么大的伤害。原谅我吧，母亲，原谅我们这些不孝的孩子。在你有生之年，我们曾尽量想为你做些什么，但更多的时候，我们无能为力。如果世界真的还有轮回，真的还有来生，我希望再做一次你的儿子，把我们欠你的东西，全部补偿回来；把你受过的全部苦难，换成你一帆风顺的幸福。

听到你再次生病的消息后，我回去，你对我说："我死时你一定要回来，你回来了我便感到了依靠。"听到你说这些话时，我心里特别难受。多少年来，我成了家庭的希望，成了你们的主心骨，而我自知能力太小，自知自己的力量还不足以让整个家庭站起来，所以一直为此而感到愧疚。也因为如此，在外面，我像你那样的忍耐，把多少心头的事，全放在了肚子里烂掉。我知道，无论外面的天空下着怎样的雨，作为没有后台与背景的我们，只有自己撑起天空，自己打一把伞来遮风挡雨。如果没有伞，就用一些草和树叶编织一个美丽的圈套在头上。我们来自乡间，来自一个没有任何依靠的大山故里，命里注定了要比别人付出更多的伤痛。但无论怎样，我们学会了你的坚韧，学会了你的刚毅，学会了你的坚强，学会了你的做人，学会了如何偷偷地把眼泪擦去，把微笑的脸露出来。母亲，没有你，就没有我们的今天，无论我们境况怎样，我多么希望，即使你是病了，也能活上千年万年。但命运，就这样把人的一生划定，苍天浩浩，世事哀哀，人海茫茫，又有谁知道你心中的悲痛，又有谁能够走入你的内心，给你冰凉的心一点温热？而我，你不孝的儿子，也只有在远方，祝你一切平安，早点好起来。唯一让我感到欣慰的是，你的孩子，姐姐、我、弟弟以及姐夫与弟媳，都曾在你生命的晚年，竭尽全力给了你爱与关怀。虽然我们对你的爱与你对我们的爱比起来，是那样微不足道，但我仍然希望，当有一天，你一个人独行在另外一个世界的时候，还能感受到我们在你身边，永远做你孝顺的儿女！我真的希望如果还有来生，再做一次你的儿女，让你能够真正地得到一生的幸福……

无论我们怎么做、怎么想，命运再也没有给母亲这个机会，上天如此不公，不能善待一个善良的生命。

2003年的秋天，母亲还是走了。走的时候她还不满六十岁，刚到五十九岁的年轮。母亲病中，我回去过两次。有次，她刚有些好转，便赶我回北京上班，说不能丢了工作。等我回到北京，刚下火车，又接到家里的电话，说母亲不行了。于是我又请了假，转身买了票赶回老家。

这次，我亲眼见证了亲人的死亡。我无助地看着母亲在痛苦中慢慢地哀号与衰竭。在她走前的一个星期里，她先是失眠，眼睛睁不开，接着不能说话，只打手势，最后她几乎不能动了，丧失了听力。整整五个月，到了那一天夜里，她将离开这个让她痛苦了一生的世界时，她特别想睁开眼睛，在急剧地抽搐与抖动之后，终于没有把眼睛睁开，就去了。与她跟病魔抗争的过程相比，母亲走的那一刻，看上去很安详。而五个月中，母亲每天要忍受腹胀带来的痛苦，要忍受医生每天的注射，那时她的话里词间，透露出多么想继续活下去的愿望啊。

但我们知道，她的病是治不好的。我们谁也不敢问她有关死亡和遗言的问题，我们总是避开那些生僻的字眼。直到最后两个星期，母亲才知道，她的病真的无法救治了。于是她开始拒绝打针，拒绝吃药。我几次回去，母亲只是哭。后来，她不哭了。她也不与我们说话，不再像往日那样与我们拉家常，一直到最终离别的那个晚上，母亲完全不能说话的时候，她始终没有告诉我们什么。而在此之前，她的愿望是要我照顾好弟弟的孩子，照顾好父亲。母亲谈起父亲时，尽管她说不清楚，但是对父亲的不放心是一眼可见的。父亲是个老实人，不善言辞，母亲怕他受委屈。所以，她一直等我回来，要交代这个问题。母亲爱弟弟的孩子，那是一个乖孩子，母亲不放心弟弟，所以摸着弟弟孩子的手交在我手里，一直到我点头时，她才松开手。我的泪水一下便流了下来。那一刻，我才知道，男人的哭是需要力量的。正如母亲走了之后，每当看到父亲哭时，我的泪水便毫不犹豫地流下来。

母亲还有一个没说出的心愿，就是想看看我的儿子。那时我的儿子在山西，他还不到半岁。湖北老家的天气太热，我儿子从出生时起便老是得病，因此儿子在山西没有回来。我带回了儿子与媳妇的照片，听我姐姐说，母亲在眼睛还能看时，她让我姐姐打着手电筒，把镜框里所有的相片看了个够。那时她已不能说话，但每指到一张相片，就要用那瘦得只剩下骨头的手抚摸半天。姐姐说，她看到母亲的泪水从眼里溢出来。但姐姐不敢哭。

直到今天，我还为此事内疚。没有从山西带回儿子的原因是多方面的，但无论什么原因，我为没有了却母亲这个心愿而感到愧疚。

我亲眼目睹了母亲告别这个世界时的最后一夜。那一夜的场景于我一生难忘。我们不知道母亲要在那个夜里告别我们，那时我们轮流值守。等轮到我姐守时，我睡着了。我姐姐慌忙来喊我，我迈进母亲所在的房间喊了她一声，握住她的手，她的手突然变得很有力，但很快，不到两分钟的时间，她手一松，便走了。那一刻，我没有哭，因为我不相信她会这样就走了。在此之前，我总是盼望着奇迹发生，但奇迹最终没有出现。我看到母亲永远地闭上了眼睛，停止了呼吸。我只是喊了一声，她没有答应便离开了我们。那一瞬，从来不言不语的父亲说了一句让我永生难忘的话。他说："人的一生不就是这样？辛辛苦苦的就这样了。"

父亲的话充满了玄机与哲理。但是，我还是不相信母亲就那样走了。直到后来我亲手埋葬了母亲我还是不信。直到今天我依然不相信。我总认为母亲坐在某个角落里，或叹息，或在看着我们。我还希望能够梦见母亲，但是她不肯再像往日活着时那样走入我的梦里。我只是迷迷糊糊地做着一切，那些后事烦琐。乡间送走死者的过程是隆重的，这使我怀疑起生命的意义。轻生重死，薄生厚死，其实是做给活人看的。无论如何，我只是反省我自己，只是无限地回想母亲活着时，我是否在哪些方面留有遗憾。后来，每想到一桩桩小事，这种遗憾便无处不在，这种自责便无孔不入。也只有在那时候，我多么希望母亲能够再重新活一次，再给我们一次机会，让我们这些做孩子的能更好地侍候她。

但母亲终究是走了。没有一句留言，她的一生便埋葬在故乡的黄沙之下。我亲自帮忙挖的坟墓，亲眼见到盛载她的棺材入土，那时泪水滔滔而下。我看到那么多人哭着，诉说着母亲生前的种种好处，我便心如刀割。回过头来，我想起生命的意义，想起一个人活着一生的意义。如果说别人的死亡只给我关于死亡的启示，母亲的病逝则给了我另一层关于生和生命的认识。我们那样热衷的东西，我们那样忽视的东西，于人生而言到底哪一个是终极？

按老家的规矩，但凡逝者三天才能出殡。在母亲未走之前，故乡湖北老家多天来一直热得出奇，但在母亲病故的第二天，天空开始下雨——故乡那时好久没有下雨了。我想，母亲的死，难道触动了上天？上苍既然在她一生中给了她苦难与不公，何必又要在她死后才给她安慰？更让我奇怪的是，那三天中，故乡变得凉爽起来，天气一点也不热，而在此之前与在此之后，天气热得只要人一动，汗便下滚。送葬的人都说，母亲生前贤惠，死后亦是如此。到了第四天，母亲已入土为安，天气又突然放晴，气温高得让人受不了。

母亲下葬后，我离开故乡的那天早上又到母亲的坟前看了她。那时整个故乡非常安静，整座大山无声无息。我按故乡的规矩在母亲坟前烧了些火纸，那是一种信道教的乡人印制的纸，按乡间的说法是洋钱，而一般的火纸只是普通的纸币。母亲生前说，不要烧太多普通的冥币，她背不动。于是我便让父亲又去买了些"网丝钱"，那是在阴间所用的洋钱。尽管我并不迷信，但我知道母亲生前相信这个，我肯定要满足她的愿望。那是一个特别安静的早晨，无风无雨，四野的绿色笼罩着整个山谷。母亲的新坟在那里静静地安卧，几个花圈纹丝不动，我企图在哪个地方看到母亲的亡灵顿现，但是，母亲没有给我任何的暗示。故乡的天空看上去有些阴沉，没有任何的植物与动物抑或人类给我任何的暗示，我于是想到，人这一生，死了便是死了，死了一了百了，不复存在了。因此活着的时候，我们还得努力。当然，不再是徒然的努力。

于是在转过身的时刻，看到苍老的父亲坐在坟头不发一语，我的泪水又要奔涌。但我使劲地挤了挤眼睛，尽力不让泪水流下来，并且在母亲的坟头跪了下去，重重地磕了几个响头。

我说，安息吧，母亲。

那一瞬，我感到漫山遍野的花草树木都在流血。

从那以后，有整整八年，我几乎每天都能梦到母亲，梦到过去经历的一切。在母亲走后，我的心无限悲伤，甚至觉得人生的奋斗没有任何意义，好像我之前的努力都是为了母亲而做的。

随时随地，我的眼里脑里经常出现幻觉。我总是感觉到，某一段已在记忆里尘封的岁月，不知不觉地又回来了。于是，我痛苦地蹲下来，想了好一阵。那时，周围的风光与人，好像都与我有着必然的联系，但一切又好像与我漠不相干。而只有母亲，无论她故去了多长时间，却一直活在我的记忆里，在看着我，让我对人生的旅行，不敢懈怠与出错。

再后来，内疚便来敲门，它放了一个收条，面无表情地走了。我便深陷黑暗的光阴里，流着眼泪。我觉得自己亏欠母亲的，也许太多，也许太久，也许太沉，于是我真的想哭。可是，母亲此时已完全听不到了。她对人世的厌倦，远远超出了我们的想象；而她对人生的留恋，却久久地沉积在我的心头。我真想找到，关于生命与存在的意义。但最终发现，我不过只是生活链条上的一环，微不足道，随着人群一起行走。至于路上的风景，我的印象总是模糊。

只有母亲的坟墓是真实的。当她下葬时棺材入土的那一刻，我感到了尘世与阴间的隔绝，我感到母亲真的去了。比她咽下最后一口气时还要真切，于是，我陷入了无穷无尽的悲伤。

那天，天气出奇地从热到阴，最后下起了小雨。我感觉到天空哭了，大地哭了，而深埋土里的母亲也哭了。我想，为什么她活着的时候，我没有注意到死亡会是如此令人苦痛？为什么没有在她活着的时候，尽到自己最大的力量？我也曾逃离，也曾抱怨，也曾忘记啊，母亲。

在你走后，一切都变得不可原谅。

我便又想起小时候，想起年少时，那些清冷的日子，让母亲的微笑显得如此美丽。而她走了，世上那个最爱我的，最关心我的，最惦记我的，最高尚的人，闭着眼睛，咽了一口气，便匆匆远行。

于是，我在内疚中，利用闲暇时间，为母亲和母亲的三个家族，写了一部长篇小说。小说的题目叫《穿越苍穹》，共四十多万字。我把小说给了偶然认识的刘醒龙老师，他看了非常感动，把这部长篇稍有删节发表在他主编的《芳草》杂志上。再后出单行本时，朋友兼编辑丁晓平先生，将之改为《黄安红安》全文出版。他在书的封面上写了这样几句话：一座名城的革命运动史，一所村庄的百年变迁史，一位母亲的人生苦难史，一个游子的青春心灵史。并以"穿越苍茫的革命叙事，洞悉命运的世象写真"为宣传语。他的话，为那本书增色，提纯，镀金。

翻开首页，我在内封写下了这样一段话：

  这是一个时代的喜怒哀乐，

  也是一个家族的爱恨情仇。

  这是一位母亲的离合悲欢，

  也是一位游子的苦辣酸甜。

  ——谨以此书，献给我长眠于红安故乡山川那多难多灾的母亲，以及她死去的亲人们，愿他们在另外一个世界里不再流泪，灵魂安息。

  同时，也以此书献给我生活过的那块生长将军的黄安热土，以及像母亲一样曾多难多灾的故乡人民，愿他们在今世里能够飞黄腾达，幸福安宁。

书籍出版后，我寄了一本给家里，让父亲将此书烧在母亲的坟前。

说来奇怪，曾经八年几乎天天入梦的母亲，却从此再也不肯进入我的梦里！

此后，我还能到哪里去寻找那洁如云白的母爱，去寻找那广如天阔的包容？我找到的，只有父亲的背影，像故乡大地上的一张弓，在寂寞地行走。

而故乡的田园、山川，还有那些我已忘记了的、叫不上名字的花草，都在熟悉中陌生下去。我想哭，但即使是百分之百纯洁的泪水，再也唤不回那个熟悉的声音。我想跪，但即使是笔直而虔诚的双膝，再也温暖不了母亲的心。

所以，后来的城市，只有那些碎片，却让我想起母亲，无端地无休止地，在灵魂上背起十字架。我懂得了，沉默原来是这样一种东西，它消磨人的时候，我们根本看不见眼泪，却使得灵魂消瘦。

直到今天，我的脑中还无数次想起那座墓地，那块由母亲自己选定的坟地，在树林中，静悄悄的。那儿有鸟叫，有草生长的声音，有一切有关记忆的熟悉。

只是，那地方离我生活的北京，早已是千里万里。正如我在中篇小说《夜半钟声》的开头与末尾写的那样：

> 每次离开村庄，当我在山路走了好远回过头来，看到路上的鸽子扑棱扑棱着飞起，看到瘦弱的母亲站在路边的那棵树下，就像是那棵大树伸向四周的枝丫，向她的每一个亲人，道了千遍万回的祝福……

这部中篇小说，是我高中时就写成的，后来几乎一字未改发表在《青岛文学》上。

我不知道，为什么一生平平淡淡的母亲，会成为最打动我的、最令我思念不已的那一个。

我因此内疚满怀。而内疚之花，在母亲曾去过的每一个地方，已遍地而开，无法躲闪。

母亲啊，我心中有无限的悲痛来思念你的远行！当你在告别这个让你受了一辈子苦的世界之时，亲爱的妈妈——我们多么希望，你在另一个世界，能够不再像今生这样受苦受难，能够步入天堂，过着幸福与安宁的日子，过着另外崭新的人生。那里的生活，不会再与这些悲伤与苦难相伴，而是像你年轻时那样，能够自由地歌唱，幸福地歌唱，美好地生活！母亲啊，请你原谅我们吧——没有给你带来生命的福音,你却为了我们和父亲,忍受了那么多非人的日子。也只有此时,我才会悟到并且向你表白,我们会永远像你那样自尊自立、自珍自重、本分勤劳地做人,不会再辜负你对我们的期望;我们也会永远把你记住,记住在我们家庭,还有你这样一个虽然没有读过书却知大义、识大理的妇女,让我们这些后代受到了良好的教育,并通过你的汗水与泪水改变了命运!

我们感谢你,母亲!我们爱你!

虽然你已经听不到了……我们真的希望,如果另一个世界有天堂,你能在天堂里感受到我们的爱与遥想。

安息吧,母亲!你的血液还存在于我们的体内,你因此也拥有了永恒的今世。

每个外婆都有澎湖湾

儿子刚入初中,有天又遇到写作文,说是写人物,问我写谁好。

我说:"你与谁熟悉就写谁。"

儿子说:"那我写姥姥吧。"我说好。

儿子把门关起来,破天荒不让我辅导,非要自己写。

我觉得很奇怪。因为以往每遇到写作文,他就像挤牙膏,拉拉杂杂,全是流水账,完全是应付,让人生气不说,还丢三落四掉字错字,经常让一个完整的字缺胳膊少腿,没少挨打和遭训斥。

他这次不让人辅导,倒让人奇怪了。我把门打开,发现儿子正在写。他边写边说:"老爸,我写得不好,你不要笑我。"我说:"不笑。坚决不笑。"儿子说:"你是作家,我比不上,但我有灵感了,我要自己写。"

我退出书房时心想,看你能弄出个什么来。

儿子很快就写完了。中间他出来只问了我几个不会写的字。过去他写一篇文章，咬牙弄笔、抓耳挠腮的，总是得好半天。但这次，他却写得奇快。他拿着作文跑到客厅，我还未看，他却突然说要念给我们听。

我们笑着同意。他有些害羞，一边念一边看我们。我注意到，儿子在念作文时，他姥姥开头是笑，后来写到她如何辛苦操劳并感谢亲爱的姥姥给他的照顾时，她的笑中便含了眼泪。

我在那一刻觉得，那是儿子写得最好的一篇作文。

于是我便想起了自己的外婆。在所有人的回忆里，外婆似乎永远是个神一般的存在。正如那首《外婆的澎湖湾》所唱的那样：

晚风轻拂澎湖湾　白浪逐沙滩
没有椰林缀斜阳　只是一片海蓝蓝
坐在门前的矮墙上　一遍遍怀想
也是黄昏的沙滩上　有着脚印两对半
那是外婆拄着杖　将我手轻轻挽
踩着薄暮走向余晖　暖暖的澎湖湾
一个脚印是笑语一串　消磨许多时光
直到夜色吞没我俩　在回家的路上……

这首歌，成了赞美天下外婆的神曲。"外婆"这个称呼，像"母亲"一样，代表了人世间对所有美好生活的向往以及对美好过往的回忆。

但我对自己的外婆，却没有一丝记忆。母亲生下我时，外婆就在另外一个世界了。

我对外婆的印象，是母亲每每遇到亲人间的悲酸痛苦，自己委屈伤心时，便跑到去外公家途中的一个离家几里外的山沟里，伏在一座坟上失声痛哭。我小时候不懂，母亲为什么会伏在一堆土包上哭个不休。慢慢长大后，我便理解了母亲——坟里头有她最重要的亲人，她无处倾诉痛苦，只有在大山间长号！

那是阴阳相隔的两个世界，我感受到了母亲与那个世界的亲密联系。然而，埋在土里的，与站在人世的，却互不通心曲，母亲纯粹只是一种发泄，一种无奈。

直到有一天，母亲也突然去了那边，埋在我们村庄后的山坡上。我不知道她是否能与外婆相遇，她们是否可以重新住在一起，是否能过上幸福的生活。我按照故乡的习俗，每次回去，都跑到母亲的坟头烧纸。在我简单而又世俗的想法里，母亲这辈子在人世间受尽了凄风苦雨，不能再到另外一个世界受穷了！

至于外婆，没有给我留下丁点儿声音，也没有给世间留下任何一张照片，她的存在像阵风一样，来无影去无踪，没有任何人再提起过她。这是我们那里前几辈乡间妇女们最后共有的命运，令人叹息，也令人忧伤。

给了我爱的另外一个外婆，是帮助我在新疆入伍当兵的舅舅东不拉的母亲，叫陈求英。过去，我在乡间曾见过她，满脸慈祥的笑，一脸福相。她与我母亲熟悉，原来是上下村的，属于一个生产队。后来，她嫁到邻村西坳，与我的亲伯母的娘家，既属于本家，又比邻而居。原本，这个外婆的一切，与我像是乡间的平行路，不可能有交错与相遇。但是那一年我流浪到新疆，偶然的机会，得到她的大儿子东不拉（我后来叫他大舅）的帮助，得以在异地入伍当兵，这才搭上了亲戚。所以几年后我考回内地，第一次放假探亲回家时，还没回自己家，就先去探望外公外婆。毕竟，因为有了东不拉舅舅，他们就成了我没有任何血缘关系的亲人。

没想到，外婆老远看到我时，竟立即叫出了我的名字！

那种感觉，使已不再年轻的我，感受到了另一种做外孙的温暖。

我来到她家，她和外公拉着我的手拉家常。外公非常宠我，常常与我有说不完的话，其中既有觉得我考上了军校为他们争了光，又有另外一种特别的亲情。况且，外公年轻时当过兵，是红四方面军的一名军医，后来因为护送伤员掉队回到农村，经历相当复杂。许多年后，外公去世，我把他的故事写入了中篇小说《舅姥爷的革命生涯》中，算是对他的纪念。虽是小说，但虚构的成分不多。

而外婆，则像我母亲一样，总是待在厨房里，不停地做饭，仿佛要把好吃的东西，一下子全装在我的肚子里。

外婆说："你为我们争了光，我高兴啊。"外婆一说，我的眼泪直打转，她是把我当亲人啊。外公喜欢喝酒，也要我喝，外婆就训他说："不能喝就不喝，你把伢喝伤了么办？"外公笑，说："哪有当兵的不喝酒的？过去我们打仗，找到酒就像找到宝贝一样。"外公酒一多，就摆起大男人的架子，指挥外婆干这干那。一看，就是故意的。但外婆也不恼，你让干就干，一边干一边还要讽刺外公几句。外公也不恼，只是逗她乐。

其实，早在新疆当兵的那几年，我便从东不拉舅舅那里知道了一些外公外婆的事。特别是外婆，东不拉舅舅每次讲起，眼睛就湿润起来。

舅舅说，外婆生于1934年5月15日。青年时期，也曾投身革命活动，像红安县参加革命的每个人一样，组织上让做什么就做什么。但部队转移后，年龄稍小的女孩子就留在了当地。1952年12月，外婆与外公结婚，从此成为生产队的社员。他们育有四子三女，都是外婆一手带大的。

在舅舅的记忆里，外婆的一生，是困苦的一生，操劳的一生。儿多娘苦，为了把舅舅他们养大成人，外婆就像一架上了发条且永不疲倦的机器，春天忙了冬天忙，白天忙了晚上忙。舅舅说："记得儿时我晚上起夜后第一眼看到的，必是母亲在灯下忙碌于缝补的身影。母亲自己虽不识字，但她却洞明事理，目光远大，不顾家庭生活遇到的重重困难，坚持把孩子送进学校读书，靠铲草喂猪、养鸡卖蛋等为儿女们一分分地积攒学费，而对于自己，却节俭到近乎苛刻的地步。"正是由于外婆的影响，她的七个儿女都很争气，先后走上了不同的工作岗位，成了国家的有用之才。

舅舅每次都感慨地说："那是上世纪六七十年代，母亲既要上工，又要精心筹划全家人的生计，必须付出比别人多几倍的精力才能应付这些难缠事。"

那段时间，外婆在生产队，总是早出晚归赶挣工分。工间休息，别人都抽烟闲聊，唯有外婆仍然手脚不停地铲草、打柴、拾粪，利用这难得的休闲时间好为圈中的畜牲多喂上一把草、为灶间多添上一把柴。

舅舅说："在家里，她勤快善良，白天下地干活，回家还要为儿女忙着烧茶做饭，纺纱织布，浆浆洗洗，缝缝补补。她用槐树花浸染一下粗糙的布料，然后精雕细琢做成华丽的衣裳。

每一件衣服，虽然都是粗布，但总是那么合身得体，而且个性新颖，让我们融融乐乐、愉愉快快走进校园。"的确，外婆善理家在村子里是出了名的。即使在最困难的年头，她也总是把全家人的衣食住行，安排得井井有条，处处显出她心灵手巧。无论年龄多大，外婆永远是个爱干净的人，即使过去住在乡间土屋，家什简陋，她也总是收拾得干干净净；吃的虽是粗茶淡饭，但总能叫人吃得津津有味。

更难得的是，外婆的善良有目共睹。她侠肝义胆，乐善好施，菩萨心肠，谁家有事，她都尽力相助，倾心付出。我母亲曾说："即使遇到要饭的人，她宁肯自己少吃几口，也不让人空手而归。"外婆的贤淑善行，一直被左邻右舍传为美谈。

十九岁那年，舅舅入伍来到西北守边。这一守，就是一辈子。忠孝不能两全，外婆尽管特别思念，但从来没有拖过舅舅的后腿，总是要他把国家的事做好。舅舅说："每一次探亲拖着疲倦的身子跨进家门，母亲都要迎上来，关切地问这问那，然后跨进厨房为我煮粥做饭。看着我，看着给我端上来的热乎乎的饭菜……而每一次出门，母亲总是给我拿上很多吃的，那都是母亲平素舍不得吃的，还不停地嘱咐这嘱咐那。每次看到她慈祥而温暖的目光，仿佛阳光照进了我的心里，驱散了我的疲劳，解除了我的疑惑，我的心中盛满了浓浓的母爱。"正因为有外婆的支持，舅舅后来在边防提干，与舅妈一起，守了一生的边防。后来，他又回来带走了小舅。小舅穿上军装，直到牺牲在库尔勒……

曾经有幸读到舅舅思念故乡与外婆时写的一篇文章，那篇文章至今躺在他的博客里：

母亲的目光一直像冬日的太阳、航船的灯塔，在我寒冷的时候给我温暖，在我徘徊的时候指给我迈步的方向，为我分忧，与我同乐，指引着我成长。

可是，人一生下来，就注定必须远行吗？

先是走出了那个小村子，而后走出了那片土地。那可是一片让人倍感亲切而又芬芳浓郁的土地呀！以至我在三十多年之后，在遥远而陌生的异地所在，还能清晰地闻到她的味道，她旧日的容颜也依然如在眼前。

但毕竟，故乡是那样遥远！

我的眼前，总是闪动着母亲那双布满着焦虑神色的眼睛，上上下下地打量着我，虽然没有开口但分明是在说：儿子，你真的要走了吗？

我得走啊，母亲。

我走得离故乡愈来愈远了，让我感到亲切和熟悉的面孔愈来愈少了。有时，我觉得自己简直就是孤独而又艰难地栖行，那是怎样一种悲壮的感受！

一个人的一生，好像必须永不停息地不断远行。特别是作为一个革命战士，就要无限深情地热爱着自己的戎装、自己的祖国，绝不会因着战争的爆发和生命可能的牺牲而退缩不前。母亲，我必须走啊。这是我小时你就教的"精忠报国"！

但无数个塞外与大漠的黄昏，我好像总是能听到故乡的飞鸟鸣叫。那确实是一种叫得很动听的鸟。可在这样的黄昏，它们该回自己的巢了。在一片花地，一丛草间，或一蓬刺儿菜的根底，我曾经找到过那些巢穴：刨土为坑，结草为壁，虽只有拳头大小的空间，却温暖而溢出清香。

这对于久经塞外风沙变得无比寂寞的我，实在是个大诱惑。但从青海到新疆，从军三十余载，搬了十二次家。哪里，才是人生最后的归宿？

革命战士，天涯即家。可是，作为儿子，何时才能给母亲一个安定的家？

心里梦里，我也常常构想了自己理想的田园。是"采菊东篱"，抑或"种豆南山"？不少朋友故作超然，也曾这样表白。但那种优哉游哉的感觉，只能是心向往之。践行起来，殊非易事。

塞外风沙吹起的喧嚣声，大约总能让人暂时放下绵绵的乡愁而不陷于惆怅。"暖风熏得游人醉，直把杭州作汴州。"但时代的暖风果真能把我这一缕乡愁，吹得一干二净吗？怕是在夜阑人静，暖风过后，会有更深的愁绪等待自己去梳理和品尝吧。

可是，母亲啊，您一生勤俭持家，辛苦操劳，为使儿女们能过上幸福安康的生活，您总是省吃俭用，任劳任怨，白日里您忙活劳作，黑夜里您点灯熬夜。无论是大雪纷飞的寒冬，还是烈日炎炎的盛夏，您总是星不落即起，夜不深不眠，您额头上的一道道皱纹和那苍苍白发，写满了岁月的风霜。母亲，您劳累了大半辈子，从未好好休息过一天，我们七个孩子一个个的成长就是您用汗水换来的，曾深感您养育这么多子女是如此的艰辛。可是，我作为长子，长大后却不能为您分忧，飞到了太远太远的地方！我的头顶，能摸到天上的月亮……

舅舅的文章，字斟句酌，写得抒情而又忧伤。他一辈子守在边疆，后来又带去了小舅。小舅牺牲时，外婆痛苦难抑，哭晕了过去。但醒过来，她说："为国家死的，值了。不能为国家和军队添乱,你们年轻的,更应在部队好好干。"

这个"你们",包括了舅妈在内的所有军人。整个周氏家族,有二十多人曾在军队里服役。

我也是其中之一,所以外婆对我寄予厚望。特别是我考上军校后,外婆更觉得荣光。

后来我回去,总是先去外公外婆家。在喜悦过后,好吃好喝饱餐后,只要没事,外婆便拿了椅子,喜欢与我拉家常。她说:"你大(指我母亲)多贤惠一个人啊!"然后,她就谈起过去村庄里发生的那些事情。比如我外公年轻时参加革命,新五师突围打散后从外面回来,怕被人抓,穿着国民党的衣服,装不下去就又逃走了。这一去,便在外面给地主打了四年的长工,最后回到家乡,也老大不小了。人家介绍给外婆,外婆没意见,见个面便结婚了。外公在外脾气很暴,但回到家,乖乖听外婆的。他们一共生了四男三女,在那样恶劣的条件下,也不知外婆是怎么过来的,她不但将个个抚养成人,而且个个都有出息。很快,外公的家族在当地成为望族。

听村子里的人说,外婆在当地威信很高,谁家有事,她都主动去帮。吵架在我们乡下是常事,一吵起来就很厉害,所以一般人都躲。但外婆一去,随便说几句,人家便不吱声了。外婆常说:"不吵不闹,不成老少,今天吵明天就好了。"每次我休假期满，要回去时，外婆总是这叮嘱那叮咛，生怕少了什么。每次我与外婆道别时，就像告别母亲一样，回过头去，看到她的身影在村头竹林的那边变得越来越小，多少次我都鼻子酸酸的，想哭。

外婆身体不好，有高血压，但她总是把笑挂在脸上。家中来了客，无论是谁，再难她都要准备几道像样的菜。在那些日子艰难的年头，周围一大片可能就外公家里还能吃得上肉。外婆从不拒绝任何一位不速之客，她爱面子，宁可自己不吃，也要让客人吃饱吃好。方圆几十里，都知道外公外婆的名声。后来，随着条件的好转，她家几乎天天都有客人。连路过的，有时也要歇歇脚，顺便到外婆家打点牙祭。所以，她家的厨房，是当地最忙碌的厨房。外婆常说：我这一辈子，就是给你外公烧火做饭……

我母亲生病时，外婆非常关心。外婆去看她时对我母亲说："伢呀，你就是我的亲女儿啊。"母亲那时病重，躺在床上，听到外婆这样一说，她的泪便迅速涌了出来。她们谈起伤心的往事，总是把泪流在一处。母亲后来对我说，因为有外婆，让她享受到了第二次母爱。母亲流着泪对我说："伢啊，人要感恩戴德啊，做人要讲良心，要记得人的好啊……"

母亲去世后几年，我每次回去，外婆都要提到她，总是唏嘘不已，说我母亲没福。再过几年，母亲坟头的青草也几度枯荣后，外婆突然生病，很快就走了。那是2008年12月7日11时45分，外婆在看了看周围的人后，再也没有醒来，享年七十四岁。

噩耗传来，我十分悲恸。本想请假回去送葬，但因为当时我们忙于完成一大项工作，我是主要负责人，单位领导没批假。这成了我最大的遗憾和心病。后来，我从东不拉舅舅带回的照片中，看到乡间给外婆送葬的人排成长长的队伍，这足以说明那些吃过外婆饭的人，对她的怀念与感激。

寿终德望在，身去音容存。有好长一段时间，退役在家的舅舅，不停地在博客里发表他怀念外婆的文章，种种过往，像过电影一般地出现在文字里，读了让人一次又一次地流泪。

外婆去世的那个冬天，我休假回故乡，专门买了火纸来到外婆的坟头上。当我点上香烟，看到火纸在空中飘扬的时候，透过烟雾的朦胧，我仿佛看到外婆仍像往日那样坐在那里，慈祥而温和地望着我微笑。

不知为什么，在那个有雨的早晨，我跪在外婆已长了青草的坟前，突然间泪流满面。

犹记当时，我儿子在作文中写他的外婆时，最后一句是："亲爱的姥姥，我爱你，感谢你对我的照顾。"

这句话，让我又想起了外婆，可能因为我做得太少，竟然不知怎样感谢在另一个世界里的她。我只能写下这篇文章，作为对外婆的怀念：天堂的路有多远，我们的思念就有多长；如果一个人真的还有来生，我仍愿做亲爱的外婆眼里那个令她骄傲的外孙。行文至此，又记起了舅舅写的那篇文章，不妨转发一段，因为我们的爱与思念是一样的：

栖身在边陲的夜色里，便会发现：边陲就是一条船，虽也灯光辉煌，风沙喧哗，但它的边缘之外依然是一片幽暗。这就是生活的海。我时刻感觉到这条大船的疾速行驶，却不知道它究竟要把自己带向何方。

难道我的远行就是为了搭上这条船？就是为了把自己置身于苍茫之中，而后不断地求索、拼搏、欲罢不能，直到精疲力竭？这就是我生命的实现形式吗？

终于明白，从呱呱坠地的那一天起，自己就已经搭上生命之船，在母亲的呼唤中，渐行渐远了。尽管这或许已经不是生命的初衷，但生命之船业已不能回转。正像这塞外边陲，在这个时代，它疾速行驶，而我，却已经无法摆脱。

母亲……把爱全给了我，把世界给了我，从此不知你心中苦与乐；多想，靠近你，告诉你其实我一直都懂你……

天堂里的外婆，我愿您和我的母亲一样，在遥远的国度里，能过上更加幸福的生活！因为，你们都没有赶上我们生活的这个好时代……

留在库尔勒的长夜

小舅走了。

走得非常突然，他才三十八岁，正值人生壮年。

那时我在总部机关借调。当大舅从遥远的新疆把小舅走了的消息通过电话告诉我时，我怎么也不相信。一个非常阳光、健康、身高一米八几的汉子，怎么就那样走了呢。

生命无常，命运莫测。我震惊在这个城市里，久久没有说话。

往事就在北京的雪天中，慢慢爬入了记忆。

我原来不叫他小舅，而是叫周小平。因为他是我初中同学。在小学时，他与我姐同班，年龄比我大，高我两届。那时我们老家对读书并不怎么重视，有时因为这事那事，同学中多读一年或少读一年的，最后隔几届读到一个年级的，都很正常。所以在进入初中后，学校几经整合，小舅便与我同班了。

我直呼小舅其名"小平"时，我们还是好朋友。那时他高大、帅气、讲义气，性格直爽，很受同学们欢迎。似乎一到下课，到处都是他的笑声,很抢眼。他也喜欢抢眼,所以小舅走到哪里,哪里便被带活了空气。三十多年的往事,记忆最深的就是小舅曾经喜欢过一个女同学,让我传信,我不传,小舅很生气。后来,他又不生气了。因为他知道了我喜欢另外一个女同学,没有说出来。那时我们懂个啥呢,今天喜欢这个,明天暗恋那个,都没戏。到若干年后,同学重逢,提起来,都会笑着说:"啊,是吗,有那回事吗?"

我们读到初三时,小舅突然走了,他要到新疆去当兵。小舅似乎天生是当兵的料,他出生的日子就是建军节。但他突然要走,还是让我猝不及防!

小舅走前与我聊天,他说:"反正也读不出什么名堂,不想给家里添负担,还是当兵去吧。当兵学点东西回来。"

那时当兵在我们红安县是个热门的事,不是谁想当就能当得上的,除了政治过关,体检过线,还有别的要求。为此,我对小舅很是羡慕。他走时,我们都很惆怅。不知此去一别,何年能见。那时我们才觉得人生的分离,是多么难受,也明白了友谊的种子发起芽来,是惊人的深情。后来,我们偶尔通信,听他在遥远的新疆异地,传来种种新鲜的消息。与他的军旅不同,我在贫穷的生活中,从一所学校到另一所学校,为所谓的前途奋斗。高考失利那年,我也想去当兵,但最终没走成。在流浪了多方走投无路之际，我拿着小舅曾经写的信，去了新疆。

那时我们已经三年没见面了。我到新疆时，没有见到他，他由于表现优秀而提干，到库尔勒集训去了。几经周折，我见到了大舅——因为我伯母是大舅的堂姐，他面对我的到来没有办法，也无法拒绝。于是，又几经周折，我得以在新疆异地入伍，成为茫茫戈壁上的一名新兵。等小舅参加集训回来时，我已穿上了军装，与他站到了同一个阵营里。小舅开始很惊讶，他站在那儿看着我。我那时已经知道了新兵与老兵的差别，何况小舅已是一名干部而我还是个战士。我不敢表现出曾经同学时的亲密无间，但他作为老兵，用凌厉的目光注视我几分钟后，很快就柔和下来，先给了我一拳，接着搂住我笑了。

也许是因为军营的等级，初到新疆的那几年，由于我是战士，而小舅在另外一个连里当排长，是干部，我们见了面聊起来总觉得中间隔着什么。而且，经历了五年的军旅生活，他已经成为一个标准的军人，举手投足之间，英气逼人，令人羡慕。而他开口说话，总是像在连队讲话一样，带有命令的口气，让我感觉到了与他的差别。好在大舅和大舅妈待我如亲人，让我找到了家的感觉。

我进入大舅的大家庭，是从新兵开始的。老实说，我根本想不到在老家没有达成的事，在遥远的边疆竟然实现了。穿上军装,成为改变我命运的开端。而这个大家庭,也把我当作亲人,帮助我、鼓励我、厚爱我和成就我。我得以在异土异乡,找到人生中另一种真正超越血缘关系的所在。每到周六日,如果有时间能够回家,我便请假从东营跑到团部,混在大舅家吃吃喝喝。这时,与小舅的接触多了起来。他常常说:"你是知识分子,要好好干,争取考个军校,以后超过我这个土八路。"我说:"你是干部,我是战士,怎么是土八路?我才是真正的土八路。"小舅笑,大舅也笑。大舅说:"我们都对你寄予厚望,干好工作之余,还得好好学习,条件达到了就去考军校。"我说好,其实心里一点谱也没有。因为我们整个营三年没有考上一个,作为汽车兵得考理科院校,而我又是文科生,总觉得那遥不可及。好在他们都支持,我也很努力。每次回家,都是打牙祭,好吃好喝的。大舅妈在后院养了一些鸡,只要来人,就会杀鸡待客。小舅也喜欢回家,因为连队的伙食怎么也比不上家里好。但我们也不是随随便便就可以回来的,连队有连队的规矩,小舅是排长,要管理一个排,且连长还安排给他其他任务;我是战士,更不能轻易离开连队,加上我在连队里当文书兼通讯员,一天到晚有事。所以,家里有了好吃的,大舅妈看我们不回来,便会留上一碗放在冰箱里。小舅回家容易,常常是"先吃为快",弄得舅妈经常批评他,说那是给我留的。小舅有天对我说:"哟嗬,你现在在家里的地位,比我还高了呀!"他一说,大家都笑,我也笑。日子就这么其乐融融的。

也正是在这样的氛围里,我对小舅有了更多的了解,许多故事都是大舅讲的。大舅一生善良、厚道又健谈,虽然是个团级领导,但回家一点架子也没有,没事时经常给我讲些过去的事,虽然那时他离开故乡也近三十年,但提起来却如数家珍。

大舅说,1967年外公被打成"三类分子",同年3月被发配到鄂西神农架搞三线建设。身怀小舅的外婆每天要挺着肚子照顾他们兄弟姐妹六人,还有他们身残的外婆以及多病的奶奶和二伯。那时大舅年纪最大,但也只有十四岁,他帮不了外婆多少忙,只有心疼母亲,每天打柴担水、上山挖药换点家庭零用钱,跑跑腿来帮外婆。

到了这一年的8月1日下午,大舅放学回家,看见外婆肚痛难忍,知道母亲是要生产了。他急忙跑到两公里外的大队部找接生婆,大队部的民兵正在集会庆"八一"。大舅好不容易找到接生婆一起回家,小舅已经出生了。大舅说:"今天是建军节,小弟就叫建军吧!"但外婆笑着说:"哪有哥哥给弟弟取名的。只有爷爷奶奶、爸爸妈妈才能给小孩取名,或找算命先生取。"

大舅亲眼见到小舅出生,因此对他便有一种特别的感情。小舅从小就惹人喜爱,在他们兄妹七人中虽然最小,但从小就长得英俊，又聪明伶俐。村里老老少少见了，都喜欢逗他，而小舅从小就很乖巧，更是招人待见。

1988年，已是副团级军官的大舅与大舅妈一起回老家休假时，小舅还在武汉的一家建筑工地上打工。他有时上学有时不上，但听说大舅回来了，便赶回家迎接他们，一起过春节。吃年夜饭时，小舅把家庭气氛搞得很热闹，全家人都很开心。大舅妈说："小弟是块好料，要不带出去闯闯。"大舅说："你问问他，看他是否愿意。"大舅妈问小舅想不想去当兵，他当时没有表态，只是说再想想。

过完年后，大舅和同是军人的大舅妈要归队，再次问起小舅，小舅说愿意。

于是，来到新疆的小舅，在地方政府登记当了兵。果然不出大舅妈所料，小舅一当兵便表现出不一样的气质，他处处要争第一。特别是新兵下连后，他被选调到汽车团学开车，由于悟性好，很快就把车开得娴熟。加之在连队人缘好，又能吃苦，干什么都身先士卒，所以不到一年他就当了班长，第二年代理排长，带着车队翻昆仑、战戈壁，长年奔驰在新藏线上，为守边防的将士运送物资。由于表现突出，小舅先后两次立功，十二次受嘉奖！

功夫不负有心人。1990年年底，小舅经严格的考核，于次年破格提为军官。提干后,小舅在排长职务上代理连长,负责全连工作。他知兵爱兵,懂兵为兵,与兵摸爬滚打在一起,不到一年就把一个连续三年不达标的后进连队,带成全团的先进连队。此后,团领导对小舅刮目相看,只要有"老大难"的后进连队,便少不了小舅。他先后将三个后进连带成先进连,甚至军区领导都公开表扬"周小平会带兵"。正因如此,组织上很重视对小舅的培养,他得以从排长晋升到副连长、连长和副营长,后来又从库车调到库尔勒任军械装备修理所所长。

作为军人,小舅在每一个职位上都干得很出色,个人多次被评为优秀基层干部,所在单位被评为先进集体。

我在连队当兵时,小舅从来没有到过我的单位。他说:"自己的路靠自己走。"他虽然与我的连长关系很好,但从来没有为我的事打过招呼。偶尔回家碰到,他总是问相同的几句话:"干得怎样?""复习了没?一定要考军校。""在连队,首先是要把工作干好。"

我总会点头称是。不知什么原因,有事我都是向大舅妈汇报,对大舅和小舅都有点害怕的感觉。后来,我到司训连学开车,有个陕西兵不知为什么总爱欺侮我。我很想让小舅来教训他一下,但小舅说:"战友之间,有什么大不了的矛盾?即使别人不对,也要学着自己解决。"后来,军校预考中,我在整个分部考了第一，大舅高兴，小舅也高兴，说："到底是秀才。为我们长脸了。"

等到我正式考上军校走时，小舅恰巧带队上昆仑山运送物资。后来在军校读书时，他只是偶尔来一封信，在表示祝贺的同时，还表示羡慕，说他是提干的，军校那一课他只有在实践中落实了。

日子匆忙走着。小舅后来在新疆找了一个女军官结婚，不久有了自己的孩子，是个女孩，小名"贝贝"，全家人高兴得不得了。特别是大舅，觉得小舅的人生从此有了着落，更是高兴。毕竟，小舅是他带出去的。

在这个过程中，我在军校里上学，一直害怕被淘汰，所以格外努力。到毕业时，突然被学校宣布留校，感到很意外。第一时间打电话给大舅和小舅，大舅很高兴，小舅却很惆怅。他说："以为你会回来，一起在新疆好好奋斗呢。"我说这是学院的安排，自己也没有想到。小舅还是高兴，觉得自家人有了出息。

1999年，大舅从新疆正团职岗位上转业，安排到乌鲁木齐公安局工作。他离开部队时非常难过，因为舍不得那身军装，干了三十年，所有边防艰苦的地方他都去过，光是搬家都有十多次，孩子只得跟着多次转学。部队所有认识他的人，都认为他忠诚能干，前途无量，现在却突然要离开这支队伍，他显得郁郁寡欢。我们也都为一个优秀的军人脱下军装而感到叹息，但命令就是命令，必须服从。小舅为此有些不平："在边防工作了大半辈子，最终还是转业了。"大舅总是安慰他说："铁打的营盘流水的兵，党让在哪里就到哪里。部队是属于你们年轻人的。"

大舅转业后，我费尽周折终于在 2000 年调入北京。大舅很高兴，说留校的路走对了。小舅听后，更是激动。他打电话给我说："好好干吧，没准能出一个将军，希望在你身上了。"我说："那怎么可能！只是侥幸而已。"小舅说："只要努力，就有可能。"

小舅在基层很忙，我也刚进入城市，忙着结婚生子，上有老下有小，两头跑。2003 年我在单位抗击"非典"，中间又经历了母亲去世，让我此后好几年都没回过神来。2004 年新的军改开始，我又被借调在总后机关工作，天天加班熬夜。

时间一晃就到了 2006 年。这年年初，春节还未过，大舅突然从新疆打来电话，说小舅去世了！

好似晴天霹雳，一下把我击蒙了！

原来，2005 年 12 月 31 日晚，小舅为了自己所在的部队过好节，放弃在家休假的机会，决定和战友们一起过新年。但就在这一晚，他却不幸因公牺牲！

我们怎么也想不到，阳光、健康、热情、帅气而又善良的小舅，会遭遇这样的事！他到新单位任职才几个月啊！

大舅在电话那端哭泣。他说，12月22日上午小舅从内地送兵回来，还到乌鲁木齐去看他。因为24日要赶回部队，大舅将他送到车站。分别时，大舅还对小舅说："这次军改，组织上决定让你留下来，是组织对你的信任。现在转业名额多，领导们的压力也很大。但组织既然将你留下了，就是对你的认可。你一定要努力干好，不能辜负组织的信任与重托！"大舅还有些忧伤地对小舅说："我没当上将军，就看你的了，你要争取为红安再添一名将军。"

大舅万万没有想到，这会是他与小舅的最后一次见面。他在电话里哽咽着说："我真没想到，是我把他接到这个世界上的，又是我最后把他从这个世界送走……"

深夜，我在北京的电话这头哭了。大舅又回过头来安慰我说："他英年早逝，走得太突然。但你们作为军人，就意味着牺牲。谁叫他是一名军人呢？可怜的是年迈的父母、年轻的妻子和年幼的女儿，我不知道怎么对他们讲！"

我不知道怎么安慰大舅。我向组织请假回去，但组织没有批准。我把情况对大舅讲了，他说："你也是军人，必须服从命令！"

大舅和部队上的人一起料理了小舅的后事。他将小舅的骨灰从新疆送回湖北的老家安葬。老家的人们听说后，家家户户成群结队地去相送扶灵。白发人送黑发人，一家人哭得山崩地裂！

从那时起，只要有人提起小舅，外婆就会哭，外公就会生气。所以，我们回去，几乎不敢提他。我也只有在小舅的坟前，默默祷告。有一年春节，大家都回老家了，我们一起来到小舅的坟前，听到外面的鞭炮声响起，人们热热闹闹，大舅流泪了："再过几年，就是他四十岁生日。按老家习惯，逢十是大生，四十岁本应很热闹的，可你小舅，只有一人寂寞地长眠九泉了……"

站在墓前，我对着冰冷的墓碑敬礼。这是一个新兵向老兵的敬礼，是一个亲人对另一个亲人的致敬！

有一年，小舅妈趁着孩子放假，带着贝贝回老家为小舅立了个碑，以示怀念。大舅对我说，"我一直在想，那究竟是你小舅的墓碑，还是一座丰碑？"

从此，小舅便成为我们心头永远的回忆。特别是大舅，想起来总是放不下。有一年，他在博客上这样深情写下对小舅的思念：

小弟，我在梦里看见了你

小弟生前是部队一名优秀的基层指挥官。2005年12月31日，他因公牺牲永远地离开了这个世界，留下他年过八旬的老父老母和挚爱的妻子女儿。我们兄妹七个,我是老大,小弟最小,他自幼就赢得全家人喜爱!今天是他两周年祭日,我很怀念他。

小弟,
你走了两年,
我昨天才在梦中见到了你,
看见你在向我走来。
我在梦里看见你像往常一样,
你还是娇滴滴地拉着我的手说:
"我嫂娘(小舅对大舅妈的称呼)到哪里去了,
我好想我嫂娘,
哥,你可要待嫂娘好一点,
别再发你那牛脾气。"
醒来,
我再没有入睡,
小弟,
别人说亲人眼泪掉在你的脸上,
再不会在梦中相见,
两年了,

七百多个日日夜夜,

我在想你、想你……

你还是来到了我的梦里,

见到你结实的身体,

我欣慰,

听到你的嘱咐,

知道你没忘记对你恩重如山的嫂娘。

小弟,

不在你身边,

你一定要牢记,

离别前我的嘱咐,

你再不要好强,

要好好照顾自己,

有哥在,

我会孝敬父母,

善待你挚爱的娇妻,

培育你的女儿成才。

你在另一个世界,

相信你的兄长吧!

小弟,

去年的冬至,

去年的12月31,

今年的冬至,

今年的今天,

我用博客的形式纪念你。

小弟,

想你了,

我就看看相集里的你,

看见你在向我微笑。

我的泪珠从眼角滑落。

我的双眼已模糊,

泪水从眼里溢出。

小弟,

你离开我已有两周年了。

两周年前的一周,

我在乌市车站送你,

没想到,

这一天是我们兄弟诀别的一天,

我清楚地记得我说:

"小弟,

好好干，争取当个将军，

如果哥要是当了将军，

你和周田（大舅的孩子）就不会像现在这样委屈受罪。"

你对我笑了笑，

招了招手，

上了车，

我看到你趴在车窗上，

目睹着我。

这一天，

我不会忘记，

这是 2005 年 12 月 24 日。

你像往常一样去了，

我站在站台上，

目送着载你离去的列车。

小弟，

你离开我已有两周年了。

在这两年里，

你的娇妻为你立了墓碑，

一心一意地培育着你们的女儿，

你的女儿十二岁了，

去年参加第二届全国少年儿童书信文化活动，

她写的作文《我的爸爸》，

获巴州一等奖，

获自治区二等奖，

孩子没有忘记你，

孩子也很争气。

小弟，

你离开我们去了，

多病体弱的父母好想你，

常常提到你就是泪流满面，

你要理解老人老来丧子的悲痛！

两年来，

哥哥姐姐都在代你为父母尽孝，

你在那个世界如果真的有灵，

你也要尽尽心保佑二老身健平安。

小弟，

因为我没有了你小弟，

远在塞外的哥哥心里有话无人诉说，

因为我没有了你小弟，

我肩上的担子压得我喘不过气，

因为我没有了你小弟,
谁能助我一件寒衣!
两年来,
我希望能在梦里看见你。
昨天,
我终于在梦里看见了你。
小弟,
今天是你的两周年祭日,
你深爱的妻子昨天打电话给你三哥,
让他去你墓前看看你。
为兄的以此文纪念你,
一路走好!我的小弟……
小弟安息吧!

大舅的诗写得直白而简洁,痛苦而深情,带泪、带血。至今,这首诗还孤零零地湮没于浩瀚的博文里。就像共和国牺牲的军官一样,在和平年代永远是那样无声无息……

在大舅的这篇博文下面,至今留有我写的一首诗:

往事随风逝,伤情入梦来。

曾经肝胆照，尘世两徘徊。

本是英年发，忽闻异地哀。

狼烟倏遮日，独墓对天开。

重温执手事，涕泪满盈怀。

那一天，是小舅的生日，与建军节同一天，我们永远也忘不了。

在小舅次年忌日那天，他十二岁的孩子贝贝，正在库尔勒读小学五年级，为自己的爸爸写了一篇文章，题为《一封永远寄不出去的信》：

亲爱的爸爸：

您走了，我再也见不到您慈祥的面庞了，再也得不到您的爱抚了。我每一次都希望奇迹能够出现，每一次看着您的遗像，我的眼泪像断了线的珠子一样，不停地流，流也流不完。每当听到邻居的小孩撒娇地喊着："爸爸！"我的心就酸了，您知道吗？没有您的陪伴，我和妈妈都好孤独，您曾经对我和妈妈说过，要带我和妈妈骑摩托车去兜风，带我们去旅游……这么多事，您还没有做，就撇下我们匆匆地离开了。在人生的道路上画一个句号，永远的句号。在您离去的那一天，我和妈妈哭得天昏地暗，肝肠寸断，连周围的山仿佛也在摇晃着，仿佛也在哭。

　　如果您在，我们一定是最幸福的。可您走了，我和妈妈失去了往日的欢笑，妈妈的心像是被一块巨石压着。爸爸，您是个热爱人民，热爱工作岗位的人，您这一走，您的战士们不伤心吗？我常常在梦中见到您，我每一次梦见您的时候，您都对着我笑，摸着我的头。我感觉那时候，我是最幸福的了。

　　爸爸，我长大以后，要刻苦学医，攻克治癌难题，让天下所有的癌症者转危为安，不让生死离别的悲剧重演。

爱您的女儿：珂儿
2006年4月11日

这篇文章后来在第二届全国少年儿童书信文化活动中，荣获巴州赛区一等奖和新疆赛区二等奖。

好在，贝贝上大学时，也选择了军校。毕业提干后，她在组织的关照下分到北京，成为像当年的小舅一样的"战士的贴心人"。穿着军装，还是像小舅一样出现在人民军队的行列里。而这支坚强的军队背后，是大舅与大舅妈的整个家族，他们中有二十多人都曾在这个队伍里服役过，包括他的儿子、侄儿和侄女等。

我也三生有幸，在这个庞大从军家族的帮助下，加入了伟大的人民军队，成为其中一员，并且一干就是三十多年，至今还在这支光荣的队伍里服役。

而关于小舅和他的故事，除了亲人时常记起，仿佛历史的尘烟就此落幕。我每次回去，无论是否到他的墓前，都要按照故乡的规矩，在村头烧些火纸来纪念他，并告诉他，他的每一个亲人，在这个他爱的奉献过的世界上，都如他所愿过得很好。特别是他的宝贵女儿，已经在部队与另一名年轻的军官结婚，过上了他曾期盼的幸福生活……

安息吧小舅，只要穿上军装，有军人的存在，就一定会有牺牲的可能。因为今世之所以安好，是因为有另外一些人，像您一样，总是在无声无息中不忘初心，不辱使命，负重前行！

叫声外公太沉重

　　许多年后，我已经不太喜欢回故乡。对故乡那些零星的记忆，慢慢地淡下去了。说真的，故乡并没有留给我多少美好的回忆。但当我奋斗到城里，远远地挣脱了故乡之时，我发现，故乡却坐在我的心灵之上。即使在外面受了天大的委屈，即使被所有爱的和不爱的人抛弃，我们再也找不到一个像故乡那样的地方，可以来憩息治愈。因此，对于远离故乡的我们来说，异地的生活只是待在城市的一个角落里，慢慢舔舐伤口的疤痕。在那时候,我才想到故乡，以及故乡那些还生活得像当初一样贫穷的人，那是我永远的家。我永远爱着那里，但又选择了逃离。

——题记

一

　　外公在一个风雨飘摇的夜里来到我的城市。他还是穿着那件破旧的衣服，我看到他又在哭。

外公可怜巴巴地说，你有钱吗？我想要些钱……

外公的声音很低，他甚至不敢抬头看我的眼睛。我说，你怎么找到这个地方的呢？

外公说，我沿着你当初出逃的路找来的，我没有人可找了，便只好找你了。

外公的衣服湿透了。我看着他拐着腿，看着他脖子上还留着那个大大的刀伤，鼻子一酸，禁不住大哭起来。

这只是一个梦。醒来后我便给老家打电话。那时我们村子已经装了一部电话，接一次要给人家一块钱。因此我妈妈再三叮嘱，没有什么事不要往家里打电话，否则她连接电话的钱也没有。但那次我妈妈还是接了，她担心我出什么事，每次村子里的人喊她接电话时，她便心跳。

我妈妈急切地问，什么事？你没事吧？

我说，没事……你明天让父亲到外公的坟上给他烧点纸钱吧。

我妈妈说，你又做噩梦了？

我的鼻子变得酸起来。我说，外公在梦里很瘦，他冻得直打哆嗦，你们给他烧点钱吧，他哭了……

与我外公相比，我妈妈更爱我些。她说，他真是的，每年都烧那么多纸钱还不够用，跑到你那儿去要？

我说，你别问了，让你烧你就烧吧……

我妈妈答应了。为了让我节省电话费，她挂断了电话。

我那时在天津工作，我想，外公从来没有到过这样大的城市，他是怎么找来的呢？我一夜都在猜想外公是坐火车来的还是坐汽车来的，在那个陌生的城市里，没有一个人认识我，那外公又是谁带来的呢？

这样的事情，在我调入北京工作后，又发生过一次。外公还是要钱，还是低着头不敢看我，还是那样一副可怜巴巴的样子，让我心酸。终于我明白，为什么后来我对几个亲舅舅没有什么感情了。

二

外公是自杀的。外公自杀时我并不知道，那时我在外地上高中，在外面过着那种压抑而又贫穷的日子。饥饿时常搅得胃里翻江倒海，无法入睡。我无心关注家里的事。那时我们家面临着种种的危机与压力，好像家庭每时每刻都可能崩溃，天随时随地便会塌下来——直到今天，这种情况还一直在故乡里延续。在我远远地离开了故乡之后，故乡也的确没有给我带来过什么好消息，听到的一切都让我痛苦，让我操心。因此，每当想起我外公的自杀时，我便有些扼腕痛恨。我得承认，这种情绪增长的愤怒，使我对故乡的感情渐渐地淡了。我后来在城里过上了自己的日子，有时因为赌气，长时间不关心故乡的情况，但有时候也想起来，便辛酸得想哭。

外公自杀的时候我正面临高考。那种要跳出农门的压力，使得我差点先自杀了。我不知道我的家族是不是有这样的传统，反正我爷爷在"文革"中含冤遭打，他是想自杀的。只是我妈妈跪在那里，请他看在我们这些孙子的分上，放下他脖子上的那根绳子和他枕头下的那把刀，我爷爷才没有自杀。但他后来还是因为挨了太多"先进分子"的打，最终在一个夜里病死了。

爷爷死时我还不太懂事，只记得有一大堆人在棺材前磕头和哭泣。最后，他们抬起他，把他埋在我们村屋后的山上。后来我每年回去做的第一件事，便是到他的坟前烧纸钱给他。尽管我并不迷信，但我相信只有这种东西，才能表达我对他的思念和尊敬。我一直认为我的爷爷是被故乡那些王八蛋害死的，因此想起那些人来，我现在还巴不得抽他们几记耳光。

但我外公的死不一样。我外公纯粹死于自杀，与阶级斗争和血泪仇无关。我后来常想，如果我父亲娶的不是我妈妈，那我外公便与我没有任何关系，我可能也不会介入他的悲剧。但是正因为我妈妈嫁给了我父亲，并且在爱情中生下了我，我便与我外公有很密切的关系了。小时候，我住在外公家，被他赶着帮忙干活，也是挨了不少打的。但我一点也不记恨他，因为我小时候可以搜寻到的一点爱的记忆，全部是由外公提供给我的。关于我外公给我的爱，我可以略说一二。记得小时候，我们那里经常开交流会，就是一些商店把平时人们买不起的各种物品一下子聚起来，汇集在公社里让人们去买。那时，即使买不起的人们也喜欢热闹，习惯过去看一看，至少可以一饱眼福。

有次，大约是个秋天，天还不太冷，我穿着一条裤衩去了。那时我实在是没有太多的衣服，即使有，没有到季节，妈妈也不会让我穿的。我身上没有带一分钱，一分钱在我妈妈的眼里也是不可随便花的，可我还是跟在那些大孩子身后去了。看着那些热热闹闹的场所，要说我心里不羡慕是假的，你没法去锁住一个孩子的真实思想，就像他看到那些好吃的东西，并不能控制自己的口水一样。在交流会上，看到那红红的苹果，看到别的小孩吃得津津有味，我真的没法控制自己的食欲和口欲。我一直觉得控制一个小孩的口欲是不道德的，因为他不懂得这个世界存在贫富，而且他来到这个世界的时候，只是大人们在一个快乐的夜里，选择了没有考虑负责的行为方式。他们常常是在没有任何准备，也没有任何考虑便让小孩们来到世上。我长大后想，如果我不能给我的孩子幸福，我宁肯不要他来到这个世界。因为我不想他来到这个世界，在懂事后面临的第一件事便是难过和自卑。所以那天我流着口水在人们身后，用羡慕的眼光看着那些幸福的小孩，心里想得不得了，却吃不到嘴里。

正在我非常难过时，我看到了外公。他在人群里，亲切地用手打了我一下。那一下把我的胆子打出来了。我说，我要钱。外公说，你要钱干什么？我说，我想吃一个苹果。外公可能思索了一下，也许是想了点别的什么，他说，我可以给你买东西，但不能给你钱。接着他问我想吃什么，我说我还是想吃苹果。我外公又思索了一下，他大约是舍不得买苹果的钱——今天我想，也许我外公是在想其他别的什么，我不想破坏他留给我的形象，哪怕我今天是在欺骗自己。因为这件事的最终结果是我外公给了我两角钱，让我买苹果。那时两角钱可以买一包盐，因此我妈妈从来就没有一次给过我两角钱。后来我读小学一年级时，交的学费是一毛五分，我妈妈还有些舍不得，把钱交了时再三叮嘱我要好好读书，说穷人家的日子不容易。那时我便觉得钱真是一个好东西，它在世上竟然会那么重要，它在我们还不识字没有长大时便认识它的重要性了。我长大后不乱花钱的原因即在此处，并不是我小气，而是我想到花有些冤枉的钱时，便回到了童年与少年时代，在当时这些钱可以买多少东西呀。就是在今天，我故乡的人们依然过着贫穷的日子，有时我们在城市里一次吃饭的钱，就够他们一年挣的了。因此我外公给我两角钱的时候，我认为外公是世界上最好的人。没有办法，当时一个穷乡僻壤的小孩是真的这么认为的，他没有高尚到耻不谈钱的地步。他全部的愿望，只是想像别的小孩那样，能吃到一个可口的苹果。

我用外公给的两角钱，买了两个苹果。一个当时便吃掉了，怕别的小孩来抢，我还把另外一个塞在口袋里。外公也买了一个苹果，我们一起吃起来。他问我说，好吃吗？我说好吃。那是真的好吃，我后来一直也没有吃过那么好的苹果，只觉得心里甜丝丝的，美极了。我觉得平素对我板着脸、动不动便爱在任何场合里训斥我的外公真是一个好人。如果我当时知道下跪，我可能像别人骂的那样，没有骨气地跪在外公面前，感谢他圆了一个小孩的愿望，给了一个小孩希望。那是外公一生中最仁慈也最大度的一次，让我永远地记住了。

还有一次，便是在我自认为懂事了，已经上高中的时候。这一次现在说来让我感到惭愧。那年过春节时，面临着开学。开学便意味着要交学费，我读书时没有一年能顺顺利利把学费交齐了的，这使我在学校扮演了两种角色，一边因为学习特好而出名时，一边又附带上贫穷的角色。这个角色在好长一段时间里影响了我的成长，增长了一个少年的虚荣心和自卑感，直至我后来高考落榜后回到故乡，在人们眼里什么也不是的时候，我才彻底地抛弃和改掉了这个毛病。回到我高一那年冬天的开学，寒假没地方挣钱，便意味着我又面临着到学校里受辱。如果不是我学习还好，我想老师早就把我扫地出门了。天啊，那时我多么可怜，为了缓交学费，我妈妈要我到一位老师家里干活，帮他家插秧——那个炎热的夏天在我的记忆里一直很深刻，我在那么大的太阳下，站在水田里帮他家插秧，而他家的小孩却站在田岸下的树荫里。因此后来无论那个老师对我如何好，我却从心里不能原谅他。小小瘦瘦的我，为了讨好他，在炎炎烈日下的水田里差点晒虚脱了，而他的儿子，却坐在树荫底下咻咻地笑……

还是回到我外公那里吧。头天夜里，我妈妈便对我说，你拜年时要对你外公说你没钱。我说，我不想说。妈妈说，不想说那你就别上学了，在家里干活。不上学当然是我最害怕的，因为我拼命想上学。所以我必须听她的。我妈妈知道外公有钱，但不多。我也知道外公有一点钱。外公曾参加过抗美援朝，但当他作为新兵训练了一个月走上朝鲜土地的时候，朝鲜解放了。他们那一批人幸运地撞上了一个好结局，并且在老年有了优抚。究其原因，是我们闻名天下的红安县，出去革命的人大部分都死在了外面,因此解放后人们对当兵并没有深刻的认识,并不怎么积极。积极是后来又回到了贫穷日子时候的事,大家才一窝蜂地想像老革命那样走出大山去闯天下。想走出去是要找人开后门的,我想当兵没走成,就是因为没有后门。我妈妈还曾为此在家里哭过。她总是为自己没有后门而自卑,并且影响到了我,使我从小便对后门深恶痛绝,这也注定了我长大后不会有多大的出息——与后门对抗是没有丝毫好处的。我外公没有后门,他只是不想把生命当作生命而选择了从军,或者是那些有后门的人想把他填了名额,送他到前线去当炮灰。没想他因祸得福,竟然捡到好处了——每个月可以从政府那里领到七元的优抚,后来涨到二十元。每个上过朝鲜战场的人,无论打没打过仗,都有的。我外公对这个政策感激得不知流了多少回泪,见了人便说,政府好呀,政府好呀。政府是好,只是他的儿子也就是我的几个舅舅并不好。这个朝鲜战场的老兵也没想到,后来竟然会落到被自己儿子厌烦的地步。早知这样,我外公还不如在朝鲜战场上当个烈士好了,何必后来受那么多的苦?这样一说又扯远了,回到我给外公拜年的那个早上吧。我说我没钱交学费,上不成学了。外公曾一直为我骄傲的,在他老年,他所能做的唯一一件事便是为我骄傲,盼望着我有一天会出人头地。那时候,他所有的亲人,只有我把人道主义精神献给了他，陪他说话，帮他倒尿盆，给他拾柴挑水。因此我外公躺在床上——那时他已中风，用同情的眼光看着我。我那时的确还不太懂事，不知道人不能靠别人同情而生活。我那时需要上学，需要同情换来学费，因此我希望外公能同情我。那天早上，外公盯了我好长时间，我的眼泪都快下来了，我不知道外公是不是能给我一些钱，如果给，他会给多少。我根本没有想到他瘫在床上，双腿已不能行走了。我只是需要钱上学，需要钱好好地和那些同龄人一起，痛痛快快地读书。那天我姐姐和我弟弟也去了，他们都站在外公的床边，这时我外公尽管住在我一个舅舅那里，可他们是分开的，他一个人过日子，一道门向外开着。我外婆死得早，我甚至对她没有一点印象，如果有，也只是每次我们去外公家时，我妈妈常常伏在一个小坟堆上痛哭。那种撕心裂肺的哭声，让我长大后一直怀疑不是我妈妈那样一个柔弱的女人哭出来的。那天早上外面还在下雪，外公盯了我好长时间，盯得我心里阵阵发抖。最后，外公对我姐姐与我弟弟挥挥手说，你们出去吧。

他们出去后，外公使了一个眼色，让我把门关上。门关上后，他让我走到他的床前，摸了摸我的头，然后从被子的夹缝里掏了好一阵，掏出一沓钱来，并不厚，抽了两张十元的给我说，拿去吧，不要让他们知道。我知道外公说的他们是指我的几个舅舅与舅母。我便点点头,表示知道了。同时我的眼泪也下来了。我握住了外公的手,感觉到他那枯黄的、干瘦的手有些发冷,我的心头却阵阵地发热。最后我终于感动得忍不住哭了。多少年后,我在北京这样的大城市里,一个人孤独地行走,回忆起如歌如泣的往事来,我为这次的行为内疚不已。向一个瘫在病床上的老人要钱,是一件多么残酷的事情啊。可那时我的确没有办法,要不那些和善的老师在我没交学费时,总会让我意外地把我从课堂上赶走。而每年的比赛考试,他们却又想通过我拿名次为学校争光。

因此,我理解外公为什么在死去多年以后,还跑到北京来向我要钱了。我欠他的,是永远也还不了的。我只有像故乡的人那样,烧些纸钱给他来安慰自己。再说,他的灵魂又能找谁去要钱呢?除了我这个外孙,他可能实在是找不到合适的人选了。

三

又一天夜里醒来,我再一次打电话对妈妈说,你烧纸钱给外公了吗?

妈妈可能有些恼怒。她不耐烦地说,烧了烧了,烧给他了……

妈妈是一个迷信的人。因为爱我超过了爱我外公,她甚至想骂外公为什么到我这里来找事，让我睡觉也不安宁。我赶紧说是我自己想这样做的，因为我觉得爷爷和外公一直在暗中保佑我，使得我经过多年的流浪后还能够考上大学，并且奋斗到了城里，过上了另外一种生活。

妈妈说，我再烧就是了，只要你过得好就行。

说完她又挂上了电话。

四

外公自杀时故乡多雨，我那时正准备参加高考。当姐姐告诉我外公死亡的消息时，我以为他是因病去世。因为他中风后，身体一直不好，我父亲是个孝子，还接他来我家中住过一段。

说起外公中风也是一件非常奇怪的事，好端端的一个人，上午还在干活，还在田地里与别人开玩笑，到下午便倒在河沟里了。起初，他能干活时，他那三个已经分家而过的儿子，都希望他能为自己家多干点活。他中风后，三个儿子便有想法了，与其说是他们的想法，倒不如说是他们媳妇的想法。外公他们的村子里一直有女人当家的习惯，女人说话决定的事情，男人便没有说话的余地，因此打架和吵骂在他们村里是非常正常的事情。外公的三个儿媳妇在他中风后并不想赡养他，这就带来了一个问题：他不能动，又没人赡养，该怎么办呢？其实是没有办法，他只能从每家领取一点吃的或用的，自己拐着根棍子去干些力所能及的事情。我后来还奇怪，他的生命是如此的旺盛，竟然在中风后还能到山上去打柴——这是他几个儿子稍动手便能做到的事情，但他们却没有一个人去做。最后，这件事只能由我妈妈这样善良的女人来担当，她实在是看不下去，便让父亲把外公接到我家里住。我从那时开始对从小便对我拳脚相加的父亲产生好感，因为他这个女婿，竟然不怕我外公脏，天天为他洗澡，在外公大便时替他拿便桶，在他小便时给他拿尿壶，还替他揩屁股。对此我父亲没有一点儿怨言，真的一点儿也没有。"一个女婿半个儿"的话，在我父亲的身上得到了印证。外公中风加重后，大小便失禁，常常把屎尿弄得满床都是，全由父亲一手服侍。我妈妈为此一直爱着我父亲，我当时认为能干的妈妈爱着老实巴交而又对我们脾气暴躁的父亲，真是他的福气。当然，我也认识到，父亲能在那么长的时间里一直对外公那么好，证明他虽是个平常人却也是不平凡的。这增加了我对他的尊敬。

  外公就这样在我家住了半年。那时我家的房子不大，外公便住在堂屋，白天黑夜地躺在床上，用温和慈祥的目光注视着我们进进出出。如果不是他的儿媳们来闹，估计按我妈妈的意思，她可能一直让外公在我家待下去。

事情的变化总是难以预料的。就在外公准备在我家过着这样还算幸福的日子时，他的几个儿媳妇来闹了。她们闹的目的，并不为我外公的钱财，而是她们认为一个老人靠女婿来赡养，明显是给她们丢脸，好像她们养不起或不行孝似的。事实上的确是她们不太孝顺，但她们也要面子，害怕社会舆论，因此不能让我外公在我家住太长时间。我妈妈想继续留住外公，但怕我父亲。我父亲一直没表态，按他的意思和想法，留也可，不留也行，他只是尽责。于是外公的几个儿媳妇借机与我妈妈吵架，认为我妈妈这样做造成他们家庭不和，而向公众讨好。我妈妈一辈子是个在外面吃了亏往自己肚子里吞的人，面对她们的大吵大闹，她想过安宁一点的日子，只好对我外公说，那你就回去吧。我外公并不想回去，但听到我妈妈的话，他从此便对我妈妈没有好脸色。我外公也是这样的一个男人，在他们那个习惯于女人统治的村子里长大，所以怕儿媳而不怕女儿，哄儿媳而骂女儿。我妈妈是一个老实人，她不喜欢解释什么，我想外公后来可能一直为此耿耿于怀，所以当天便拍着桌子说自己早想回去了。

外公回去那天，妈妈是流着泪水送他走的。看着我父亲和我一个舅舅抬着外公往外走，我妈妈的泪水像决了堤一样往外流。我跟在妈妈身后,看着她哭自己也莫名其妙地哭了起来。其实,我是为哭而哭,根本不知道自己到底在哭什么。

那是一个不好的征兆。

从此,外公再也没有来过我家。

五

在漫长而又恼人的梅雨季节里,外公死了。外公死时,我并不知情。等后来知道时,我就再也没有原谅过他身边的那些人。那些因为我妈妈的缘故而与我有了各种各样亲戚关系的人。

外公是不堪受辱而死的。那时候,他的孩子们已不再过问他,这位可怜的老人只能每天瘸着腿出入那间小房子。我妈妈每次去都要流下一串串眼泪,但她没有办法,她斗不过外公的几个儿媳。曾经与那些亲戚相处时,她已伤痕累累,直到后来妈妈不再与她亲爱的大弟弟往来。原因起于一年春节,我父亲按照老家的传统——女婿在过节前要送年货,买了肉和糖送给我妈妈的家族。这是我们那里乡下的礼节,但大舅妈说,我父亲给她们家的那包糖少了二两。那时,在我们那边买东西还没有相对正规的包装,在代销店里买糖售货员也只是用报纸包一下。而代销店为了多赚些钱,缺斤少两的现象非常普遍。大家谁也不好意思当场再过秤，因为乡下人在没钱的时候，要在他们那里赊东西，如果把事情做绝，以后人家绝对不会再把东西赊给你。我父亲买了糖，并不知道哪一包大哪一包小，哪一包多哪一包少。反正他觉得这是做女婿的心意，便兴冲冲地去了外公他们村。没想到大舅妈把送她们的那包糖称了称——事实上她一直嫌我父亲穷，想找一个理由不与我们家来往罢了。在她们的眼里，我们家是永远不会辉煌起来的。而那时候，她娘家的族里，是有一些在乡下有权有势的人物的。因此这件事的后果是，大舅在大舅母的示意下，把父亲送的那包糖又送了回来，说我们家看不起他们，给别的舅舅是一斤或九两——该死的售货员，没有一包货真价实——而给他们家的却少一两。既然如此，两家不来往了。

我妈妈为此伤透了心。她听到自己深爱的大弟弟说：姐，我们之间的亲戚关系就算了吧，没有必要再来往了。她当时就哭了，看着自己一手带大的弟弟，仿佛要重新认识似的。但我妈妈没有怪他，因为她知道他被另外一个女人统治着。妈妈后来以同情的目光看着他，于是他走了。我们两家从此断绝了往来。这就是我妈妈的亲人们，那些曾经跟她从小一起长大的亲人。他们先逼退了我妈妈，又逼死了我外公。后来我想，要是我站在外公的位置上，肯定也会选择自杀的。那是一个后来常常出现各种怪异事件的家族。

  一个不能运动的老头，整天遭到周围亲人的白眼，有时甚至是无端的怒骂，这样活着又有什么意思呢？有一次我对朋友们说，等我老了，我便先自杀，绝对不会给我的孩子们添麻烦。朋友们都奇怪地看着我，其实那时我想起了死去多年的外公，因为我又梦见了他在另外一个世界里孤独地游荡。他一生都是一个弱者，一生都受到周围的白眼和欺凌，而变得唯唯诺诺不敢抬起头来生活。无论是在此世还是彼世，只有我在同情他却帮不了他。

  外公死的那天没有下雨。当时的情景是后来我听别人复述的。随着复述者的嘴漫不经心地一张一翕，我的心也一上一下地晃荡着。

六

  那天，外公不知为什么又惹怒了儿媳，儿媳当面大骂起来。她说，你怎么还不死呢？老不死的，活着还有什么意思？——就是这句话，使我后来再也不曾从心里原谅她们；也就是这句话，引发了我外公多年来一直包藏得很深的自尊心。就是在那一瞬，当他看到自己亲爱的儿子们，以一种仇视的目光盯着他时，他多年压抑的自尊心终于被激发出来。他看到过去她们曾举起过的菜刀又在他身边飞舞，仿佛要一下子砍在他的脖子上，他最后对人世的那一丝温情远去了，死神仿佛在他身边流着泪说，走吧，跟我走啊，这样活着的确没什么意思。

外公哭了。那时他大概六十多岁。我很惭愧，直到现在我也不知道外公的真实年龄，更不知道他死去的那一年到底是六十几岁。因为我每次回老家后提起他，妈妈便会红了眼圈。她说，你不要提了，不要提了……就是这简单的两句话，使我对那个有着血缘关系的家族一下子陌生起来。我也希望能陌生起来，因为它带给我的只有满目的疮痍和痛苦。无休止的争吵、争斗，无休止的贫穷、落后，无休止的犯罪和人祸，使得我对故乡的回忆总是那样沉重。作为一个弱者，我外公在临死前表现出了一个勇者的气概。也唯有死的时候，他才第一次拥有了人的尊严。在流了一通眼泪之后，我外公毅然地拿起剪刀剪开了自己的喉咙，鲜血迅速喷涌而出，溅得四处都是。他胸前被自己的血染红了——可怜的老人，他一辈子不敢让别人放血，只有放自己的血来证明他是一个血性男人。而他的那些有着血缘关系的亲人，却看着鲜血喷出而无动于衷，以为他不过做做样子。就是因为这，此后我觉得血缘关系是靠不住的，不再相信"血浓于水"的古训，觉得血缘关系有时比陌生人更为可怕。

而外公那把带血的剪刀，使我对他和他的生命有了深深的敬意。我敢肯定，他还是想活下去的，作为一个弱者他有着比常人更强烈的求生本能。但是他举起了剪刀，对着自己的脖子剪了下去。那些与他没有血缘关系的人在一旁麻木地看着，没有谁敢把他送往医院。他们害怕遭到外公"亲人们"的谩骂。既然他的"亲人们"都冷眼旁观，那他们又能说些什么呢？再说是自杀，也不会让外公的"亲人们"背上一个怎么样的罪名。

尽管我没看到外公的最后一刻，但可以想见，他在剪断了咽喉还没死去时，曾是如何痛苦地在地上挣扎。他可能为一个人死得这么艰难而感到无限悲凉，因此向周围人投去了求救的目光：你们帮忙杀了我吧，让我快快死去……但周围没有一个人动。

复述者说，你外公可怜呀，人还没死，村子里的那些狗便想扑上去了……

听到这句话时我哭了。我真想在那些看客，特别是那些亲戚的脸上打一个耳光。但是我不能，我不是法律，没有这个权利，再说我自己又为外公做了什么呢？我那时在学校，背了满肚子的功名利禄，哪里还曾想起过他呢？死者的悲壮，带给了我男人的勇气。有的人一生轰轰烈烈，却死得无声无息；有的人一辈子无声无息，死时却轰轰烈烈。我一直认为外公在死的那一刻，表现出了一个真正男人的况味。

在用剪刀自杀不成而又无可挽回的情况下，外公从屋子里出来，向池塘边爬去。那是他吃着里面的鱼和水长大的池塘，是距他仅仅二十多米的池塘。我外公用双手爬着——他的双腿中风，早已不能顺利行走，他一边爬一边留下一路的血迹。那些人还在麻木地看着他，他们心想他可能还有救，而他那些所谓的亲人估计着他还是在做样子。外公终于爬到了池塘边，爬到了那个高高的石岸上。他用愤怒的冒着火花的双眼冷漠地看了他的那些"亲人"一眼，我可以想象他在人生路上的最后时刻，眼泪肯定从脸上掉了下来。

池塘很静，水很绿。我外公在高高的池塘岸上纵然一跃，飞向了他人生最后的归宿。

他死了。

他终于死了。

他在水里淹死了。

我一直相信，外公在死的那一刻，姿势是优雅的。因为在那一刻，他虽然死了，却成了一个真正的男人。

随后，大雨忽然而至。惊天的雷，打得天空发出撕心裂肺的巨响。他的亲人们，终于开始哭了。

复述者说，他们是吓哭的，生怕老天的雷，会劈死这些不孝的儿孙……

复述者说，奇怪的是，地上那么大的水，竟没有冲走我外公流在地上的血迹。直到很久以后天晴，那些血迹依然在地上，赫然入目，让整个村的人看了都禁不住暗自心惊肉跳。

七

这回我外公是真的死了。

他的尸体很快被人打捞了上来，肿胀得成了一个巨人。

他亲人们的哭声终于震天地响。难道真是，人之将死，其心也善吗？

我不相信。有些眼泪，总是要哭给别人看的。

八

外公死时，我正在几十公里外的县城参加高考。那时我恨透高考这种八股般的考试了，但是我知道，只有通过高考才能改变我的命运，让我与另外一些得天独厚的人站在同一起跑线上赛跑。也只有通过高考，才能把我从那些所谓的亲人中分离出去。如果逃不脱，我就会重演他们的命运。

高考结束后，我回了故乡，天空又下起了大雨。我刚到家就听到了这个消息，那时外公已经离世一个多月。家里人为了让我安心读书，从来没有告诉过我这个消息。我回去时也没有问起过外公，坦率地说，与高考比起来他可能并不显得十分重要。自从我长大后，便很少到他们村子里去，我对那个曾捆住了我童年手脚的村子怀有无限怅惘。

得知外公死的那一天，我正站在家里的老屋旁——它在一个阴雨连绵的夜里倒塌了。那是我爷爷留给我父亲的唯一财产，它终于在一个夜里经不住风雨飘摇，轰然倒塌了。

老屋倒塌的那些天，我父亲正与他的兄弟们进行着无尽的战争——他们那一代基本上没有和睦过。我一直认为那是我爷爷的血脉在他们身上的终结，从此之后，我再也没见到爷爷的任何遗物，甚至连一张遗像也没留下。牵扯着他们感情的东西，最后化作我铁锹下的一堆泥土。我正是站在那儿，从我姐姐的嘴里听到了我外公死去的消息。我站在那儿，眼泪毫不犹豫地涌了出来。

从那以后，我对他身边的那些亲人，再没有过去那种亲密关系。那恼人的梅雨，从此在我心里永无绝期。我开始冷冰冰地打量着身边的那些亲戚，让痛苦裹住了我的心灵，让故乡许多同样的阴魂不散。

直到很久很久以后，我逃离了故乡，想起那无穷的往事，再也不想踏上那条沉重的归乡之路，无限的泪水总要突破我感情的樊篱，而从心里无边地奔涌。

九

那一天，我说服了父亲，让他和我一起到外公的坟地去上坟。我们买了一些火纸，在我外公的坟前烧了起来。透过那升腾的烟雾，我仿佛看到了外公在恍惚的火光中，忧郁地睁大了眼睛看我。他一定是相信，只有我，才能理解和同情他。

外公啊……

我双膝一软，跪在他的坟前，流泪了。

在我跪下的那一刻，天空开始下雨。透过雨雾，我看到那个熟悉的小村子在我眼里逐渐矮了下去。那是我曾经度过了孤单童年的小山村，在那里，我曾无数次一个人坐在那幽深的楼道里，看着外面的天空刮风下雨，看着楼道里的人们走来走去，盼望着家里早点来人接我回家。从那时起，我便知道了世界上有一种透骨的东西，它的名字叫孤独。

我转过身来看外公的坟，那么小，在一大堆坟中那么不起眼。我想，外公在世时是一个弱者，如今在另外一个世界会不会坚强起来不受人欺负呢？我甚至根本不相信，在那小小的土堆下面，竟然埋着他那样肥大的身躯；我不相信，他那样软弱的一个人，竟然会那样坚强地选择自杀……

站起来的时候，我看到了我妈妈的弟弟——那些是我应该称为舅舅的人，在用一种复杂的眼光打量着我时，我的脸瞬间变了颜色。真的，从那以后，无论他们过着怎样贫穷或艰难的日子，我从心里再也没有同情或怜悯过他们。

那个庞大的家族，后来出现过不少稀奇古怪的事，我总是觉得他们与我无关。并不是我走出那里后发生了改变，而是那里的人们，没有给我任何有关温情的记忆。

十

又一天晚上，外公到我生活的城市里来了。他叩我家门的时候，动作轻轻的，生怕惹我生气。我打开门，见他站在我的门后，用手掩着脸，最后看着我哭了。

我说，你回去吧。回去后等着收钱，我一定让家里给你烧钱用。

我外公不走。第二天夜里他又来了，我想，是不是他没有收到钱？我听老家的人说，人太老实了，烧的钱会被其他的鬼抢走。于是我问他，你没有收到钱？

我外公只是哭。

我不知道该怎么劝他。因为在他死后，我曾试图起诉几个舅舅，但我妈妈说，你把他们起诉坐牢去了，谁来帮他们养孩子呢？谁来照顾他们的家呢？

我妈妈一说，我便退缩了。我相信外公也不想让他的儿子们坐牢，我们的父辈总是那样无私地牺牲自己，却从来不在下一代那里寻找自己的位置。

但我外公，为什么常常到我这里来呢？

后来我明白了，外公一定在另外的那个世界生活得非常寂寞。像他那样的人，生前不被人理解，死后也不会有人关怀，就像他活在世上时一样，他永远是被人遗忘和忽略的那个人，根本不会有人注视他。而生前，只有我一人，曾经坐在他的床前，听他倾诉心中的苦闷。那时候，尽管我未必全听进去，但我一直坐在那里，以同情的目光看着他，让他觉得世上还有最后一丝爱与温情存在。而这份爱，来自与他有着血缘关系的外孙——一个在他眼里好像有点出息的男子汉。

我外公一定是在另外一个世界找不到同情者，才到我这里来的。我说，你就住在这里吧，我吃什么你就吃什么。

我外公抱着头，嗡嗡地哭开了。他蹲在墙角里，开始擦眼泪，开始想拉我的手。最后,我蒙眬地感到,他拄着拐杖,悄悄地离开了我的房子。从此,他再也没有回来过。

于是,每年我回去要做的第一件事,便是到他和我爷爷的坟头上烧纸,以寄托我无尽的哀思。

十一

许多年后,我已经不太喜欢回故乡。对故乡那些零星的记忆,慢慢地淡下去了。说真的,故乡并没有留给我多少美好的回忆。但当我奋斗到了城里,在远远地挣脱了故乡之时,我发现,故乡却坐在我的心灵之上。当在外面受了委屈时,再也找不到一个像故乡那样的地方,可以用来舔舐伤口。只有在那时我才想到,故乡和故乡那些依旧生活贫穷的人,是我永远的家。我爱着那里,却又选择了逃离。

于是我终于相信,在我父母百年之后,我就再也找不到真正意义上的故乡了。而对于我的儿子来说,他的故乡,只是父亲曾经出生地的一个籍贯,对他来说可能毫无意义。他生活在城里,便注定了与那块土地疏离。

三叔的子曰诗云与现世田园

一晃,三叔走了有十几年了。

记忆里的三叔,为人善良,长相憨憨的,身体微胖,见人总是一脸的笑。可无奈的是,三叔的笑脸常常遭到冷遇,好似六月天的炎热,碰到的总是冬天的冰冷。

三叔在我眼里,是一个悲剧人物。作为读书人,他本应比其他的庄稼佬要技高一筹,但很遗憾,他既不是一个成功的读书人,又不是一个合格的庄稼汉,这两者他没有做到完美结合。因此,在村庄许多人的眼里,三叔是一个可怜和失败的人。

但我一直不这么认为。

父亲那一辈,兄弟姊妹五个。其中兄弟有三,父亲老二,1942年生人;三叔最小,1947年生人。兄弟三人中,只有父亲没上过学。大伯读书相对顺利,因为那时家境尚可。而为了把父亲留在家里干活,爷爷从小就用好话哄父亲,说他听话,做农活能干,以后肯定是个好把式。父亲经不住爷爷的表扬,便自愿在家放牛，跟着爷爷学种田种地。

但三叔不一样，三叔非要读书。

三叔非要读书时，李氏家道开始败落。随着爷爷的两个兄长参加革命后皆被国民党杀害，他自己不仅没有沾上烈士的光，相反却因为有田有地，还雇了一个从河南来讨饭的人做长工，而被抄家。刚刚解放后的村庄，一切都变了。

在这个时候，三叔还非要读书，其艰辛可想而知。

我曾把三叔的故事写入中篇小说《寻找党证》中，小说里的六大爷，就有三叔的一些影子：

> 在我印象里，六大爷是我们村庄里最可怜的一个人。
>
> 为什么这么说呢？因为连三岁的小孩都可以出来作证：六大爷是本吴庄里一个特别不受欢迎的人。他走到哪里，哪里的热闹便戛然而止；他出现在人群中，大家马上都像钟表停摆了一样。我们整个村庄的人，几乎都不和六大爷说话。路上遇到六大爷，他笑脸刚一伸开，别人早就躲闪了。
>
> 热脸贴个冷屁股，这对六大爷来说，几乎是每天都在发生的事情。这好似铁树开了花，人想看时她便关闭了花期；或是一个人口渴得特别厉害，但家里却没有一滴水。
>
> 说起来，六大爷还是村庄里读过书的人。要说起读书，

这里面还有故事——六大爷上了几年私塾，母亲突然死了，再往下读，家里没钱，他只好一边要饭一边读书，总算识得了一堆没有用的汉字。

识了字的六大爷，在一个崇尚文化的村庄里，本应受到欢迎。可问题出在多数人认为，六大爷既笨又愚。说他笨，是因为六大爷不会种田，不知道什么时候该下种育秧，不知道什么时候秋收冬藏。遇到该犁田打耙的季节，他犁的田深深浅浅，高低不一；他栽的秧，歪歪扭扭，总不在一条线上……连年轻人都笑话他。而说他愚，是六大爷见到人，就想吟几首打油诗，也不管人家笑不笑话他，他动不动就开始摇头晃脑地吟出声："天上下雨又打雷，今天正好去积肥。肥多稻谷长得壮，打得粮来不吃亏。"

本吴庄的农村人向来直爽，爱就是爱，不爱就是不爱。大家见了六大爷，都是嘴里呸来眉上皱，能够躲避，绝不迎面相逢。不仅外人如此，甚至连六奶奶也这样。她一辈子对六大爷没有个好颜色。东西放在家里，怕六大爷偷吃，要藏起来；烟放在抽屉里，怕六大爷偷抽，要锁起来；偶尔有点闲钱，平时也就三五块，最好时也就三五十，怕六大爷偷着拿去花，也要藏起来。所以六大爷在家里只能算是个长工，要吃吃不到好的，要穿穿不到新的，要睡也是睡在最黑的那间屋子里……但要说六奶奶不爱六大爷，那也不对。有一年六大爷生病住院手术，六奶奶在畈上一边挑马桶浇菜，一边偷偷地哭。一切皆因穷啊，贫穷让人们的感情都变得那样麻木……

通过以上描述，能看到一个活脱脱的三叔向我们走来。说真的，写小说时我有意淡化他的影子，怕引起三叔家的孩子，也就是我的叔伯弟弟们的不快。毕竟，许多事虽然在生活中真实存在过，但都已经过去了。过去的事情，是不能随便说的。但我始终觉得，不写三叔似乎有些对不起他。再说，如果我不写，还会有谁写他，有谁知道可怜的三叔来过这个世上和经历过什么呢？

说起来，小时我对三叔的了解，还是来自我母亲。

父亲他们分家后，三叔与父亲住在一个巷子里。三叔出门，必须从我家门口经过。巷子里还住着另外一户叔叔，与三叔家并排，而巷子口的两间，则是我家的。中间留的过道是公用的。记忆中，只要三叔扛着工具回家，或是没有吃的时，母亲总要给他盛上一碗。

我们好奇地问母亲为什么。

母亲说："我嫁到你们李家时，家道已经败落。这时，你三叔还小，非要读书，家里供不起呀，只好去要饭。没分家时，家里经常是吃了上顿无下顿。好多次我都饿得头昏眼花了,还是你三叔把要回来的饭,悄悄地分一点给我……这一辈子,我便记住你三叔的好了。"

母亲说这话时,眼里噙着泪珠。

从那时起,我便知道三叔原来是靠要饭读完书的。说读书,也就相当于小学文化。而且,三叔读的基本上是私塾,学的都是子曰诗云的那一套,在生活中完全不起作用。但偏偏只有小学文化的三叔,总是把自己当做一个文化人。母亲说,过去在生产队时,大家都做得很苦。三叔也在其中,但他干农活儿不行,一是慢,二是生,总是比人家慢半拍,没少挨生产队长的批评。有时大家都收工了,分给三叔的活还没干完,他只能顶着月亮干到深夜才回。即使这样,三叔也乐呵呵的,遇到大家休息,便有人逗他:"你不是读过书吗?给我们来几句!"

此时,家里人当然知道大家是讽刺三叔并逗他玩的,他却偏偏认了真,就在那里来几句顺口溜:

今天割谷又挑塘,
贫下中农日夜忙。
忙到太阳刚落下,
顶着月亮又扯秧。

……

　　三叔的顺口溜一般信口就来,大家听了就笑。但笑过之后,三叔还是干最重的活,还是落到最后,还是被大家嘲笑……

　　母亲有时看不下去,就劝他不要理人家。三叔憨憨地一笑,也不记恨,过后仍然照旧。每次都文绉绉的,用一些子曰诗云中的话,动不动就是几句文言,说"孔子云""孟子曰"……让大家大笑不已。大家既觉得三叔酸迂,又觉得他干活不咋的,因此总有人想方设法欺侮他。比如,村庄里有几个二流子,好吃懒做,不想干活,把活都推给三叔干,不干就悄悄地打他。三叔胆小,不敢说话,只好瞪大眼睛看人家,从来都是服从。我母亲知道后不干,便拿着扁担训斥那几个二流子。他们都知道我母亲性格刚烈,曾为保护我父亲免受欺侮而与人拼命,所以也就不敢吱声了。即便是这样,三叔站在那里,仍是一脸憨憨的笑,把母亲心疼得没法。

　　那还是集体经济的时代,三叔被裹挟在人潮中,上面说什么就干什么,做的都是"直活"。如果说集体年代三叔还能勉强应付下去,可自从分田到户后,他的短处便暴露出来了。

　　那时,大家都干得热火朝天,唯独三叔总是显得慢半拍:犁田比别人慢,耙地比别人慢,育秧比别人慢,走路都比别人慢……

三叔的慢生活让我父亲很着急。父亲说:"你三叔甚至不知道几月该育苗,什么时候该施肥,什么时候该打农药……"

母亲说:"他不会,你就教他。"

父亲虽然不愿意,但在母亲的要求下,拉着三叔干。虽然种的是各家的田,但父亲不得不要求三叔与他同步,比如一同出工,一同施种,一同育苗……

由于我们在村子里没有地位,分到的田地都是边边角角,比较贫瘠。加之技术与肥料跟不上,收成也会比别人的少。我家如此,三叔家更甚。

如此时间一长,三叔不仅在村子里的成年人中没地位,在小孩子面前也没有权威。记得小时候,有年过春节,大家都在搓糍粑,我们几个不懂事的小孩,受大人的怂恿,在一支香烟里放了一个小鞭炮,递给三叔抽。三叔难得见人给他敬烟,马上眉开眼笑,高兴地点着了。等他抽了一半,只听砰的一声,烟里的火炮炸了,烟丝满空飘,三叔的嘴都炸黑了。他气得追了我们好远,开口就骂,动手要打。我们爬到树上,三叔上不去,他便站在树下等我们下来,非要打我们一顿。我们这才知道,三叔也是有脾气的。他一直守在树下不走,好几个人来劝他,他也不理。最后,还是我母亲知道了到树下求他,他才放过我们一马。不过回到家中，我母亲狠狠地打了我一顿。母亲说："别人欺侮他，你也能这样吗？他是你的叔叔啊，一生多可怜啊！"母亲把我的屁股都打红了，教育我永远不能欺侮老实人。从此，我再也不敢开三叔的玩笑了。

虽然如此，生活中的三叔却似乎与我最亲近。特别是我上学读书后，由于成绩好，三叔也很高兴。他经常主动找我，要教我一些文言文，我读不懂也听不懂，不愿学。三叔说："你长大了就懂了。但如果不学，长大后再学就迟了。"我想，三叔你倒是学了，可不还是现在这个样吗？但我不敢说出来。母亲讲了三叔的事后，我再也不敢伤害他了。因此我总是以父亲要我去干活太忙而婉拒。想来，如果当年跟着三叔学，估计今天的学识会更深厚点。

三叔还有一个特别的细节令我难忘，那就是只要见到地上有纸，也不管干净不干净，他都要捡起来。

我们开始不懂，慢慢长大一些后，我问他捡这些干啥。三叔说："纸上有字，你们要敬字。字是值得尊敬的。"

我说："那大家都拿有字的纸揩屁股啊。"

其实，那时在我们村庄，能用纸来揩屁股，算是日子过得好的……村庄里的多数人，哪里舍得用纸？他们拉完后，往往只用石头、瓦片或者树叶来揩。遇到有人用有字的纸，三叔便不屑地说："这些人没文化，不能与他们一般见识。"

虽然我也不认为三叔有文化，但的确从小到大，我从未见过长满胡子的三叔用有字的纸揩过屁股。

到了我上小学三四年级时，与三叔的关系更近一些了。那时的他整天胡子拉碴，但看上去一点也不成熟。平心而论，我最早也不喜欢三叔，因为他动不动就要问你几个字，不会写，他便笑。后来改变是因为上小学时，家里有时连个草稿纸都没有，三叔便把捡来的烟盒，铺开来压平后给我当稿纸用。那时的烟盒很少有硬盒的，软纸写上去字迹很流畅，我便很喜欢。

因为这个，我与三叔拉近了距离，成为村子里唯一与他说话交流比较多的人。他平时总对我说："小伙，好好学习啊。等将来有出息了，要给我们家族平反啊。"

我问三叔要平什么反。

三叔便讲了我们家族的故事。比如爷爷他们弟兄三个，有两个跟着共产党参加革命，死在了外面，最后土改时由于村里的老人把持，对我爷爷有意见，便把他两个哥哥的功劳一笔勾销。加之我们家族曾经有过票号，后来还被划为"富农"批斗……

三叔讲起来，一套一套的，甚至把战斗的地方在哪儿，有哪些人参加，同时一起去的有哪些证人，都讲得清清楚楚，但是没有人听他的。后来，我们家族摘了帽，平了反，三叔和大伯多次跑到乡里反映情况，想把当年从我们家收走的财产要回来，上面也没人理他们。

三叔的婚姻乏善可陈。三婶是个乡下人，他们一辈子吵吵闹闹，这害苦了孩子。我小时候一直同情三叔的两个儿子，两个弟弟特别是大弟弟那么小就在家里干活，建房子时不停地与三叔一起上山抬石头，每次我放学回来，他坐在村边的石头上羡慕地看着我。我很惭愧，觉得自己还不如他。他在乡村什么活都干，最后成了第一批跑到武汉去打零工的人，见识了城市的繁华，也见证了人生的苦难。

当时乡下大部分农民的孩子都是如此，有什么办法呢？特别是三叔，一直到八十年代末，也没过一天舒心的日子，他的确不是一个好庄稼汉。再说，分田到户后，农村各家各户只管自己的，三叔就更被边缘化。他的日子，平淡得像白开水一样，村庄没有任何改变，他也没有任何改变。就像当年我们村庄出去闹革命的人那样，没有一个活着回来，没有一个衣锦还乡。三叔从来没有致富，日子过得紧紧巴巴。

再后，我跑到部队去当兵，与家里的信就完全断了。直到考上军校回来，三叔高兴地拉着我的手，一再说："我早就知道你会不一样的，果然不一样了。"

三叔的脸上荡漾着无比的真诚。我便拉着他，不停地问过去革命的事。奇怪得很,三叔庄稼种得一般,但对附近的战场,特别是哪个山头曾打过哪些仗,哪些人死在哪里,说得清清楚楚。我便时常叹息,假如三叔生在一个好的年代,把书读下去,他没准会是一个好的学者,好的战史专家。可惜,他生错了时代,亦生错了家庭……

那时,村子里还没有电话,更没有手机,所有的来往都是靠书信联系。家里给我写的信,基本上都由三叔代笔,开头一句经常是这样:贤侄见字如面……

每次三叔在信里,都喜欢用文言文,比如"吾侄在外,当听党话,知党恩,好好干才能立足于世矣"。甚至,有时还编几句打油诗鼓励我:"春风吹、战鼓擂、红安的兵来谁怕谁",再比如"革命的红小将,未来的准将军"等,说得让人热血沸腾。我父亲不识字,他只有请三叔写,别人他也求不动。而三叔也乐意写,因为本吴庄里,只有我一个人从小到大和他说话,听他聊天。而我母亲,一直同情他并尽力维护他。

每次探家,我都要拉着三叔坐一会儿,听他聊过去的事情。因为那时人们对未来充满向往,很少有人再讲过去的事了。我对村庄的许多认识,大部分是从三叔这里得来的。我逐渐把他当作老师,越来越尊敬他。后来我毕业提干,有时偷偷地给他一点钱,不多,是我的一点心意;有时也给他买上一点烟,算是表达对一个知识分子的敬意。三叔每次都乐呵呵的。想起来，三叔一辈子都没有说过别人的不好，都没有责怪过别人对他的不好。但由于三叔日子过得一般，人们对他的看法总是固定不变，认为热情好客的三叔是"假礼性"，我们听了特别不舒服。尤其我母亲，总是护着他，好吃好喝、好烟好茶，不时想起要给三叔吃一点喝一点……

很不幸，2006年的腊月，在我母亲去世三年之后，三叔也走了。三叔走时，村里一个读三年级的弟弟给我写了一封信。他在信里向我问好，并说家里一切都好，让我不要惦念。那时，我在青藏高原出差，信也是同事电话里告诉我的。弟弟在信中问边防的风光好不，部队里热闹不。信的最后，他才提到三叔，说三叔因病去世了。

弟弟说，三叔去世前，还专门提到了我。他希望我在部队里好好干，有一天能当个大官，为我们家族找到革命烈士的证明……

听完信，我坐在喀喇昆仑山的高原上，对着无边的雪山，无比地叹息，无限地忧伤。

此后，我回去探家，再也见不到憨憨的一脸笑的三叔。他是突然中风后去世的，生前很痛苦。我站在他亲手盖好的新屋面前，感到心里空空落落的，总像是缺少了什么。我父亲说，在给三叔送葬时，除了可怜的三婶和几个叔伯弟弟号啕大哭外，很少有人再为三叔落泪。他来时无声，去时无语，村庄里像从来没有这个人似的。在乡下，谁死了走了，都是一样的归宿。

我听后心里很难过，决定一个人去给三叔上坟。

我来到村后山上的墓地，看到三叔的坟孤零零地立在一个土包上，四周显得那样空空荡荡。听村里人说，三叔像我母亲一样，不愿与其他人埋在一起，因为那些人生前总是笑话他，所以选择了一个高处。

我跪在三叔的坟前，给他烧了火纸，却不知对他说什么好。从那时起，我便明白，为什么有人说"一个人的命运是天注定"。想来，三叔生前没有温暖，走时也无比寂寞。有谁，又会在意过他的存在呢？

有一年，我在北京家中整理码得像山一样的书。从一本书中，突然翻出了三叔曾写给我的一封信。那封信写在烟纸盒上，信中又是一段顺口溜，并表达了对我强烈的思念。想起来，那是三叔真正的思念。在村庄中，他找不到一个同伴，而在外面的世界，他也没有熟悉的朋友。只有我，与他沟通着村庄与外面的世界……而我，那时为了奋斗，为了所谓的前途，对三叔的关心实在是太少太少了。

看着三叔那熟悉的字体，我突然感到无比的愧疚。

光棍六爹

无论逢年过节,每次我们返乡时,几乎再没有人提起六爹。

红安县,特别是我们家那一块,喜欢把父亲这一辈的叫爷,而把爷爷那一辈的称爹。六爹其实是六爷,他的曾祖父与我的曾祖父共一个爷爷,到后面一代代的分叉后,他比我父亲高一辈,还大我父亲二十多岁。按照一代管一代的原则,我们这一族与他们那一族还隔着点"门风"——也就是距离。何况,六爹的大哥,也是一个坚定的革命者,在日本人攻占黄安城的那一年,六爹的大哥由于反抗侵略,被日本人抓住,硬生生地用铁钉子钉在土墙上,残酷地杀害了,以此示众。解放后,他们家因此挂上了"光荣烈属"的牌子!这让我父亲他们兄弟三个,羡慕得不行。因为我们家去参加革命的,不仅没评上烈士,反而我爷爷还被划为"富农",没完没了地接受批斗!

说起来,六爹就住在我家隔壁,与我家一墙之隔。我家的房子被过道分为两边,一边是堂屋与厨房,穿过过道的另一边是卧室。卧室墙的那边就住着六爹。他的房子是个通间，中间通过半堵墙分为两半，里面的一半是卧室，外面的一半是小厅与厨房，他从另外一边的通道出门。小时候六爹留给我的印象是他经常不出屋，出了屋就搬把椅子，坐在那边的过道外晒太阳，手里还拿着一本书。六爹最突出的特征，是有大脖子病，不仅脖子长，而且特别粗。我们长大后才知道那是缺碘所致。但小时候，看到他的脖子那么大，我们常常跟在他身后笑。六爹话少，但脾气大，常常回过头来，怒气顿生，开口就骂。他骂的话很难听，甚至有时抓着了谁，还会挥手打人，于是我们就离他远了。

在我们眼里，六爹更奇怪的是打了一辈子光棍。从我们懂事时起，我们村庄没有媳妇的就只有他一个。那时我们也不知道，为什么他到了那个年纪还一个人过日子。这在今天并不为怪，如今的乡下，有些到了四十多岁还没娶上媳妇，好像是个普遍现象，而且越来越多。究其原因，是乡下的姑娘们都跑到城里去了，走不出村庄还在乡下安身立命的男人们，找个媳妇的确很难。但在过去，我们村里却只有六爹一个人耍光棍。长大后才知道，六爹年轻时，原来也曾想跟着自己的大哥出去闹革命，但由于年纪太小，革命队伍不收他。他便跑到武汉，见到了灯红酒绿的世界，直到快解放时才回来，娶了一个媳妇，想安心过日子。听老人们讲，六爹的媳妇长得很漂亮，在当地数一数二。

但遗憾的是，他的媳妇不能生育，这在我们那里是一件非常严重的事。一个女人如果不生孩子，别人就有了异样的眼光与说法。人言可畏，这些种种说法，不管是私下的还是公开的，足以把人气死或逼疯。结果，由于这个原因，六爹常常与妻子吵架，不是打就是骂。时间一长，六爹的媳妇受不了，只好离了婚，改嫁到别的村子里。不料，她嫁人几年后，就生下了一个孩子！这说明当年他们不生育，是六爹单方面的问题。六爹因此在村庄里有些抬不起头来。有人就趁机说六爹的坏话，说他年轻时在武汉肯定做了坏事才有此结果。我三叔认为这极不可信。三叔说："这是有人想败坏他呢。"的确，我们红安人做事一般都敢做敢当，性格硬肘得很，跟着共产党革起命来，十四万人头落地了都不怕，还怕个什么事？更别说胜利以后了。革命胜利后，我爷爷顶了村里"富农"的指标，六爹也没受到任何影响。特别是分田到户之后，他由于无妻无子，还被列入了"五保户"，由公家出粮养着。至于他过去怎么样，村里的人都在热火朝天地想奔"万元户"，谁还在意这些呢？随着日子越拉越长，六爹彻底被边缘化了。

在我的记忆里，六爹虽属"五保户"，但烧火做饭、砍柴洗衣这些事，也得他自己料理。他经常一个人上山打点柴回来放着，也经常一个人蹲在池塘边洗衣服。虽然他的屋子几乎不会有人进去，但我们偶尔去一次发现，村子里没有人的屋子像他的屋子那样干净！灶台、桌子、地面，都干干净净的，一尘不染。他生活简单，有一小块地种菜，上山弄点柴火堆着，其他的时候，他既不像我父亲那样天天要下地干活，也不像乡下的二流子那样游手好闲，更不像有些老人背着个手转悠。他的生活，曾经是我所向往的——每天拿一本书，坐在有太阳的门边不停地翻看！我那时就想，到底书中有什么呢？能让一个人如此痴迷？一直等到我开始上学识字时，才知道六爹手上常拿的那本书是《二十四孝故事》。那本书有些年代感，整本书的纸张都呈黄色，而且字是竖排的，配的图片看上去一团黑。村庄的少年中，可能由于我笑话六爹的时候少，他对我也比较偏爱。虽然我看到他的大脖子也想笑，但我怕挨母亲的打。她常教育我们，"做人一定要厚道""不要揭人短处"，所以即使我也想笑，但还是能忍着不笑。为此，只要我从六爹身边走过，他都要招手："伢呀伢，来来来，我给你讲讲孝经上的故事。"

我小时候对山外的世界充满好奇，一听有故事可讲，只要不被我父亲发现，我就迅速坐在他身边了。六爹难得有一个听众，便开口给我讲书上的那二十四个故事。由于都是讲孩子要孝顺父母的，所以我记得比较深。我母亲经常在三更半夜莫名其妙地哭，我就觉得自己应该行孝，尽量让她别哭，所以总想从六爹的故事里，悟出一点方法。但最终，二十四个故事讲完，我觉得自己一个也做不到。比如他讲《鹿乳奉亲》，说的是春秋时期一个叫郯子的人，父母年老，患眼疾，需饮鹿乳疗治。他便披鹿皮进入深山，钻进鹿群中，挤取鹿乳，供奉双亲。一次取乳时，看见猎人正要射杀一只麋鹿，郯子急忙掀起鹿皮现身走出，将挤取鹿乳为双亲医病的实情告知猎人，猎人敬他孝顺，以鹿乳相赠，护送他出山……我便想，这样的好事哪里有呢？我们的山上没有鹿啊，真的很难做到。再比如，他讲《扇枕温衾》，说是东汉江夏安陆有一个叫黄香的人，九岁丧母，事父极孝。酷夏时为父亲扇凉枕席；寒冬时用身体为父亲温暖被褥的事。我便想为我父亲做点啥，夏天时为父亲扇凉还好，但扇着扇着一会儿就累了，何况蚊虫遍地，完全坐不住，别说一夜，就是一小时也难坚持下去；到了冬天，我父亲根本不愿意与我一起睡，所以这个孝也很难达到。于是，我每天听一点，总希望听到二十四孝中出现我能做到的事，直到听到他讲《卧冰求鲤》时，说一个叫王祥的琅邪人，生母早丧，继母朱氏多次在他父亲面前讲他的坏话，使他失去父爱。但父母患病后，王祥却衣不解带地侍候，继母想吃活鲤鱼，适值天寒地冻，他便解开衣服卧在冰上，用自己的体温融化坚冰。冰自行融化后，两条鲤鱼跃出水面。继母食后，果然病愈。我听后相当兴奋，一直盼望着冬天的到来。等冬天来了，河面好不容易结了冰，我便偷偷地把破棉袄解开，人贴在冰上。结果，不仅冰没融化，我反而冻感冒了，连个鲤鱼的影子也没见到，还被我父亲骂得狗血淋头！

于是我常想，要做一个孝子，的确太难了！加之六爹每次讲故事时，喉咙里总是不停地响，像有个风扇在吹似的，让他上气不接下气，喘得让我难受。更让我痛苦的是，他在喘过之后，还要习惯性地吐痰，而且是那种特别浓的痰，一吐就是一大包！看了我有时连饭都吃不下，于是不想听他讲故事了。但乡间文化贫乏，过了几天，我便又会凑过来听了。六爹说："伢啊，你们要行善做好人啊。做好人有好报！"由于这话像我母亲说的，所以我就听进去了。六爹说："你看现在坏人有多少啊，都是不孝造成的。你们长大后，一定要孝。"我不知道六爹说的"行孝必有好报"是不是真的，但当时思忖，为什么六爹就没有好报呢？为什么他就一个人过日子，连个烧火做饭的人也没有呢？为什么没有人关心他呢？

如果这样的事问我父亲，在田地里忙得焦头烂额的他肯定会给我几个耳光。我只好问我三叔。读过书的三叔却眼睛一横，不愿讲。

一直到许多年后我才知道，六爹手上的那本书，原来是一本中国元朝时就已成书的、宣扬传统儒家孝道的蒙养读物。这本书选辑了人们广为称颂的自上古至宋代的二十四个孝男孝女的事迹，叙之以文，咏之以诗，绘之以图，目的在于"用训童蒙"即培养儿童的封建孝德，并在民间广泛流传。我上小学的年代，很难接触到课外书，因此对他的那本书充满了向往，总希望有一天六爹能把那本书赠给我。但这样的奇迹没有发生，他甚至都不让人碰一下，仿佛那本书是一个特别的宝贝。

我父亲虽然不太赞成我读书，但他对六爹还不错。有时六爹在墙那边传过来的咳嗽声紧了，我母亲便让父亲去给他送一壶热开水。偶尔，父亲还让我给六爹送点柴火。我们家常常通过他在隔壁屋子的声音，来判断他是不是生病。比如咳得特别厉害，那一定是不舒服，我父亲过去一看，果然是。再比如六爹如果没有出远门，而隔壁屋里几天没有声音，那一定是病得特别厉害，我父亲就会去送点饭，或是帮他倒马桶，或者去下面村子里找赤脚医生邓天胜给他看病。父亲有时累了，不太愿意，觉得六爹也有同辈的亲人，应该由他那一房的人管。可六爹平时根本不与自己一房的说话，也不愿往来。好在我母亲也不与父亲争论，她总是叹息着说："毕竟是一条命啊。"我父亲这才去了。说起来，就像六爹越来越信孝道一样，我母亲后来越来越信佛，说话做事总是一副菩萨心肠。她也让我去给六爹倒了几次尿壶，我得以进了六爹躺着的里屋。但进了屋子，我特别害怕，他里间的屋子，没有一扇窗户，一点光也没有，我总是害怕六爹会死在里面，常常进去就有些心惊肉跳。有一次，六爹病好了，还请我到他屋子里吃菜。也没有什么好菜，就是腌萝卜。我惊奇于六爹有一身好手艺，不仅萝卜腌的颜色好看，而且刀工也不错，切得薄如蝉翼。但在我想伸筷子尝一下时，我就想起了六爹常常吐出的绿痰，一下子又不敢吃了，找个理由便跑了出去。

等我上了初高中，在外面住校，回去很少。即使回去，住个一天半天的，还得帮我父亲干活，常常累得个半死，也没有时机去理会和关心其他事物。直到有一天，我姐姐送米到县城，我去接她时，她与我闲聊，问学习的情况。我那时压抑苦闷，总害怕姐姐问这个，便有些言不由衷，总是跑题。实在没有话说，我便问起村庄有什么变化没有。姐姐说，其他的变化没有，大家还是该种田种田，该下地下地，该吵架吵架，该干吗干吗。如果说有，那就是六爹死了！

我大吃一惊，问六爹怎么死的。姐姐说："病死的，可能是肺结核，老是咳嗽，最后没熬过呗。"

我有些叹息，觉得六爹很可怜。

姐姐还说："是啊，是太可怜了。他死了三天后才发现的。"

原来，六爹又有几天没出门，我母亲从这边的屋子能闻到一墙之隔的那边房子里,传来一种怪味。我母亲有了不祥的预感,让我父亲过去看一下。那时正是双抢季节,又要割早稻,又要插秧准备二季稻,农村人一个个都忙得团团转,哪里还顾得别的呢?结果,我父亲去敲六爷的门,敲了半天也没有声音。他对住在六爷一个巷子里的人一说,大家害怕起来。于是,大家共同去拆掉了六爷的房门,一股臭味扑面而来——六爷死在屋子的里间,已经过世好几天了!我父亲他们连忙点了灯,上前察看,发现六爷的鼻子没有了,脸狰狞得可怕。原来是他死后,屋子里的老鼠趁机而动,竟然咬掉了他的半边脸!

大家吓出了一身冷汗!

最后,我父亲和六爷那一房的亲人,一起给六爷整理衣裳,给他下葬。六爷的棺材早就打好了,就摆在他的里屋。我这才明白,里屋的一边放着六爷活着时的那张床,另一边就摆着他要死时入殓的棺材——这是多么可怕的一幕场景啊。可这样的场景,在我们乡下的村庄,其实很常见。就像六爷的一生一样,他来时无人在意,走了也无人在乎,村庄里多少人的一生,不都是这样的吗?

这样一想,让我当年站在异乡,总是为生命的渺小,感到不寒而栗!

许多年后,村子里几乎再没有人提起六爷,老一代的慢慢都走了，年轻的一代都一个跟一个，跑到了别的城市，或是在县城里买房安家，只有春节与清明节祭奠时才偶尔回到乡下来烧纸。人们只关心未来怎么美好，对于往事不再关心。更年轻的一代，甚至不知道村庄里曾经发生过什么。特别是随着我们乡下的老屋在艰难的岁月中，经不起风雨的折磨，一座座的漏雨、长草并最终坍塌。即使有新的房子在原地上拔地而起，但那些过往的砖瓦与土墙，都在历史的烟尘中随风而逝，不复再来。关于村庄里许多人或悲或喜的一生，从此也随着缥缈的岁月散尽，一切不再回头也不能回头。只有后来进入城市并且当了作家的我，想起往事来，心中总是隐隐作痛……

赤脚医生邓天胜

过去，我几乎能一眼分辨出故乡山上的种种药草。

想起故乡的药草与草药，我就会想到赤脚医生邓天胜。因为自我小时候起，附近任何一个村庄里有人生病了，都是邓天胜和他的师父周荣德先生，背着一个装满草药的皮箱前去给人看病治疗。

在我们红安城，原本就盛行着用草药治病的传统。革命者们在山林里打仗负伤、得病，全靠草药治疗。到了我们那一茬，幸存的革命者进了城，不再用草药改用西药。但红安县里的老百姓，又有几个用得起西药？草药，便成为我们童年与青年时治病的全部记忆。

草药来自药草。我们红安城有各种各样的药材，在我们村庄附近的山头，最多的是苍术、桔梗、蛇扇子、柴胡、鱼腥草……这几种药草在当地最流行，代销店里就收这些东西。我们村子里人们的额外收入，就是靠这几样药草换的。大人闲了时挖，我们几乎是有时间便上山去挖。虽然那时山上有狼，有毒蛇，有野蜂，但我们不怕。大约从五岁起，我们便开始跟在大人屁股后上山扯柴胡。柴胡在山上的产量最大，几乎我们红安的每个山头上都有。在印象中最早扯柴胡，还是我父亲在生产队承包砍窑柴那年。所谓砍窑柴，就是村子里要烧砖盖屋时，将土坯放在窑里烧制，需要大量柴火，一烧就是三天三夜。我们红安没有煤，煮饭只能烧山上的柴草。父亲常常是从一个山头砍过去，从山脚一直砍到山顶，柴草一汪汪地倒下，晒干，然后一担担地挑回来，码在村头像小山一样。父亲砍柴时，边砍边能遇到柴胡，砍掉了可惜，弯下腰去扯又费事误工。于是，有一天，父亲便把我和姐姐带上，让我们在前面把柴胡扯起来，他再砍过去，便不痛惜了。

　　说起来，赤脚医生与我家还有一点渊源。因为他与我母亲都姓邓，不仅是同姓同宗，邓天胜比我母亲还高一个辈分。为此，平时我称他为"家家"，就是外公的意思。因为有了这一点，邓天胜家家对我家特别照顾。所谓照顾，就是当时的农村人生病，一般扛扛就过去了，遇到扛不了的，就会跑到邓天胜家里请他来看。而农村人几乎没有人有现金，看完病，也要等到秋后算账。通常是等到冬天生产队与社员结算后，有了钱，人们第一时间想到的不是去买东西，而是赶紧还看病与理发的钱。这样一算，邓天胜给人看病，只有冬天才能收到钱。平时他很少有钱去进西药，因此中药便成了最好的补充。乡下人命贱，除了必须打青霉素一类的，平时都用中药。好多中药，都是邓天胜亲自熬制的。

他办公的地方，在大队部。那时几乎每个大队都配有一个赤脚医生。他们分工明确，基本上不会去别的村庄"攻城略地"，仅限在自己的大队给人看病。但偶尔，像邓天胜这样医术水平较高的，在外有了名声，就有人偷偷来请。但邓天胜这个人，有自己的原则，他是不会去的，怕得罪了同行。除非病人亲自跑到他家里来，他才会替人看病治疗。一般农村人，也怕得罪了自己的村医，所以这样的事都是在黑夜里进行的。

在我眼里，邓天胜有点怪。主要是脾气怪，不管谁家富点穷点，他一视同仁，遇上当个小官的、摆个小谱的、说话不客气的，他也不客气。你要是发火，他的火就会更大。再者，遇上哪个村庄里有对父母不孝的、处事不公的，他虽然只是个赤脚医生，也会毫不客气地指出毛病，管你爱不爱听。时间一长，他在当地就有了威信。其次，是他说话从来不像其他医生那样和和气气，有点咋咋呼呼的，边说话还边带点唾沫星子，不仅不低调，总是认为自己的医术水平高。包括我母亲，原来都有些不信，后来渐渐地信了。

我家与天胜家家关系好，主要是我母亲对他比较尊重。遇上他到我们村来出诊，母亲总要请他到家里来坐一坐。这倒不是因为我们家拖欠着他的医疗费——家家户户都欠着呢，而是由于我母亲与他认了点亲，他来我们家也就随便一些。进门便叫我父亲"哥"，叫我母亲为"姐"，很亲切。小时候我们没见过世面，外面的许多事，都是通过他讲的。母亲给他泡一杯茶，遇上家里的鸡下了蛋，会给他打个荷包蛋，放点糖用热水下锅，他也不客气，饿了就吃。那时，他总是鼓励我们要好好读书。他还自吹说，如果当年他家里的条件好，他要是读了书，肯定能考上大学。

他一说我们就笑。村子里的人都认为他有点吹牛。而就是这个爱吹牛的人，跟着附近村的周荣德先生学会了看病这门手艺。几乎从上世纪六十年代起，一直看到了二十一世纪初。听说，他与周家还沾点亲戚，加上又是独子，家里成分清白，就被送到大队部，学了这门手艺。在我的记忆里，周先生无论是看病还是说话，都比较严肃，一丝不苟，穿着整整齐齐的，的确像个学究。但邓天胜家家，却不太在意这些，有时穿着拖鞋，有时衣服敞着，怎么舒服怎么来。遇上看不顺眼的事，马上就瞪起眼珠子，像是要与人干仗。

出于对我们家的了解，加之看到我上小学时成绩不错，他一再鼓励我要好好读书。到了放假的季节,从我家门口路过,他对我母亲说:"姐,让孩子们上山去扯点柴胡吧,变几个钱。这个季节最好。"

其实不用他说,我母亲也有这个意思。我与我姐姐,每到这个季节,都得上山采药。

扯柴胡一般是在夏秋。那时天气正热,我们掉进一人高的茅草里,像在丛林中行走的动物。早晨的露水沁入骨中,像一根根寒针,挨着骨头走;到了上午八九点钟,太阳从空中射下,衣服和草丛的水汽一蒸腾,仍像钢针一样扎在肉上。我父亲那时正好在山上砍窑柴,他总是砍得很快,我们必须在他前面把柴胡扯完,否则他的镰刀砍到后觉得可惜,就会批评我们。我们扯下柴胡后,常常一捆捆地晒干,然后码在一起,挑到镇上去卖。虽然也卖不了多少钱,但大体可以补贴家用,还可以挣点学费,不至于在上课时因没有交齐学费而被赶出来。更多的时候,我们和村子里的小伙伴们三个一群五个一伙,从这个山头蹿到那个山头扯柴胡。村中的哥哥姐姐们跑得快,我个子小,经常跟不上。一边怕走丢了,一边又怕狼和野猪,所以有时急得蹲在山头上哭。但哭归哭,还是要尽量跟上的,便又扯起脚跟着他们跑。好在我能吃苦,一般扯的柴胡并不比他们少。

那时邓天胜家家也收柴胡,不过量少。他收来主要是自用。

我们有时不想挑到更远的镇上去卖，就会卖给他。但他觉得一年的量够了，也就不收了。而且，他对药品的品质有要求，达不到他的标准，不管是谁，他坚决不会要。

等柴胡过了季节，我们上山采药，更多的是挖桔梗根和苍术根。桔梗开花，那苗一眼便可看见。桔梗又比其他的药草值钱，所以大部分时间，我扛着一个小锄头，提一个篮子，满山遍野地挖桔梗。桔梗挖回来后要先剥皮，在水里洗一下后放在阳光下暴晒，等晒干后再送到供销社去卖。那时一般是一块钱一斤，在我们眼里还是挺值钱的，因为一天也挖不到多少。至于苍术根，因为叶子刺手，加之不怎么值钱，通常不是我们的首选。苍术根挖回来后，还要在晒干后把毛烧掉，往往弄得人黑不溜秋的。当然，我们有时也挖蛇扇子，这种东西一般长在潮湿的地方，很少，但比较值钱。

在少年时的记忆里，我们村庄周围大大小小的山，从山脚到山腰再到山顶，我几乎都跑遍了。每年哪里会长什么，第二年我会准时到达。所以，我总是比村庄的人挖得多也挣得多。以至于后来，他们便喜欢跟着我一起找药草了。

药草符合条件，除了提供给邓天胜家家，更多地还得跑到镇上去卖。镇上收购量大，经常一车一车地外运。附近的各个大队，都把药草送到此地。而收药草的那个中年人，听说是从县城下来的。他个子高，脸黑，不苟言笑。为此，我们总是要看他的脸色，比如嫌你的药草没有晒干，嫌药草太嫩。他同意了，就过秤，不同意，还得拿回去。所以，每当看到他时，我都紧张，生怕他说不合格。因为是替公家收，他想说谁不合格就不合格。但很快，四里八乡的人都喜欢去他那儿卖药草了。老一点的，喜欢看他老婆，他老婆很漂亮，对人说话也和气。这样好的女人，听说他却老是动不动就打她。至于年轻一点的，包括我，也喜欢到镇上去，因为"黑脸"有两个女儿，那个大女儿，穿着白色的裙子，也很漂亮。要知道，在我们红安县本吴庄周围，还有谁家的孩子能穿得起裙子呢？但"黑脸"训我们时，如果遇上他女儿在，我往往觉得脸上很没面子，头便跟着低下了。去镇上的次数多了，就产生了理想。那时最大的理想，就是希望以后能到隔壁的供销社里，当一名光荣的售货员。那些供销社的售货员，大热天也不用出去，就坐在有糖味散发的屋子里，扇扇子、嗑瓜子、聊天，看上去非常舒服。他们自然不用像我父亲他们那样，天天风里雨里雪里，面朝黄土背朝天，还吃不饱穿不暖的。但供销社里的售货员，对来买东西的人爱搭不理的，又让我特别反感。

邓天胜有时在我家里，讲起外面的事时，就对我说："你只有走出去，才用不着去看别人的脸色。"我母亲就是希望他能这样鼓励我，由此充满感激。那时，邓天胜家家不仅要在外制药、看病，分田到户后，他还要种家里的田。我母亲看到他对我们家这样照顾，就经常让父亲去帮一下。他爱人也是一个非常漂亮的人，嫁到我们那里时，曾引起轰动。因为她爱说爱笑，敢讲话敢开玩笑，常常把大家逗得前仰后合的。有时，我放了学，路过他家门口幽深的巷道，他母亲看到我，总是要把我叫到家里，喝上一碗茶或吃点什么再走。印象深的是有一年，他家盖房子，不仅我父亲去帮忙，到了上瓦的那一天，我母亲还让我也去帮一下。大家一个接一个地传递瓦片，将地面上码好的新瓦传到屋顶，然后按照师傅的要求一片压着一片。传递完毕，我从屋子边上经过时没注意，不小心碰倒了立在墙角边的一根硕大房梁，它直接砸在我的脑袋上，把我击蒙了。我躺在地上，好半天才缓过劲来，差点成了脑震荡。事后邓天胜笑着说："当时吓得我心脏病都要出来了，盖个新屋要弄出个人命，那是多大的事啊。"他说这话时我记得特别深，后来我想，如果说我的脑子有些笨，相信就是那次砸的。可在他眼里，"这一砸，把你的霉运赶走了，后来你学习那么好，就是被砸开了窍"。他一说，大伙放声大笑。

不管怎样，我挖药草的生涯，在初中毕业后就基本停止了。因为后来上了高中，我要到更远的地方求学，只有放假才能回来，虽然也跟着我姐姐一起去挖过，但次数渐渐少了。那时，我姐姐已彻底加入劳动大军，全心全意无怨无悔地供我读书。我偶尔手中有点零花钱，全是我姐姐挣来的。所以直到今天，我还觉得欠她的。后来，姐姐的孩子也上高中了，每次提到挖药草的事，姐姐像没事似的，而我总是感觉有泪水要从眼眶中流下来。为了报答姐姐，我总会偷偷地塞给她一些钱，让她不要那么辛苦。姐姐总是不要，直到我生气了她才勉强接受一些。在邓天胜家家的眼里，"你姐姐是个好人，你以后可要对她好些啊"。其实，无论他讲与不讲，我也会对她一直好的。但他关心我家里的事，还是让我很感动。

等到我外出当兵和上军校的那几年，我母亲的病骤然多起来。此时，赤脚医生相对少了。因为年轻人都跑到城市里打工去了，只有一些老弱病残才找赤脚医生看病。随着人们的经济条件渐渐好转，许多人都到县城的医院去看病。漫山的药草再也没有人采了。但在我们村，留在当地的，多数还是要找邓天胜去看。甚至包括附近几个大队的，也来找他。虽然镇上有了卫生院，由于都是西药，收费也高，所以人们还是相信赤脚医生。包括我父亲，经常要跑到下面村子里去请邓天胜家家到我家里来看病。此时的邓天胜，依旧像往日那样，你有现钱就给现钱，没有现钱就挂着账，以后有了再说。特别让我们感动的是，那时遇到村庄里对我家有不公平的事，他还出头帮助说一说，这让我母亲充满感激，后来多次向我提起。我考上军校回家的那一年，按照母亲的要求，还专门割了肉、买了糖果，跑到他家里探望，表达我内心深处的感激。那时，我看到他明显老下去了，而且脚有点跛。听我母亲说，附近麻城那边有几个村庄，由于离城镇较远，没有了赤脚医生后，看病极不方便，于是他们翻山越岭跑到我们下边的村子找邓天胜家家，而他也翻过海拔五六百米的山，跑到那边去给农民们看病。我父亲感慨："真是一个好医生，每次去看，也挣不了几个钱。有时还拿不到。"更让人想不到的是，有一天他到麻城那边去出诊，在回家的路上，翻越空无一人的山林时，突然摔倒了，骨折住了一段时间的医院。出院后，从此走路就不那么灵便了，看上去总是一跛一跛的。虽然如此，他肩上的小药箱，却从来没有卸下来过。

随着年龄的增长，他也渐渐老了。我后来毕业参加工作，回去偶尔见到他时，他的背也慢慢驼了，说话也逐步地慢下来。但说话时的精气神，总是那样铿锵有力。那时我只要回去，总会到他家里拜年。他爱人对我们很好，总是客客气气的。

2002年，我母亲突然得了重病，要到北京来做手术。母亲来后说："你邓天胜家家早就劝我，要到大城市治疗，不能再拖了。我不想给你们添麻烦，所以总是瞒着你们。"结果，母亲在这里住了一个月，居然是肝硬化伴腹水，也做不了手术，还花了一万五千多块钱，最后还没有明确诊断。母亲舍不得钱，她非要回去，还说："你们这么大的一个医院，住了一个月也没有给个结果，可赤脚医生早就说是肝硬化了。"的确，母亲是晚期，回去不到一年就走了。我回老家给母亲办理丧事时，邓天胜家家也到我家来了。那时他看上去精神矍铄，我到他家里把母亲剩余的药费结了。他还省了零头，那时我也没有多少钱，所以很感激。再过几年我再次回去时，听父亲说，他也走了。父亲说："一个好人啊……"

听说，他走时，我们那里四里八乡还在乡下生活的人们，知道消息后都跑到他村子里送他。他这一走，我们那里再也没有真正意义上的赤脚医生了。乡下的人，还是选择小病能扛就扛，扛不住再上县城的医院，但日益增长的医疗费，使不少人再次返贫。特别是我们在微信上，经常看到老家的人发起水滴筹与轻松筹，只要我看到，就会捐上一点。有次我为老家一个不认识的先心病患儿发动募捐，一下子募捐到十九万元，救了人家一命。但后来同事们都劝我，这样的事还是要少做，不然会有道德绑架的嫌疑。从此我凡是在朋友圈看到募捐，只能表达一下自己的心意。父亲叹息说："要是邓天胜在，就不会这样了。"好在，现在乡下有了"新农合"医疗与精准扶贫，人们看病的负担相对小了一些。但每次回乡,总是看到不少老人遇上大病,最后悄无声息地走了,令我站在那些新坟前感慨万千。

彼时彼刻,想起当年的赤脚医生邓天胜,我仿佛觉得在这山山洼洼、村村寨寨的乡村,还曾有他那样一个好人、一位好医生,值得我们永远怀念。

蔡伯的羊群

偶尔会想起蔡伯。

蔡伯是县城人,不属于我们村。但他一直在我们村放羊。那是大队的羊,大队部的羊都不归我们生产队管。

小时候,我们村子前面的平地处,有一个较大的养羊场,圈地一块,建了低矮的房子作为大队的羊圈。再往后,盖了一排平房,是大队放羊人与挂面厂工人住的地方。这也是我们小时候最喜欢来的地方。不是为了看羊,而是做油面的师傅有吸引力。油面师傅除了做挂面外,还喜欢炒黄豆吃,而且是一盆一盆地炒,我们闻到香味就来了。村子里家家户户,有谁舍得这样炒黄豆吃呢?只有油面师傅一人这样做。他是大队派来的人,做的油面中需要有黄豆粉,所以多余的黄豆他想怎么吃就怎么吃。我们来了,个个涎着口水,黄豆师傅虽然人高马大,但为人和善,把一脸盆黄豆端出来,用勺子一挖,"吃吧吃吧,不怕放屁就行"。他边说边笑,我们马上伸出手,捧着黄豆吃得特别香。油面师傅炒黄豆，有两种方式，一是硬炒，黄豆最后颗颗饱满，吃起来脆香；另一种是炒得快熟的时候，突然倒入一盆凉水，喷起一股烟雾后，黄豆迅速发胀，这样吃起来软和。我们更喜欢吃后一种，因为牙齿无须太用力，吃前一种香是很香，但有时牙齿咯噔一下，以为自己的牙硌掉了。

这时，我们都能看到蔡伯笑眯眯地站在旁边。

蔡伯是哪一年到我们村子里的，无从考证。从小时候记事起，村里就有了羊与羊圈。蔡伯和另外一个生产队的周伯在一起，负责几百只羊的管理工作。周伯性格直，脾气大，有看不惯的马上要与人争个是非曲直。因此，他与笑眯眯的蔡伯住在一起，两个人虽然是合作伙伴，又是搭伙过日子，难免就会有争吵。有时为放羊争吵，有时为做饭争吵，有时甚至为睡觉打呼噜争吵。蔡伯性格软，争不过，就会跑到村里找一家坐坐，等周伯消了气再回去。因为周伯的气一消，呼噜声就有了，两个人就会相安无事。至于做油面挂面的，虽然与他们算是一个厂里的，也搭伙吃饭，但各干各的，吵架就比较少。

蔡伯到村子里来，到我们家坐坐的次数最多。这主要是我母亲好客，又有同情心，觉得蔡伯在外孤身一人，很可怜。因此家里有点好吃的，总是要我们去悄悄喊一下蔡伯，让他也来尝个鲜。那时，我们一般都是坐在我家伙房的灶头边，偎在干柴草垛上,听蔡伯讲故事。蔡伯讲的都是城里的事,那是我们不曾看到也不曾经历的事。他每讲一个事,都会笑眯眯的,让我们觉得那是另外一个世界。而能讲另外一个世界的故事的蔡伯,也在我们心里有了地位。乡村的夜晚,无论是春天的寒气从柴草底下滋生,还是夏天的炎热与蚊虫叮咬;无论是秋天的虫子在屋里屋外鸣叫,还是冬天围炉而坐烤火时的烟熏火燎,单调得既不像夜曲,也不像日子。只有蔡伯在那些夜晚里讲的故事,才是我们向往的全部。蔡伯讲这些故事时,我们听得津津有味,只有我父亲总是打瞌睡,他得早睡早起谋划生产队委派的任务,对故事不感兴趣。只有我们小孩子围着蔡伯,他像是一个英雄。那时,我以仰望的目光看着他,想象城里人过的那些日子,与我们有多么大的差别。蔡伯的个子虽然不高,但在我们孩子们心中有重要位置。那时,我坐在草垛上,听着蔡伯讲山外的世界,都忘了他身上的羊膻味。有时甚至觉得他耳边长着的一颗大痣以及痣上的长毛,也自带光芒,闪烁着无穷的智慧。为此,我特别喜欢黑夜的到来,只有黑夜里,蔡伯才有时间到我们家来,喝着母亲自制的土茶,听着山外那些新鲜的故事。

到了白天,蔡伯要去放羊。我们那里四处都是丘陵,几百只羊被他与周伯赶到山上,白茫茫的一片,像是系在山腰上的带子，或是白云在山峦间飘荡。我们村为此一直沉浸在一种羊屎味中，路上全是羊粪。加之四处的山峦，无论是不是平坦，只要能开垦的地方，都被生产队开垦得差不多了，蔡伯他们放羊，只好跑到更远的山沟里去。不然，把生产队的庄稼吃了，比如三月的油菜，五月的小麦，八月的稻谷或者是村民自留地里种植的菜，被羊扫过一遍就是灾难。而蔡伯他们两个人要管几百只羊，的确不太容易，难免会被生产队或者村民所诟病。到了年终，大队怎么也得赔生产队几只羊算是补偿。但一个生产队百来户人家，几百口人，也分不到一点。所以，后来赔偿的羊，究竟被谁吃掉了也不敢问。那时村民们有意见，也没有地方提，一般人更不敢提。为此，如果有羊过了村里的菜地，村民们只好对周伯与蔡伯提。而周伯脾气暴，又认死理，如果没有当场抓到，他绝不认可；所以，大家有意见，都找蔡伯。蔡伯呢，性格好，总是笑眯眯的，你提你的，他笑他的，最后不了了之。他总是说："以后注意改正，一定改正。"伸手不打笑脸人，一般人也就算了。

每天一大早，蔡伯便要把羊赶到山上去，山都是陡山，路不好走。加之一早露水很重，蔡伯的裤子就像我们上山采草药一样，总是湿了又干，干了又湿。但蔡伯这个人很认命，几乎不抱怨任何事，好事接受，坏事也坦然接受，这就使他的羊似乎特别听他的话。只要他一声口哨，让羊往东走，绝不会往西跑。我们特别佩服他这个本领，弄不懂他是怎么做到的，因为我们有时到羊圈去喂羊不喜欢吃的野草，无论怎么吹口哨，羊群都像是没有看到我们似的，动都懒得动。不过，有一样东西，让羊群不动也得动，那就是狼。

我们鄂东大别山，在上世纪七八十年代有狼在山上活动。蔡伯他们放羊，每年都有一定数量，难免会有损失。这个事，谁也无法预防。春天的草丛里，夏天的树林里，秋天的田野里，冬天的深夜里，往往都有狼在潜伏、偷袭。当时，大队对他们要求严格，连出生一只小羊都要上报，更别说大羊了。羊只个个有户口，大队掌握得一清二楚，还经常派人来点数。生怕放羊的把羊给偷偷地杀着吃了，或是把生下的小羊送了人情。这样一来，放羊的周伯与蔡伯总是高度紧张，生怕山上的狼把羊叼走，他们不仅要受到批评，年底算账还要扣工钱。如果弄不好，一年就白干了。周伯家在附近两里外的村庄，家里人多，时不时地要回去干一些农活，而蔡伯却几乎没有回过县城，天天就在厂里待着。周伯不在时，他更是高度紧张，生怕羊群有损失。不巧，一个人放羊总比两个人一起放羊时运气差些。虽然蔡伯有驭羊之术，但走在羊群前便顾不上羊群尾，走在羊群尾也顾不全羊群头。山羊一上山，哪里有青草就往哪里钻。到了狼群肆虐的季节，小羊就遭殃了。大羊被狼追赶，迅速奔跑，小羊就有可能被狼叼走。这样，厂子里几乎每年不时都会损失几只羊。要么是狼叼走的，要么是小羊走失了。蔡伯为此没少挨大队的批评，周伯更是把责任推到蔡伯头上，劈头盖脸地骂他或者呵斥他。蔡伯吵不过，眼泪就流下来。一流泪，蔡伯就会跑到我们家来，坐在那里不说话。我母亲便知道他受了委屈，总是安慰他。母亲对我们说："呀呀呀，每个人都不容易。蔡伯老实，像你父亲一样，这样的人吃了亏吃了苦也没地方说啊。"母亲这样一说，我们便同情起蔡伯来了。特别是我，常常喜欢逗蔡伯笑。他一笑，气氛就活了，一切事情仿佛没有发生过，他会哼着小曲回去睡觉。为此，在村子里，蔡伯特别喜欢我，经常与我聊山外的事，聊自己的事。我那时小，也记不住，只是为山外的一切而兴奋。兴奋过后，便是羡慕。至于他说的具体事，即使后来我上了学，也基本上记不住。

但我记得最深的一件事，是有一天，在又一次失去两只小羊后，不知怎么的，周伯从山上竟然抓了四只小狼崽回来。他们用绳子将小狼的后腿捆住，倒吊在他们住的操场门口。然后，借了一支猎枪，准备以小狼为诱饵，把大狼给引出来杀掉。结果，那天晚上，群狼在我们村子周围嚎叫了一整夜。他们不仅没有捕杀到狼，反而那天晚上，羊圈里不知怎么地被狼群攻入，咬死了好几只羊！蔡伯害怕了，他对周伯建议，放了那些小狼，因为小狼吊了一夜后，已奄奄一息。周伯见又有羊被咬死，气得不行，不肯放。蔡伯有同情心，悄悄地把绳子解开，将小狼都放了。周伯回来，看不见小狼，就问蔡伯。蔡伯说狼死了，给埋了。周伯不信，与蔡伯吵翻了天，最后还是村子里德高望重的几个老人去劝了半天，才算平息了此事。说来也怪，自从小狼被放后，村子周围的狼似乎有阵子一下全消失了。但过了不久，山上又有狼叫。有天蔡伯到我家来，对我们说了一件奇怪的事。他说白天他上山放羊时，遇到了狼群，当时特别害怕，但那些狼竟然没有攻击他。相反，它们看到了周伯，迅速围了过去。周伯看了非常害怕，连忙喊蔡伯帮忙。蔡伯跑到周伯身边，那些狼群又不围攻他们了。这件事，我们开头不信，但很快相信了。因为周伯竟然对蔡伯好起来了。其原因，就是这样的情景，竟然在山头上发生过好几次！周伯隐约感觉到，蔡伯身上似乎有种东西，让他也害怕起来。于是，他不再像往日那样训斥蔡伯了。蔡伯对我父亲说："你说那些狼，怎么不咬我呢？"我母亲说，因为狼有狼道，狼也有善良的一面，不欺侮善良的人。我们听了将信将疑。无论我们信与不信，蔡伯对我的好是肯定的——有一次，他回城里去，竟然掏钱给我买了一件衣服！这在当时，是非常珍贵的礼物！甚至这件衣服，后来让村子里的人知道了，吃了蔡伯好长时间的醋。

大约是在生产队分田到户的那一年，大队决定不养羊了。那硕大的羊群，一下子被上面派来的车全运走了。硕大的羊圈，也就空闲了起来。虽然还有羊屎味，但村民们开始利用这些空着的圈，为自己家里养猪。生产队看空着也是空着，就任由各家各户占一间用。我家也有一间，有好几次天黑时，我去猪圈里喂猪，还遇到了狼，当时吓得魂飞魄散。好在，狼不吃人，只关心猪，因此小命还在。但从此到了天黑，我父亲要我去喂猪时，我一定要拉上我姐姐，一个人不敢去。我没有蔡伯那样的胆量，可以深更半夜走在深山老林中，出没在四处是坟的山头。此时，由于没有了羊，油面师傅与周伯一样，都回家去种自家的田了，蔡伯似乎失业了。他在村子里待了半年多，不知往哪里去。一个人有时饱一顿饿一餐的，我母亲见状，在我家饭熟之后，常让我们去喊蔡伯来一起吃饭。蔡伯有时吃着，便泪流满面地说："好嫂啊，我以后怎么报答你们哪！"我母亲说："有什么报答不报答的，家里也没有什么好吃的。我们吃什么你就吃什么。"父亲虽有微词，但看到蔡伯有时也帮他下地干点活，加之在家里没有发言权，也就算了。

到了年底，家家户户都在准备过年的时候，上面突然来人宣布了对蔡伯去向的决定。上面说，蔡伯可以回城生活了。蔡伯听了，当场流下泪来。村子里的人都很羡慕，觉得蔡伯回城，就是城里人了。

那天晚上，蔡伯到我家里来坐得很晚，可能他对农村的生活还依依不舍。他感谢了我们家这么多年对他的关照，好像还说要当亲戚走着。我母亲也为他高兴，说他总算苦穿头了。我父亲此时有些羡慕，觉得那个除了放羊啥都不会干的蔡伯，命这么好。因为蔡伯说，他回城里后，政府会还回他家的房子，这样他就能好好过日子了。我母亲建议他回城后，赶紧找一个人结婚。蔡伯说："我年龄这么大了，又没有什么钱，谁会看得上我啊。"我母亲不知怎么安慰他，最后大家都恋恋不舍的。到了第二天，蔡伯回城里，只带了一个袋子，里面是他的全部家当，无非是一些旧衣服。村子里的人站在村头送他，都想起他的好处来。毕竟，大家忙的时候，蔡伯时不时为大家做些力所能及的事，下雨前收被子呀，看门呀，帮照看孩子呀什么的。蔡伯这一走，大家竟突然觉得有些伤感。

县城虽然离乡下只有三十多里路，但蔡伯走后，很少回来。即使回来，也是上午来下午走，基本都选择在我家吃饭。每次来，他都会给村子里的小孩们带些小礼物，给我家带点糕点什么的。但坐下来，看着衣服光鲜的蔡伯，我们仿佛有了一种陌生感。此时，蔡伯坐下来，虽然脸上还是笑眯眯的，但话变得少了。终于，他不再回乡下。那时我从大人们的交谈中了解到，蔡伯回城后，城里也没有给他安排什么工作。但是，每个月政府都会给他发生活费。他住在闹市里的一幢小屋子中，天天拿一把椅子，看周围做买卖的行人来来往往。

蔡伯回城后也没有结婚，他还是一个人。

有一年，大概是我小学快毕业的时候，母亲带我去城里看舅公，顺便去看了一下蔡伯。蔡伯住的地方是老城，在一个非常长的巷子里，他坐在边上看人家做买卖，表情木然。但看到我时，他的眼睛突然亮了，连忙站起来，摸着我的头，热情得不得了。我母亲给他带了点乡下的特产，他说不好意思。接着他把我们迎到他的家里，要给我泡茶。我母亲说，一会儿就走了，要去我舅公家吃饭。蔡伯也知道我这个舅公，说那就不做饭了，给我们拿点东西带上。他连忙又跑到外面的过道里买了两盒糕点，一定要我们带着。我看到，蔡伯虽然热情，但明显地瘦了下去。听母亲讲，他回城后，原来他家的房子并没有全部还给他，只给了他一间用，其他的都分给左邻右舍了。

这是我见到蔡伯的最后一面。又是几年过去，大约在我初中毕业时，我母亲说，蔡伯走了。

当时我还没有回过味来，以为是蔡伯到乡下来又走了。但我母亲说，蔡伯去世了。那时，我正好是"为赋新词强说愁"

的年龄，听了很是悲伤，难道孤苦伶仃的蔡伯，就这样走了？

他的确走了，从此在这个世界上，没有任何一个人会记住他。

我确信。

因为小时候，我就问过蔡伯为什么从城里流落到我们村来放羊？大人们肯定回答过了，但我忘了答案。所以直到今天写蔡伯这篇文章时，我打电话问父亲，此时他已八十一岁，不太关心身外的事，他只说蔡伯是个孤儿。我又问其他的，父亲说不知道。所以问了也白问，关于蔡伯的过去，一直没有答案。当年，我回故乡时，路过蔡伯曾经住的地方——那地方后来给了从外村来的搬迁户住着，又问过村里的人，蔡伯到底是什么原因下放到我们村来放羊的。因为当年他既不是知青，也不是"地富反坏右"的后代，但村子里老人们都走得差不多了，剩下能记得他的，谁也说不清楚。年轻人，甚至连蔡伯是谁都不知道，我只好作罢。所以直到今天，我甚至不知道蔡伯到底叫什么名字，村子里的人当年都叫他"老蔡"，我们小孩都叫他"蔡伯"，我还一直以为这个"蔡"是"菜"，因为蔡伯永远是一脸菜色，后来才知道他的姓氏是"蔡"。无论怎样，即便村子里的人不会记得也不会再想起他，但当年的蔡伯和他讲故事时的情景，却在我心里留下了深刻的印象。有一年，我回忆往事时突然心血来潮，还在自己的散文中写过他，不过那时不会电脑，全都用笔写在笔记本上。可当年用手写的东西太多了，后来一直没有找到写蔡伯这篇到底在哪个本子上。随着时光的流逝，城乡发生巨大的变化，蔡伯生活过的地方已不复存在，还有谁去探究这些往事呢？我父亲甚至认为我是吃饱了撑的，他说："你把自己现在的事干好，那些过去的事，想它做什么？有什么用呢？"

父亲这一问，还真把我问怔住了。是啊，在现代化与信息化高速运转的今天，回忆过去的那些陈芝麻烂谷子的事，到底有什么用呢？

坐在帝都的办公室，看着窗外的车水马龙，我忽然好一阵沉默。

人世苍凉

人生很长，每个人走的路也很长，认识的人就更多。但人生也有短，短得来不及拥抱，意外与将来不知谁会先到。因此，不是每个人都会在交错的人生中留下印迹，也不是每个人都能如刀刻一般存在你的回忆里。能留下来并反复出现在梦中的人，一定自有缘由。

算起来，初中同学长青去世已有十几年了。

进入初中那年，来不及踮脚与小学的课桌告别，我们就从山顶的小学转到了一个叫两道桥的镇子上学。那个巴掌不到的弹丸之地，因有两道石桥而名，且是当年革命闹得比较凶的地方。革命者与反动派反复在那儿进行拉锯战，杀人与被杀，都在河流的两岸。长大后，人们见到的牺牲太多，过去的事仿佛一阵风吹走了。我们到这里读初中时，除了两座桥仍在，其他一切如流水般逝去。

我以为，除了儿时的玩伴，真正懂得友谊是从初中开始的。

进了校园的门，仿佛世界与人心一下变得开阔，我们遇到了另外一些陌生人。我后来一直在想，人与人之间到底是种什么样的缘分，有的人能够一见钟情，浓如烈酒；而有的人在一起工作和生活了多年，还是一杯乏味的白开水。就我自己来说，能有今天完全是友谊滋润的结果。正如那句俗语：在家靠父母，出外靠朋友。

人一生中会有许多种朋友，特别是后来我们的脚步踏遍四面八方，各种各样的朋友纷至沓来，而早年结识的朋友却如潮水一般退去。人与人啊，在分别之后，最后靠的就是自己的努力——有的人继续努力奔跑，很快到达人生的高峰；而有的人满足于现状，年纪轻轻便故步自封，因此总是在原地踏步。你会发现，在经历了十年、二十年甚至三四十年之后，有的人变得更好，有的人变得更糟。还有人，永远过着不紧不慢若即若离的生活，大抵心安即是家，也不妨是一种很好的人生态度。

回想起来，长青是我生命中最好的朋友之一。我与长青原来是同桌，同桌的缘分似乎是上天安排。我后来遇到了千千万万的人，若论及厚道，那长青就是一个中规中矩、厚道守诚的好人。这也成了我们友谊的基础。他还有一点特别让我感动，就是他对人有一种非常朴素而崇高的情感。这种情感，拉近了我们心灵的距离。之所以这样讲，是因为我们两个家庭是如此不同：我家是赤贫的农民阶级，父母大字不识，天天面朝黄土背朝天，有时吃了上顿无下顿；而他父亲是隔壁大队的书记，在当地威望很高，赫赫有名，他母亲从县城里嫁到乡下，虽然常年住在县城，但在我们那里是一个传说。按说，我们两个不同阶层的人，在当时很难走到一起，但偏偏命运安排我俩坐在一桌，偏偏他为人憨直而又心地善良，而我的性格又与他高度契合。可以说，这是我走出本吴庄的大山之后，第一次收获外面世界的友谊。

同学同桌，同桌同学，膝盖碰膝盖，胳膊碰胳膊。对付老师，应付作业，你打个盹，我眯会儿觉，互相照应，互相帮衬。时间一长，我们两个人之间便像别的同学那样，有了走动。所谓走动，就是互相偶尔到对方家里，吃住一起。这种情况，在几十年前的乡下，非同一般。同学之间，一个能到另外一个家里的，可谓少之又少。

回想起来，第一次我到他家里，刚好他母亲从城里回来。有一天，他对我说："我妈听说我有一个好朋友，总想见一下，想请你到我们家里做客。"我那时自卑情绪非常严重，不太想去，但他约了几次。我跟母亲报告了一下，我母亲说："我们家条件差，听说人家条件好，去了好不好呢？"母亲考虑了好几天，最后同意了，前提是不能给人家添麻烦，同时必须有礼貌。

于是，我走出自己的村庄，第一次到另外一个村庄里做客，见到了除我们自己大队外的另一个同学的父母。那时还小，并不懂得大人们之间的事。后来才知道，在他家里尽管父母对孩子们都特别好，但通过说话做事，感觉大人们之间总是有那么一点隔阂。这点我第一次去便感觉到了，他后来也坦率地告诉了我，说父母有分歧。因为他母亲是城里人，嫁给乡下的父亲时，外婆家里曾强烈地反对过。直到后来他们结婚了，才渐渐地被双方家庭接受。但随着几个孩子的出生，父母之间有些事也为难。我记得长青当时对我讲这些事时，甚至带着点哭腔。两个少年坐在乡间的田埂上，对着四处生长的绿油油的庄稼，一时都不知说什么好，突然感觉夕阳之下的背后空空荡荡。斜阳射在我们年少的脸上，让我们都有些茫然无措。于是，我们坐在两道桥的河边，互相搂着对方的肩膀，看着太阳从山的那一边落下去，感受着友谊此刻像是要穿透一切尘世的事物。回到家里，一切还是显得格外温馨。他父亲是威震一方的名人，平时话不多，在外总是一脸严肃，但见了我们经常开玩笑；他母亲也老是笑眯眯的，非常客气与和气，问我的家庭、生活和学习情况。她的声音十分好听，细声细语，钻入耳朵令人非常舒服。我如实回答她提出的每一个问题，她很高兴。一来二往，很快她便将我视如己出。因此，每次在他家吃饭、聊天时，大人们都不提对方的事，一致对我们晚辈非常好，这让长青和我都很开心。

记得那时候，在我们那一带的乡下，好像只有他父亲拥有猎枪。他父亲喜欢打猎，经常约上一帮从县城来的朋友，一起上山寻找野味。因此，在那个物资普遍贫乏的年代，我在长青的家里尝到了野鸡、野兔、野鸭等美味珍馐。于我，一切像场梦。于长青，却是家常便饭。我回来把这些情况对我母亲讲了，母亲有些慌张地说："呀啊，我和你爸这一辈子，守在村庄里出不去，最大的遗憾，就是没有自己的朋友。你已经开始有自己的朋友，而且人家条件比我们家好，关键是还对你这么好，你以后也要一辈子真心地对人家啊。"我坐在母亲身边，立即点头应诺。

但生活总归是有来有往的。有一天，我母亲说："你老是到别人家里去，若他不嫌弃，也把他叫到我们家来住一晚，顺便在这里吃个饭吧。"

我把这事对长青讲了，他非常高兴地答应了。第一次来我家，我很自卑，因为我们家的住房与条件跟他家相比，差距特别大。但长青是憨厚、质朴的，他似乎完全没有这种观念与感觉，到我家后非常开心，有说有笑，与我一起打闹，还说我家腌制的咸菜特别好吃。他在我家住了一晚。那时我家没有煤油灯，只在堂屋和灶房中间的墙上挖了一个洞，点着一盏柴油灯，好让光线同时照射到两边的房间里。他觉得非常好奇,与我们村来看热闹的人一起说说笑笑。由于他也是外面村庄第一个到我们村的陌生人,长得又眉清目秀、皮肤白皙,村里的大人小孩像看景致似的,都跑到我家来看他。我家人都非常喜欢他,我母亲把家里最好吃的东西,都拿出来给他吃。他很有礼貌,总是要说声"谢谢",和我一样把母亲叫"大"。

许多年后,我还在想,或许少年的朋友与理想,就是一种精神上的寄托。我们透过朋友看到了拥有未来的力量,从友谊中感觉到了前途的光明,感受到生活的希望。一定是这样的,不然,为什么我们在离开彼此之后,都非常想念对方。

但前途并不总是一片光明,我们走了许多弯路。初中我去学校,仍然是像小学那样走读。每个同学都是如此,不管多远,都从各自所在的村庄走到两道桥,等放学或放假后才各回各家。到后来,学习的时间一紧,学校便要求我们住校学习,一周回一次家。我和长青每天坐在一张桌前,睡在一张床上,甚至于起床、上厕所也要同时同刻。时间一长,我便渐渐懂得了思念是什么——每逢周六周日学校放假后,我回到自己的村庄里,会莫名其妙地突然强烈地想念一个人。那种感觉,与后来的初恋类似。我这样,他也如此。为此,我们便约定,只要条件允许,我俩每周轮换,或者我到他家过,或者他来我家过。我们一起到对方家同吃同住，一起上山砍柴，一起参加生产劳动。他有一个好哥哥，对他特别宽容，我们经常一起到他们村庄背后的大山上砍柴，然后一路高歌而归。彼时彼景，至今仍刀刻一般印在脑海中。

那时，长青与他哥都有一个爱好，那就是画画。他们经常按照小人书上的画来学画，而且画得特别像。我在这方面比较愚钝，怎么也学不会。在他们不画的时候，我们便一起打闹，一起憧憬着以后要过一种什么样的生活。友谊之花，便这样浸润在我们少年的心田，扎根于广阔的田野与每天早晚的耕读时光里。我们在早上一起背单词和课文，互相监督；到了傍晚，便一起沿着学校的路边散步；晚自习时，一起做作业；熄灯后，一起用冷水洗澡。有时白天也凑在一起，参加学校组织的生产劳动。那时，我基本上都当班长，话比较多。而长青的话少，除了与我爱说爱笑之外，他与班上的其他同学交往不多。但是每到开饭，他的身边常常挤满了一堆人——因为他从家里带来的菜，不是鱼就是野味。这在我们班上是一件特别罕见的事，他也因为慷慨而受到大家的特别欢迎。

初一那年就这样一晃过去了。每个乡间的孩子，所有的青春岁月都在那贫乏的乡下学校，夹着各种各样的理想宏图与私心杂念中度过。一边是走出大山的强烈愿望，一边是现实生活点点滴滴困难的煎熬。我们的友谊，便在这样痛并快乐中日益坚固。

当时，我们学校的条件很差。记得初中读书三年，学校不是刮风就是漏雨，因此连连整修，我们接连换了三个地方上课。在动荡不安的岁月里，幸亏有一位视野开阔的语文老师，在心灵上成为我们的导师，他甚至租车带我们去游览武汉这个大都市。那是第一次让我对异地充满了向往与失落的城市——我还是借着本村一位叔叔的上衣去参加这个活动的，因为那件衣服上没有补丁。由于衣服太长，我穿在身上便显得空空荡荡，看上去非常滑稽。武汉的繁华与城乡间的巨大差异，让我觉得有风从硕大的衣服间吹过，心里顿时空空落落。从留下的几张充满忧郁的照片中，我看到了自己青春的真正底色。至今看到仍令人忧伤，有时甚至想大哭一场。我后来想，在这个世界上，无论我们走到哪里、走得多远，我们身上永远都有着不被人知、不被人理解的底色。它横贯了我们少年的成长岁月，从此在回忆中成为永远的隐痛。

此时的我与长青，亲如兄弟。我想象不到在血缘关系之外，还能寻找到另外一种爱与思念的存在。他有一颗善良与悲悯的心，我有自己特有的敏感与丰富。每次我们（包括他的哥哥长松），走在乡间的小路上，出入于故乡的大山中，走到哪里便把歌声洒到哪里。由于我和他时常到对方家里玩，我感觉他家已成为我另外一个家了。他母亲偶尔才从城里回来，每次遇到总是要拉上我俩的手说个没完。我们坐在他家门口聊天，直到夕阳最后把我们罩住，直到月亮最后把我们照亮。后来，他母亲还跑到我家里来见我母亲，两个善良的母亲惺惺相惜，都能说到一起，竟然也成了好朋友——我想，如果不算我们同村的人和亲戚，他母亲也许是我母亲的第一个朋友吧。两个家庭少年间的友谊，温暖着彼此的母亲，转而又温暖着我们少年的心灵。

虽然长青家条件好，但他还是特别努力。不仅努力学习，还努力为父母减轻负担。有一年暑假，我正在田地里帮家中插秧，忽然一阵自行车铃声响起，原来是长青来了。他家里没有田地，也不缺学费，但在那个暑假，他为了自己挣学费，骑着自行车四处贩卖冰棒。那时一只冰棒才五分钱，但在乡下也很少有人买得起或舍得买。高温烈日之下，他从一个村骑到另一个村，沿村叫卖。来到我们村时，他笑着站在田岸上，满头大汗。他从自己制作的存放箱里的棉被中掏出几个冰棒，让我和我弟弟吃。我说："我不吃，你还要挣钱呢。"他说："我是想自己挣点钱，但挣了钱我们也可以一起用啊。"我们坐在烈日之下，含着冰凉而又甘甜的冰棍，看到他的脸晒得通红时，我忽然心里对我们的命运感到特别同情。是啊，于我，无休止的乡间劳作与贫困,让我总是在忧郁中叹息命运;于他,虽然经济条件比我好,可家庭却并不像他需要的那样圆满和幸福……

我们就这样磕磕绊绊地走着。到了初三那年,他突然告诉我说,他要转校走了,去我们县最有名的付桥中学读书——那是当时全县中考每次都能获得高分的名校。那个学校因为有一个姓李的老师当校长,使得每年中考学生的成绩,普遍比县里其他中学都好,初中生如果能进去,基本都能考上中专。中专学历,就能成为国家干部,吃商品粮。这让全县的学子都非常羡慕,但羡慕归羡慕,一般人也轻易进不去。

那天,他专门跑到我家来告诉我这个消息。我听了一边为他高兴,一边又非常惆怅。年少不知离别恨,转眼将是别离人。我们沿着我家背后的山路走了一段,都不说话。他低着头,其实他并不想离开这里,他的学习成绩在班上处于中上,但他父亲让他去,他必须得去。何况,那是人人都向往的地方。他说:"我本来想让我父亲把你一起弄进去,但他说人家只给了一个指标。"我拥抱他,表示理解。同时,也表示祝福。但他离开后,我跑到大山上哭了一场。我们少年时的情感丰富而又脆弱,就像故乡绵绵不绝的梅雨,越扯越长,越长越杂。从此,我们只有偶尔的信件交流。班里突然少了一个志同道合、意气相投的朋友,我便少了一份难得的欢乐。他走后,我们只有在放假时才能得见。

而且，随着我们学校不停地搬迁，大家对未来的期待越来越大，但考上中专的希望却仿佛越来越小。

果然，在经历了漫长的长跑与努力之后，我们只看到了希望的气泡，随着五颜六色的彩虹渐渐消失。人生的残酷就像炎炎夏日里的一场雷雨，毫无征兆且毫不犹豫地到来，突然一下浇得我们透心凉。我们班的考试成绩都不太好，许多期盼已久的理想，最终回到现实的土地，大家各自走上了其他的道路。我至今记得问完分数回来的路上，碰到一位小学时的老师，得知我考得不理想，他甚至都不愿理我。

而长青，却意外传来喜讯——他真的考上了中专！那时，对于我们那儿的初中生来说，读中专是最好的道路。上了中专，意味着吃国家饭了。一时四乡八里的人，都在传说他的命运传奇。我在一边为他感到高兴的同时，一边又为自己的命运感到叹息。仿佛有两辆高速飞奔的马车忽然背道而驰，从此两个人的人生路只会越走越远。我们在乡间路上走着，他本来话少，但那次说了很多。他说："苟富贵，勿相忘。只要以后我能做到的，你放心。"我们并肩走过田野，我知道他做得到。但是，我自己又能做什么呢？他说："一定要读书。接着读，读到考上为止。"于是，当他进了红火一时的师范学校报到时，我也在费了九牛二虎之力后，跑到外地一所高中上学。最后从一所学校到另一所学校，转来转去。而他，一直在县城读师范。我们只有在放了假的时候，才偶尔小聚一下。但这样的聚会越来越少，因为他有时不回乡下，就在城里他外婆家住着。而我，似乎感觉到命运在我们未来之间，划了一道深深的印痕。

他中专只读两年，便毕业了。而我读高三那一年，家里已拿不出钱让我上学。那时候他已经开始挣工资，一个月好像有四五十块。高中那几年，他先后主动资助了我几十块钱，我记得总共有九十多块——这些账，我一直用一个蓝色的笔记本记着，至今那个本子还无声地躺在我北京家中的书柜里。那是我在急难之时，得到除亲人外最温暖最有力的帮助。这也是他后来不幸去世之后，我连续十二年资助他孩子上学的原因与理由。

高中毕业，我还是以几分之差与大学失之交臂。这对我来说是一个巨大而沉重的打击。于是，我费尽周折，跑到外地当兵去了。走时我没有告诉他。因为我知道，如果告诉任何一个人，我就有可能逃离不了故乡。我在异域边陲的新疆，一口气当了三年兵也没有回来。而那时，长青在小学里教书，也总被调来调去，直到调到我曾经上过的小学。但命运无常，由于他性格耿直，不会拐弯，曾在课堂上狠狠地批评了一个不爱学习的学生，偏偏这个学生的家长又特别溺爱孩子，不服气便跑到学校大吵大闹。但没有人站出来为他说句公道话，这诱发他终于下定决心停职留薪，跑到了城里成为最早一批的创业者和打工者。先是在县城，后来又去了那个曾让我无比失落与惊慌的武汉市。因为有从小绘画的基础，加之师范学院两年过硬的培训，他在绘画上已有所成。他成立了一个小小的装饰公司，开始外接工程，过上了另外一种生活。三年后，等我考上军校归来，在另一个传奇般的故事在故乡流传很久后，我与他的会面，便成了期盼。

终于，我们在故乡见面了。那是一个寒冷的夏季。拥抱与祝福，成了一对患难兄弟相聚的最好方式。此时我才知道，他哥哥已结婚生子，娶的就是我小学时的同班同学，一个真诚而又善良的女生。我在为他哥哥高兴的同时，问他为什么不找对象。他说找不到合适的。其实，他是一个害羞而又善良的男人，在女孩面前总是缺少主动。加之他自己跑到武汉市单干，人生地不熟的，一时也找不到合适的人。我那时正被军校残酷的训练弄得焦头烂额，总是怕被淘汰，也顾不上这个。后来，有个暑假，我到他在武汉开的那个小公司去看过，当时武汉酷暑难熬，在阳光直射的正午，我坐在他的小门面房里，感觉汗从身体里挣扎着奔涌出来。他那时生意不太好，收入不佳，加之又不愿意回去教书，也是进退两难。我们在各自喝完一瓶啤酒之后，坐在那里，一时竟然无话可说。

更为糟糕的是,在他外出创业期间,他的母亲不幸因病去世,就埋在村庄的山头上。多么可怜而又令人尊敬的一位母亲啊,她的一生看上去并不幸福。我母亲为此哭得死去活来。有年冬天,我探家时还和我母亲一起去他母亲的坟头祭奠过。我母亲泪流成河,我们跪在他母亲的坟前烧纸,寄托我们的思念。而他泪流满面,几乎不说话。我们站在故乡的山头,茫然地望着对面的大路与奔流不息的河流,感慨良久。此时,我已完全把他当作自己的弟弟和亲人,感觉到他难受时我也难受,他不开心我也会不开心,他的不如意就是我的不如意。我总想为他做点什么,但那时我们人微言轻,拥有的人脉与资源像浩瀚宇宙中的一个水分子,稍不留心就蒸发掉了,总是心有余而力不足。按他的性格,其实我并不太赞成他走这样的路,他不善于应对广阔多变的社会。以他的性格,更适合有一份稳定的工作,安安静静地固守着人生的安宁。但他说:"我不服啊,我还是要闯闯,看能不能闯出另外一条路。"他与学校斗气呢。他所谓的路,无非是多挣一点钱来证明自己。我为此劝他重操旧业,或者去考个美术专业,但他总是沉默不语。或许,他有他的难处吧。好在,就是这一年,他处了个对象。我在他的公司里见过一次,很好的一个女孩,话同样不多,但温柔阳光。我为此对他致以深深的祝福。

那之后，我毕业留在了北方。虽然各自面对一个复杂烦琐的世界，但我们仍然时常联系，相互鼓励。不久，他与那位他爱的并爱他的姑娘结婚。生活仿佛走上正轨，一切开始阳光灿烂、梦想成真。很快，他有了自己的儿子，这是个令我们都非常高兴的事情。有了后代，人便有了寄托。只要回故乡，我必定要抽出时间，与他见上一面，顺便还去看看他的父亲。此时，我们在一起，由于个人经历的不同，生活环境的不同，话比原来少了，谈的都是过去的一些事情，但这并不妨碍我们之间纯真的友谊。

我一直认为，友谊不会因岁月，因生活环境和条件的改变而改变。

有一年，他突然打电话说：他哥哥去世了！这个消息于他于我，都是一个巨大的打击。曾经那么好的一个爱唱歌的阳光男孩，在留下两个孩子之后，竟然年纪轻轻的就走了！

得知此消息，我头脑里一直回荡着这样一个场景——我们走过他们村庄时，他哥哥发出爽朗而真诚的笑声。那个善良的、憨厚的、可爱的兄长，居然在有了两个孩子后，突然就这样走了！

当时我很震惊，问是什么病，他说是肝癌。我忽然联想到他母亲也是肝癌去世的，便建议他赶紧去医院查一下。他听了。这一查，坏消息又接着传来：他的指标也出现了异常！

从此，他便时常服药，阴影也开始浮现在他与我的心头。有时一旦有了默契，即使不说话，也知道对方在想什么。

时光拉拉杂杂的。他还在外面打拼，我说："干脆还是回去当老师吧，工资不高，至少稳定，何况有了孩子。"

他沉默良久，才说："回不去了。我也不想误人子弟。"

我不知道他说的回不去，是单位不让他回去，还是他不想回去，或者是他想回去，但已不能胜任这项工作。我们往往沉默在电话的两头。那时，我也东奔西突，生活得并不像故乡人想象的那样如意。事实上，每个人真正的痛苦，都只能由自己慢慢在时光中咀嚼消化，别人是不能分担与替换的，特别是在人生低谷的时候。

此时，可能因为家庭与孩子，他感觉自己身上的压力更重了。他拓展了业务范围，从武汉到重庆，他的步伐越来越大，声音也越来越低沉。每次都是我主动给他打电话，问他家庭怎样，老婆与孩子怎样，最后才绕到他的病情上来。他总是轻描淡写，一笔带过。我不便详问，怕引起他的悲伤。但我知道，既然有了他哥的开头，也会慢慢有他的结尾。那时，作为军营里的一员，我的生活不由自己安排，回家的次数越来越少。

忘了具体是哪一年，我被总部借调到北京上班的时候，他突然从重庆打电话找我，让我在西南医院找人帮他看病。刚好那个医院我因写一位院士的传记曾去采访过，有熟悉的人。我便委托别人帮他找到了最权威的主任医师。看完后，他好久都不讲。我打电话追问，他才淡淡地说："医生说，晚期了。"

这个消息，如同晴空一声霹雳，让我在他乡的城市与在他乡城市的他，都流下泪来。我们都哭了。我知道这种病的严重性，我母亲后来就是因为这种类似的病去世的，做不了手术，而且手术也解决不了问题。

我劝他说："回故乡去吧，过自己当时想过的生活。"他没说话，但我知道他做不到。他有老婆孩子，他总想在有生之年，多为他们挣一点钱，为他们多留下一点什么。

又是几年过去。有一天我接到他老婆打给我的电话，说他回了故乡红安，住在县医院里，人快不行了。

那时我调到北京不久，在一家全国知名的医院机关工作。凭着经常带病人看病的经验，我预知一种不好的结果发生了。虽然很早就想到了这一点，但没想到会来得这么快。当时我有事不能回去，便赶紧给县医院的同学打招呼，请他们关照他。同时又委托我姐姐前去探望，代表我给点钱。那几天，我们俩几乎每天或者隔一天通个电话。他还是像当年我们认识时那样不急不躁，一切照旧，说话还是慢慢吞吞、温温和和的。但我知道，他的心中，一定激起了千涛万壑、狂波巨浪！

他老是说："没事没事，住几天就好了。"

但是，这一次并没有像他以往说的那样。几个月后的某一天，我姐姐给我打电话，说他走了，永远地走了。

我在异乡的街道上，握住电话，一时泪如雨下。

我很想回去，但单位不准请假。我没能去为他送行。听同学们说，他们过去师专的一帮朋友，与家人一起张罗了他的后事。我悲恸欲绝，甚至想到他的父亲，曾经那么坚强的一条汉子，在白发人送黑发人时，是一种什么样的心情！接二连三的打击，已经让一个乡间硬汉，屈从于命运的摆布……

从那以后，只要回家，我必去看他的父亲，表示自己一点心意，至今如此。他也是一个令人同情而又可怜的男人，他先后送走了妻子和两个儿子，后来又找了一个老伴，但时间不长，老伴却突然瘫痪并且一病不起，几年后又撒手尘寰……命运，似乎给一个家族画上沉重的注脚。我后来在一个冬天去看他时，进了他家的门，看到一个完全瘦下去的老人，一个人孤零零地坐在火盆前烤火。我喊了他一声"伯伯"，他吃惊地抬起头来，眼里的光在慢慢湿润。我回家时间短，几乎每次只能陪着他坐上那么一小会儿，说起他孙子上学的事，无非都是安慰。因为我知道，这个变幻莫测的世界，已与他们当初想象的差了十万八千里……

也就是从长青去世那年起,我开始资助他的孩子读书,一直到十二年后他考上大学。我已有十多年没见过孩子的面了,他的母亲在坚守多年后,听从大家的劝导,已经改嫁他乡。虽然那个家庭的人待长青的儿子视如己出,但我一直担心孩子的成长,会因亲生父亲的去世,而受到影响。所幸,孩子像我儿子一样,也有过短暂的叛逆,终于长大成人。这是最值得我们欣慰的事。或许,这正是我与长青乡间友谊的一段新的开始,而不是结束……我总觉得,自己有责任也有义务去帮助他的骨肉,那也是我永远的亲人。

再后来,我每次回故乡,心情总是沉甸甸的。那些比较要好的小学或初中同学,有好几个因病和意外等离开这个世界。每次我走在乡间的路上,在萧条的冬天,在一望无际的四野,任寒风吹着脸庞,我看着那沉重的大山,听着沉默森林的呼吸,不知不觉地非常悲伤,我感到生命的无助与孤独。每当我乘车或开车从他们村庄路过时,远远地我总是觉得,他就坐在坟地的河流对岸望着我。只要车上的人不急,我都要下车,对着那块埋葬了他生命的土地,深深地鞠上一躬,表达我的思念之情。同时,每到逢年过节的时候,要为家里故去的人烧纸钱时,我总要让我父亲多买上一些,自己跑到路口去为长青和另外几个同学烧上一份。我不知道这样做是为了什么,我只知道,他们一定在另外一个漆黑的世界里等着我。作为他们还活着的朋友,无论今生今世如何,我想总有一天,我一定要以真诚和坦荡之心,去另一个世界拜会不幸英年早逝的他们……

梦中少年

那天，又梦到同学亚东。总是梦见与他们一起，回到少年，在村庄里，在山林里，在小路上，在田野中……总是伴着白色的梨花、粉红色的桃花与青绿色的油菜花一起奔涌，映山红还未凋谢，春天扑面而来。梦境越拉越长，一切又变成云彩一般散去，青黄一色的稻浪席卷而来，随风过去，如黛的青山与遍野的树木包裹着笑与泪的声音……一梦惊醒，好半天回味过来，才知道早已阴阳两隔。

人到中年，随着年龄增大，好像越来越容易想起或梦见过去的事情。许多离开我们好久的人，不经意就搭乘各种交通工具来到城市，与我们在梦中相逢。而此时的人生，动辄则以数年甚至数十年计。梦里梦外都是生活，只是回眸时，仿佛有一种雨雪，容易打湿不为人知的心事。

亚东是我小学同学，与我一样其貌不扬，看起来稀松平常。我俩在两个村庄，虽是上下两个湾里，但属于同一个小队，叫生产八队。我们村庄小,他们村庄大。我们外出,要穿过他们的村庄正中央。

亚东上小学的时候,成绩还是很好的。特别是数学,遇上个竞赛什么的,还可以与我 PK 一下。但慢慢地,他学习便差一大截。主要原因呢,是他家孩子多,当时又是缺粮户,不知怎么的,他喜欢上了打架。打架在我们那里是最平常不过的事,一个村的与另一个村的,本村的这一派与另一派的,孩子们之间经常打来打去。往往都是大人跑上门去说好话,化解孩子们之间的仇恨。说仇恨,其实也有点过了,小孩子们打打闹闹,今天与这个好,明天与那个好,是很正常的一件事。而且平时上学,慢慢就不自觉地分帮分派了,几个同学谁与谁好,上学放学便走到一路;如果谁与谁不好,就只有放单。关系好的绕道也要一起走,不好的绕道也要分开。

我小学时成绩很好,经常拿第一,不像长大后老喜欢望女生的后脑勺,成绩便慢慢降下来了。那时我老当班长,而且不喜欢打架,在老师眼里是"又红又专"的一类,因此深讨老师喜欢。老师一喜欢,就让我指挥大家,喊起立坐下呀,领读呀,收作业呀,讲题呀……弄得很像那回事。因此,同学们对我也比较好。

亚东开头也是这样。每天上学,我都要从他们村子里过,他家又刚好是我的必经之路。许多年后，我还好多次梦见有人娶媳妇，把新大姐（新媳妇的意思）的红被子挂在他们家门前的一棵大树上，等新郎爬上去拿。后来又梦见他家门口的池塘里有好多鱼，但水很臭的样子，家家户户拿着碗，蹲在大门口吃饭。梦里见到的，好像整个村子都与他家有关。这都是当年的真实写照。

也难怪呀，我们之所以能走到一路，原因有三：一是他小学时成绩也曾非常好，我们互相觉得对方值得学习；二是我们是在彼此成绩都好时结下的朋友关系，因此必须站到他这一边；三是因为他打架很厉害，几乎同学们都害怕他，而我从小就害怕与人打架，需要保护。其实我原来也不怕打架，一度在我们村子里当头，经常与我的几个叔伯弟弟打。但后来只要我动手，回家我父亲便要打爆我的头。我不怕打头，但怕我母亲哭，我母亲一哭我就手足无措。所以我长大后特别害怕女生哭。女生一哭我就心软、让步，致使我现在人到中年在家里也抬不起头，按我儿子的话说是没地位。虽然我老婆不哭，但她会冷战，冷战也是一种特别可怕的方式，我还是妥协。

妥协也是我童年时的常态。每天上学放学，无论是早上、中午还是下午，我都要从亚东家门口过，我都得等他一起走。这是很早就形成的规律，什么事一旦形成了规律，就不好再改变了。特别是当他每天懒洋洋地起床，慢吞吞地吃饭的时候，我还得站在那里等他。经常耽误了上学时间，他也不在意，最多只是笑笑。他一笑，眼睛斜着，那光也是令人害怕的。所以我就等着，哪怕是冬天，我冻得发抖，也把手缩到袖筒里，耐心地等。

上学的路上，我们好几个人都跟着他。一般要做几件事，夏天的时候，是偷生产队的梨子。故乡那时盛产梨子，那种梨子品相不好，但吃起来相当甘甜。我家也种了好几棵梨树，每到丰收时，我便与父亲挑着梨子翻山越岭到很远的村子里去兑换粮食，主要是兑换小麦，累得腰酸背痛。故乡每年到了春天，漫山遍野开满了雪白的梨花、桃花，让村庄一刹那变得相当美丽，好像一个灰姑娘突然嫁到了皇家。而且，那时的梨子比现在的好吃，从满树白色的花开直至花落，只要梨子长出个小身板，我们便开始偷吃。我胆子小，不敢偷，一般是站在路上望风，怕被生产队队长抓到。抓到是要扣大人的工分的，扣了工分，影响家里分的粮食，我要是被父亲抓到，那不得打个半死？所以，我坚决不偷，但又不能不参加他们的队伍。后来，便被派了望风的活，只要发现生产队来人，便假装唱歌。我唱歌除了普通话不准，还是很好听的，大家都这样说。后来高一那年，在走投无路时为了改变命运，我甚至还听了老师的建议，跑到县里去报考过一次楚剧团。如果考上,说不定今天就是唱戏的了。我怀疑唱歌就是那时练出来的。

偷梨是个技术活,要迅速蹿到树林里,要学会埋伏,要会爬树。还有,你不能无端地老往梨树林里钻呀?得做个样子。做个什么样子好呢?一般是装作拉屎。亚东经常装出要拉屎的样子,蹲在梨树下。有时遇到人,来不及逃跑,人家问干啥呢?就说拉屎,然后真的蹲在那里,做个样子。这是必修课。偷了梨子之后,再往学校里走。打架一般是放学后的事,中午放学没有时间打架,只能选择在下午放学后进行。我们一般与路过的两个村庄打。一是与叫马家榜的村庄孩子打,他们会埋伏在位置较高的沟里,用小石块和土坷垃伏击我们;二是与叫龚个冲的村庄孩子打,他们与我们不在一条路线,但两条路线对望平行,双方便越过河,在田野里打。油菜花开的时候,我们在金黄色的花地里埋伏;冬天一望无际的时候,就在光秃秃的田里干。常常是打得热火朝天,甚至有一段时间,上学不是为了读书,而是为了打架。

每个打架的队伍里,总有两个小头目晒狠(秀肌肉表示厉害的意思)。马家榜晒狠的姓周,是之后转到我学校的同学。后来他也当了兵,至今我们关系还很好。龚个冲的也姓周,叫花德,但后来我再也没有见过他。当时因为亚东与他们两人干仗,不允许我们走得近。再后来,他们都曾与我同桌过,关系便挺好的。周花德其实是个很好的人,总是笑眯眯的,上课就睡觉,下课了我们便经常在一起打碑。所谓的"碑",就是用各种纸张,叠成四四方方的牌。然后用一个碑去打另一个碑,一人一下,如果打得对方的碑翻身了,这张碑便是你的了。周花德的碑打得好,我总是输给他,但他赢了之后又把碑还给我。而他之所以打架让人怕,不是狠,而是愣。所谓软的怕硬的,硬的怕愣的,愣的怕不要命的。亚东与周花德也干仗,两个经常摔跤,我们那里叫"摔抱着",常常不分上下。但两个人口头上都狠,谁也不服,打输了再来,从来没有服过。后来,摔着摔着就摔出感情来了,再不打了,还成了两路联合的朋友,一起去干另一路,比如与麻个榜的一路或西坳与东坳的联合纵队。打架是常事,但也经常惹出笑话。有次,亚东要干龚个冲周花德这一路的一个叫牛伢的同学。牛伢很害怕,便叫了他父亲送他。他父亲人高马大,非常魁梧。那天午饭后上学,亚东让我和他一起越过河跑到陡山脚下的路上。牛伢其实很老实,平时爱说爱笑的,特别喜欢开玩笑。他与我一样,也不喜欢打架,便经常脱群上学,在学校里与我还很好。但亚东看到他不顺眼,非要整他一下。我们便越过河流,跑到对面的马路上等。终于,牛伢像往日那样低着头走过来了。我看到,一个高大的农民伯伯扛着犁跟在他的后面。从心里讲,我不想和牛伢干仗,但又怕亚东。果然,亚东拦住了他,掏出一个捡来的带着尖的铁片对着牛伢说:"你怕不怕我?"牛伢说怕。亚东便上前抱住牛伢,我害怕他真的发狠,便拦住他说:"他都说怕了,要不算了。"亚东吐了一口痰,呸的一声对我说:"叛徒!"我不敢说话。亚东又从口袋里掏出一根麻线,让我把牛伢的手捆起来。我没有动。我老觉得后面那个扛着犁的人不对劲,因此磨磨蹭蹭的。亚东还踢了我一脚,我说:"放了他吧。他有时也偷梨子给我们吃呢。"亚东说:"他好久没有进贡了,必须治一下。"牛伢反过头来叫了一声。只见那个扛犁的人把犁一扔,直接来把亚东抓住了。他力大无比。亚东叫了一声,扛犁的说:"我终于抓到你们了,我看你今天怎么办?看你怎么杀他?"我们这才知道他是牛伢的父亲,吓了一大跳。亚东往下一蹲,挣脱了大人的手。我们两个便放开脚跑起来,跑到学校还哈哈地笑,以为这事就过去了。没想到,上课时,老师把我们两个人分别叫了出来,一大堆人坐在老师的办公室审问我们。我看到,牛伢的父亲也坐在那里,原来是他告到学校来了。我们老师一边一个劲儿地说好话,一边用狠狠的眼光盯着我们。我有点怕,低着头。牛伢的父亲看到我时说:"他还老实,没动手。"结果,我们俩被老师训斥了一下午,直到亚东最后向牛伢和牛伢父亲道了歉,解释当时只是吓吓牛伢而已，并表示自己再也不动手了才作罢。老师说，如果再动手打架，要对亚东进行退学处理。亚东连忙表态说再也不打架了。

于是好长一段时间，我们不再打架。亚东觉得无聊，便又增加了一个新的项目，要求我们每个人回家路过一个窑场的时候，必须爬到旁边的一棵木子树上拉一泡屎。结果，每天放了学，我们还必须爬上树，蹲在树干上拉屎。一排白白的屁股对着下面的庄稼田拉屎，也是一种特别的景象。我们八队有个叫红喜的不愿意拉，亚东便脱了他的裤子，让他光着屁股走，快到村子时才把衣服给他。我有次因为拉不出来，也被他脱过一次裤子。我脸皮薄，不好意思光屁股走路，便号啕大哭。他没法只好把裤子给我了。结果到了秋天，稻田的主人收割庄稼时，站在田里大骂。原来是我们拉屎掉下去的那一块地，可能是因为稻谷肥料与养分太足，结果反而把稻子都熏烂了。就那一块空荡荡的，什么庄稼也没长。我们当时听到了，一个个都捂着嘴笑。

到了四年级时，亚东还没有被学校开除，他自己却不上学了。因为他家那时人多，老是缺粮，他决定回生产队帮家里干活了。他不读书，我也不用再到他家等他。但每次走过他家时，我总是很失落。遇上有人打架，再也没有人帮我出头。好在我成绩好，老师宠着，挨打比较少。倒是亚东的两个弟弟，不知怎么的在有一次我路过他们村庄时，把我按在地上打了一顿。我母亲不依。

亚东的母亲便跑到我家来道歉，还带来了几根果子，就是油条。那时，这是多金贵的东西呀。亚东的母亲善良，我母亲也就不再说什么。只是我看到亚东，从此在田头不是挑着这就是挑着那，他看着我傻笑。我总觉得心里有点空空荡荡的。

再后来，我上初中，到两道桥河边的中学读书，与亚东慢慢地联系少了。放了假，遇到他上山砍柴时，还偶尔会到我家坐坐。两个人说起读书的事，我常常看到他低下头来。再往后，我上了高中，到离家更远的地方去了，由于住校，我们见面更少了。但每次回来，从他家门口过时，我总要问一下他家里的人："亚东在吗？"家里人的回答往往是一样的："出工去了。"高中时我已有了悲天悯人的思想，总是为亚东感到叹息。

再后许多年，我到更遥远的新疆当兵，考上军校，再回乡时，我又去看了亚东。他虽然热情，但眼神总是躲躲闪闪，不敢与我对视，好像觉得我与他不一样了。我知道他在为我高兴的同时，也在为自己遗憾，话也不多。他越是这样，我每次回去越要找他聊聊。特别是后来，他当了我们村的生产组组长——也就是原来的生产队队长，组织大家修桥补路，开始为村里做好事时，我发觉他少年时虽无比强硬，但骨子里原来包藏着一颗善良的心。我听父亲说，他做事公平正派，又敢伸头领事，大家便都选了他。这时，我们都已成年，他还有了孩子，我们几个湾的小学同学，遇到一起，便经常在家里吃个饭，拉拉家常。他对我家非常照顾。特别是我母亲去世后，看到我父亲孤身一人，他经常到家里探望。

有一天，他突然给我打电话，说要到北京来看病。那时我已调到北京，在全国最知名的医院机关工作，我说欢迎他来。他与我三舅一起来的，我们俩陪着他看病。几天后，当我们拿着化验单找到专家时，希望在他眼里慢慢地陷落下去……他居然得了白血病！我们都不知道他怎么得的这个病，那时白血病已不再是不治之症，但是医疗费用相当昂贵。他治不起，我们也帮不了他。他回去那天，我送他们上火车。我看到，火车开动远去时，他将头伸出窗外，向我挥手，一脸落寞的情形……

他走后，我一直觉得应该为他做点什么。那时博客刚刚兴起，我便在博客上写了一篇文章，题目是《将军县，一位村民组长的北上与南下》，至今还能在网上搜到，内容如下：

> 他是一名普普通通的村民组长——过去人们称为生产队长，中国行政村里最小的"官"。
>
> 他是第一次来北京，不是游玩，而是抱着最后的一线希望。那是对生命的渴望。
>
> 他来自湖北红安，那个曾盛产将军的地方，是两百多

个将军同一个故乡的山区。

他得了慢性粒细胞性白血病,伴有骨髓纤维化,听上去非常可怕。他躺在北京的旅馆里,看上去非常坦然:"人摊上了,是命,听天由命吧。"

这是那个革命老区里的人们,在大病后的一贯做法。在那里,小病靠熬,熬过便是福;大病等死,多活一天便是恩赐。

而作为同乡,我知道,他不是一位普通的村民组长。

是他,在乡下乱收费、乱摊派、乱集资的时候,代表乡亲们站了出来,勇敢地抗争。在经历了捆绑、手铐与关禁闭之后,他和乡亲们赢回了自己的权利。

他是由老百姓经过民主程序,选出来的村民组长。那时,村子里没有人愿意当组长,因为这是个跑腿累人的差事。当上组长,要催大家上交各种税费、参加各种义务劳动、负责村里大小事情,钱不多,但得罪人。

他不怕得罪人。村子里谁家打架了,他到场;谁与谁闹矛盾了,他调解;谁家子女对父母不孝,他黑下脸;谁家有困难了,他帮忙⋯⋯

当上组长之后,他决定改变家乡的面貌。

他号召大家,把门前屋后的荒山,开出来种板栗。当时有些人不认可，不肯干，他带头开荒。如今，看到村头的树上那累累的果实，村民的心里充满丰收的喜悦。

看到村子周围的山上光秃秃的，水土流失厉害，他决定划分禁山，坚决禁止乱砍滥伐，并带头执行，谁违反就惩罚谁。开始有村民恨他，可几年过后，看到村子周围林木成片、绿树成荫，环境好转，村民转而非常感谢他。

在一批又一批的年轻人出去打工的时候，他却带领留守家乡的村民修桥补路，蓄水屯田，植树造林……特别是在村子里缺少劳动力时，他合理地安排耕地，保证了农田没有荒废。

村民的粮食卖不出去时，他找人来拉，绝对不低于市场价；村民家里没有粮食时，他号召有粮的先借，由组里做担保，组里担保不了的，他自家出。

前几年，村子大旱，年轻人都外出打工，他带领大家抗旱，住在工地上几天几夜不回家。当旱情缓解，终于可以回家时，他头一歪，竟倒在地上睡着了。后来，他大病一场。

随着农田化肥用药的增加，村子里的饮用水水质越来越差。他开了几天会，说服大家在深山里打井。起初，没有人相信能打出水，他红着眼盯在工地上，十几天后，当哗哗的清泉涌出来时，他的眼里挤满了眼泪。

在乡下，没有任何资金，要做点事，真难。但作为一个生产队长，他总是想方设法，要为大家谋点实在的利益。小时贫穷的记忆，不时敲打着他的心灵。

"我不能辜负乡亲们对我的信任。"这是他的真心话。他跟他们掏心窝子，坐在哪里，哪里便有了笑声。

一位在外工作的同乡回去后，听乡亲们说起他的事，感慨地说："他可能不知道什么是奉献，但在默默地奉献着，比我们这些在外的人都强。"

他只有三十多岁，是湖北省红安县杏花乡两道桥马榜村八组的一位普通的村民组长，管理着七十多户二百七十多人的一个自然村，可谓是中国乡村里最小的一个"官"了。

而正是这个不起眼的小"官"，保证了全村每年按时上交国家的全部税款，既交足了公粮，又保证了余粮和口粮。他上任时，村民的年收入不足三百元，而现在，达到了五百元，有的甚至上千元！在有的村庄外债高筑的时候，他和他的村民八组，却成为一个在乡下不欠外债的光荣组。每年，他都能领到乡里颁发的奖状。

他当组长之后，村子里矛盾少了，纠纷少了，人们的精神面貌发生了很大的改变。

他很高兴。但是他不知道，自己的肚子为什么会痛，自己的双脚为什么会肿，自己为什么越来越力不从心，没有力气。

终于有一天，他积劳成疾，歪着头倒下来。送到医院一查，医生说："慢粒。"

他开头不知道"慢粒"是什么意思。后来知道了这种病与早年看过的电视剧《血疑》中的幸子所得的一样时，他的头垂了下来。

命运就这样在他三十多岁时打了一个结。

医生说，他还年轻，如果条件允许，完全可以做骨髓干细胞移植。他兄弟姐妹七个，不怕找不到相同的因子。但是，当医生说做移植得几十万时，他眼里闪动的火花化作了沉默。

回去吧，他说。于是，他买了回故乡的火车票。那里是当年为革命付出了十四万英雄儿女的故乡，是我们共同的家。

他看上去非常坦然。而我心里，却涌动着关于贫穷往事的滔滔泪水。我真希望，看到这篇文章的人，能够伸出援助的手，让全社会的爱心，流入这位年轻的生产队长的心田，温暖这位有一个十一岁孩子的父亲的心。

除此，我们还有什么办法呢？生活一层又一层地洗涤了我们在世界的脚印，许多人的离去都是那样无声无息。而他的北上和南归，不过只是与命运匆匆地碰了一下肩膀，让我们尝到了冷酷是一种什么味道。

如果真有好心者，请帮助他吧。

他的名字叫陈定勇。

他在今夜离开北京，在与希望拥抱后，不知那奔驰而去的列车，会不会传来铁树开花的消息。

在这篇文章中，我第一次恢复了亚东的大名——陈定勇。当时，我把文章投给了好几家报纸，希望他们能引起关注和重视，并发动大家帮助亚东。但是，最后没有一家报纸杂志发出来。只有著名作家裘山山老师在看到我的博客后，按上面留的地址给他捐了一千块钱。

那笔钱，是我们生产队第一次收到的大山外的捐款。而且在当时那是一笔巨款，让整个山村都轰动了。亚东给我打电话，一定要我转达感谢。

那篇文章，至今仍躺在网上大海般的文字中，寂寞无奈。

从那以后，每隔一段时间，我尽自己所能买点治疗白血病的药寄给他。

几年后的一天，家里打电话告诉我，亚东走了。走时他三十多岁，听说走得很痛苦。

他被埋在了我们村的大山上，站在我家门口就能看到那一片坟地。那一年我没有回去送葬，但是每年只要清明回去，我都要为他和另外两个同学在路边烧些纸，算是祭奠。后来，我很想帮助他未成年的孩子，像帮助其中一个故去同学的孩子那样。我去了他家，他爱人很热情地接待了我。我叮嘱说："不管怎么样，一定要让孩子好好读书。"她答应了。走时，我仅表达了自己的一点心意，并让他们有什么困难时，一定要对我讲，我会尽力帮助她们。

再过两年回去时，我本想到他家看看。我父亲说，不用了，他们几年没有回来了。原来，亚东的爱人带着孩子到了广东。孩子不愿意读书，只好和她一起打工去了。

我站在故乡那遍地荒凉的村庄里，忽然感到寒冷。我看到远处一地的油菜花争相绽放，想到当年梨花盛开的时候，桃花灿烂的日子里，我们光着脚跑过的地方，好像一切尽在眼前，但一切又是那么遥远……我忽然变得特别脆弱，特别想哭。

从那以后，我再也没有见过他们。如今，亚东的儿子，或许早已在他乡的城市娶妻生子了吧。

为她敲响希望的钟

她是一位寻常女子。

从初中毕业至今,已有三十六年。这三十多年中,虽然一直没有再见到她,但她的笑容,仍然清晰而温暖。相信除了她的亲人,同学中至今还能想起她的人很少。人生路上同行的人太多,大部分人都只是生命中的过客。如果不是因为曾经同桌,估计我也不会想起她来。就像人到中年,每次回到故乡参加同学聚会,提起她时,多数同学已经想不起她是谁了。

她姓Z。为了让逝者安息,生者安宁,姑且以Z替代。

想起她,我便想起一首歌:

　　让我们敲希望的钟啊　多少祈祷在心中
　　让大家看不到失败　叫成功永远在
　　让地球忘记了转动啊　四季少了夏秋冬
　　让宇宙关不了天窗　叫太阳不西沉

让欢喜代替了哀愁啊　微笑不会再害羞
让时光懂得去倒流　叫青春不开溜
让贫穷开始去逃亡啊　快乐健康留四方
让世界找不到黑暗　幸福像花开放
……

有一年从老家回来,在武汉听到这首动人的《祈祷》时,不知为何,我突然想起了她。

我们是初中同学。回想那时的生活,日子极其苍白。学校在乡间,被庄稼包围着,我们坐在破落的四处漏风的教室里,天真地认为读书就是理想的所在。无数的老师与家长都抱着这样的希望,期待我们中间有人能够跳出农门,一飞冲天。

她和我一样,是非常普通的一个。放在人堆里,我们都像是杂草丛生的植物。在南方的植物世界里,我们最多也只是马尾巴草,满山遍野地开着花,除了牛羊有可能吃到我们,相信没有任何一种风会青睐。

她话少,文静,两只眼睛很大,看到人只是微笑。无论在班级还是女生群中,她都是一棵小草。外貌不突出,成绩也中等。因此,我们都像命运大军中的一棵普通植物,只知道在阳光下拼命生长,却不知未来会把我们打造成怎样的一朵鲜花。如果不出意外，她会像大多数女生一样，名落孙山，拿着一个初中最多是高中文凭，回到之前生活的地方，嫁人生子，最后在这片大地上化为无声的沉默。

那时我是班长。老实说，我在班上的成绩时好时坏，并不总是名列前茅。我一直当班长，是大家的抬爱。可能比较善于妥协，因此得到了同学与老师的认可。Z同学与班长同桌，自然就会比别人走得更近一些。事实正是这样，一个平淡无奇的女孩与你走得再近，你也不会有任何其他的杂念，别人也不会说什么。那时大家虽都情窦初开，暗流涌动，荷尔蒙爆棚，但一个人如果没有任何想法，与人接触和交往也就大大方方，坦荡宽广。

最初的一个学期是平淡的，大家从小学升到初中，慢慢都在适应，可谓波澜不兴。到了第二个学期，大家的成绩便渐渐拉开了距离。有些人对此特别在意，有些人却并不在乎——多数人只是为满足家长的期待，混一个文凭，并没有多少人能够顺利走到最后，能考上理想的大学。

我们在贫穷、自卑和屈辱中生活，每个人都匆匆忙忙，理想只是高天的流云，说走就走。只是忽然有一天，在上晚自习的时候，Z同学突然对我说："告诉你一个秘密。"我心一惊，心想我这样其貌不扬的人，还能分享什么"秘密"？

她神神秘秘地说:"我妈认识你。"

我当时吓了一跳,连忙问她妈妈是谁。她咯咯地笑着说:"有天回家,我妈问起班上的同学。我说同桌的成绩不错。我妈说,原来某乡某村有一个叫李某的,不知在你们班上不?我说那就是你呀。我妈说,你在小学的时候,经常参加竞赛,总拿冠军,所以我妈她们都喜欢判你的卷子。因为你基本上满分。"

我那时才知道,她妈妈是一位老师。的确,在懵懂而清寒的小学,我经常被老师派出去参加乡里的竞赛,隐约听说过这个人。因为每次获了奖,我们学校的老师们都高兴。好几次我们小学的校长对我说:"有位女老师特别喜欢你,一考完总是点名要阅你的卷子。"我听了当然高兴,小时被人夸奖总是一件快乐的事。但从小也浓重地感受到了压力,总是怕自己没考好,让老师们失望。

没想到,那个喜欢批阅我试卷的人,居然是同桌的妈妈!这让我心里也多了几分羡慕。按当时的政策,像她这样的人,即使考不上,但只要读了初中高中,以后就可以顶她妈妈的班,当个小学或初中老师。当时在我们老家,这是一种非常普遍的现象,也是一件令大家特别羡慕甚至嫉妒的事。

因为她妈妈对我的肯定,她一下子在我心里显得重要起来。有时考试,我甚至把自己做的试卷给她看,但她从来不抄。每次考完，哪怕成绩不好，她也总是对我说："能考多少是多少，我妈说的。"

"我妈说的"——这句话成了我们交谈时，她的口头禅。似乎，只要她妈妈说的，她就一定要听。事实上也真的是这样，她中规中矩，没有叛逆，也没有优越感。就像风中吹下的种子，到哪里都是随缘而生，随风而动。

后来，我发现，她在班上还有一个特点，就是除了与女同学和我讲话外，她基本上不与男生们来往。男生与女生那种朦胧的感觉，像窗外的梅雨一样隐秘而悠长，也像冬天那样寒冷而莫名其妙。

偏偏，在那萌动的青春期，我不知为什么喜欢上了班里的一位长着丹凤眼的女生。明明知道在那个年龄、那种条件下，这几乎是不可能发生的事，但在我少年的内心世界，每每看到她的影子飘过，思绪便成为风中的惆怅，再惆怅。我忽然从一个阳光男孩，莫名其妙地变得格外忧伤。

毕竟是少年，内心之所想，很容易便显露于外。很快，我怀疑同桌发现了这个秘密。同桌与我暗中喜欢的女生是好朋友，她们上学顺路，经常一路同行。我发现每当我与喜欢的女生目光相碰，同桌总是要笑起来。而且，她那种含蓄的、温柔的笑意，会不经意地闪过心头，让我在紧张之时，仿佛被人窥破了心事一样焦虑。直到有一次，她在没人时咯咯咯地笑着问我："是不是喜欢上某某了？"我面红耳赤，说绝对没有。她又咯咯咯地笑，这是她的招牌笑。她说："喜欢就是喜欢，也没关系啊。如果你的确喜欢，想给她写信什么的，我可以转交啊。"我红着脸说："根本不可能。"她说："放心吧，我会保密。"我惊慌地走了。从此，我们两个虽然同桌，我却变得不自然起来，总觉得这个世上有一个人窥视了自己的内心，特别不自在。每每看到她若有若无的笑，总是觉得自己心里发虚，甚至于非常忐忑。后来，我受不了，便干脆对班主任讲，说我想坐得靠后一点，把前面的好位置让出来给同学。我毕竟是班长嘛，老师犹豫半天，最后还是同意了。我便坐到后排去了。

同桌 Z 当时没说什么，但我发现她脸上的笑容渐渐少了。记得我搬桌子那天，是下了晚自习后，她甚至还跑来帮忙，只是没有了咯咯咯的笑。

日子在一天又一天中消逝。有天下晚自习时，我突然发现自己的书中夹了一个便条。上面只有几句话："如果你真的没有喜欢某某的话，我们倒是可以做个好朋友。"

我不知道那个字条是谁写的，虽然有点惊慌，但表面上装作若无其事。我想，我与班里的每个同学都是朋友啊，所以撕掉字条后从来没有对人提起过。

初中的读书生活极其苦闷,因为前途渺茫。在成绩起起伏伏之时,与各位同学的关系也极为微妙。有时,会莫名其妙地喜欢一个人;有时,又会觉得另外一个人好。但慢慢地,我意识到,原来的同桌与自己那种友好的关系好像悄悄地淡下去了。不仅话少了,而且目光对视时,都迅速收回,装作没有看到。有一次午饭后,我们在河边洗碗时,单独遇到了。她蹲在河边的石头上洗碗,看到只有我一个人,便说:"你躲我呀。"我说:"没有啊。"她看了我一眼,没再说话。但从此再见到,基本上就不说话了。

少年时的心事,一堆一堆的,来得快,去得也快。后来学习任务加重,加之班级发生了许多事,私心杂念的种种情愫也随着学习压力的增大而渐渐淡了,散了。特别是我们学校需要建设,教室搬了好几次,从这里移到那里,日子显得乱糟糟的。所以直到初中毕业,同桌Z再也没有与我有非常特别的联系。我也从各种人情世故和变故中熄灭了内心对另一位女同学燃起的青春火焰。以至于毕业时,一位窥破了我内心秘密的老师,还在我的留言簿上这样写道:人不应该去追求他暂时不需要的东西,因为那只是一种多余的陪衬。

看到这段留言时,我仿佛被这位老师龙飞凤舞的字迹击中,脸瞬间红了。许多年后,我再次见到这位老师,讲起他曾给我的这段留言时，他说"惭愧，惭愧"。岁月不居，时节如流，人到中年的我们都非常平静。过往的青春，就像断了线的风筝，一切爱恨情仇俱已飘远。世上谁也不知道，我曾经独自咀嚼过无边黑夜里的相思与委屈的苦痛。

初中毕业后，我们踏上了各自的人生旅途。许多惆怅，只能更惆怅；许多失望，只能更失望。在我等待上高中的日子，同学们之间互相写信的很多。我很想给那位喜欢的女同学写信，但是，每次开了个头，便想到自己的处境与条件，叹息一声就撕掉了。每次收到其他同学的来信，总希望其中能有一封她的，然而并没有。但有天，我从一大堆信中突然看到了同桌Z的信。我怀着惊喜慢慢打开。她在信中说，她妈妈又问起我了，问我考得如何，准备到哪里上学。她在信中，还隐隐约约且小心翼翼地说，她像她妈妈一样一直很在意我，只是我从来只考虑着如何改变命运，没有在乎周围同学的感受……

我当时没有多想什么，因为整个暑假，我都在为自己的前途担忧，不知命运会滑向哪里。所以对她信中表达出同学之间的关心关爱，没有真正从心里重视——这也是我今天写这篇文章的原因之一。在一个只为前途发愁害怕的年代，我们不知道能到哪里上高中，不甘于就此停止学业，每天都在焦虑与无助中度过。在帮助家里进行繁重的劳动之余，我甚至开始写小说，写了一个初中生之死。想象如果考不上高中，可能就会如小说中的主人公一样，一步步走向河堤下的深水中……

再后，成绩终于出来，我们那一届的确没有几个考得好的。我一直记得有个老师听说了我的成绩，突然不理我的样子。因为在我身上，他们寄托过很大的希望。

在母亲的坚持下，我在特别惭愧与以泪洗面之中，几经周折与羞辱后，怀着浓郁的愧疚与莫名的期待，跑到外地上学去了。我与班上的同学，从此一下子便拉开了时间与空间上的距离。直到今天，无论微信怎样发达，初中同学中始终还有那么几个人，永远联系不上，从此再也没有在生活中有过交集。时光像一个巨大的容器，把许多熟悉的慢慢拉开消散，又让更多的陌生人挤进自己的世界。新的征程与新的生活，在另一个地方同样拷打与折磨我们，让我们在另外一种痛苦中为了前途挣扎与绝望。我真的不能、不敢和不想再去追求那些"暂时不需要的东西"，与过去许多东西发生了断裂。

漫长的日子过去了。我们看到的，都是我们年轻时失望的结果——有几个真正能在那个年代考上大学呢？多数人，从哪里来，又回到哪里去了。

于是，我一个人离开故乡，开始了另一段人生旅程。又经过了多年，我在新疆当兵考上军校时，当年考上大学的同学们却开始毕业参加工作。再回故乡去时,时代变了,生活也变了。同学们开始热衷于搞聚会,大家畅叙友谊,天南海北。而且每次聚会,同学之间便开始互相拿过去开玩笑。其中,也有人开我的玩笑。比如有的人提起我曾暗暗喜欢谁谁谁,一边说一边笑。我一直在仓皇躲闪,尽量避开这个话题。生怕因为不小心伤害到爱我们的和我们爱的那些人,毕竟许多东西经不起岁月的推敲。我只是在漫长的岁月飘逝后,内心深处还藏着许多遗憾与内疚。那时我们年轻,不懂得人生许多东西其实是无关紧要的,只是太在乎人们的看法、眼光和不实的江湖传说,而导致了人生匆匆交错。我于是在同学们取笑的尴尬中打着哈哈,装作什么也没有发生过。事实上,的确也没有发生过什么。

为了避开这个话题,我突然想起了同桌Z,便问大家她怎么样了。

这一问,多数人与我想象的一样,实在想不起她来了。有一位女同学叹息一声说:"她呀,命苦啊。她后来没上高中,去顶了她母亲的班教书。但当了多年的老师后,突然去世了。"我大吃一惊,问是什么原因。有个女同学说:"我也不知道,听说是突发脑溢血吧。"但另一位同学说:"不对,她是车祸去世的。"这位女同学的话音刚落,时光仿佛静止了。想到又一个可爱的同学离开了人世,饭桌上就没人再开其他人的玩笑了。

大家默默地坐着喝酒，直到子夜时分作鸟兽散。

在离开饭店的时候，那位同学磨磨蹭蹭地走到我身边，小声地问我："你还记得她啊。"我说："是啊。她特别善良，我一直记得她呢，总想能有机会回来去看看她，顺便看看她的母亲，真没想到世事如此无常……"这位同学说："唉，我与她关系也不错，偶尔还聚一下。她有时也念叨着你，说她妈妈也经常问你，不知你到哪里去了……"我说："啊，她真好，太遗憾了……"但我说这话时，已经没了勇气和力气。

有好几年，我想起那位同学说的话，便会联想起Z来。每次都忽然生出一种无端的愧疚，甚至还会偶尔失眠，一幕一幕的往事从心灵的门前走过。少年心事当拿云，少年的心事又最真。但是，在一个把前途看得无比重要的少年时代，当时并不成熟的我们，谁又不会产生这样那样的向往？谁又能看到谁的内心深处？即使看到了，平心而论，你喜欢的人未必喜欢你，喜欢你的人你又未必喜欢……

那夜同学们散后，我站在故乡的夜里，从不抽烟的我，抽了整整一包烟，仿佛自己是个做错事想忏悔的孩子。

如今，三十多年过去了。想起这位朴实善良、真诚厚道的同桌Z，我的心还在隐隐作痛。Z，我真希望你去的地方是天堂。在那里，一定不会有车来车往。如果我的祝福能够到达天堂的话,我希望你能在那边找到属于自己的幸福,并且永远不会孤独。如果你在天上看到我们的话,一定知道这渺小的人间,还有人这样惦念着你。虽然我们终究不是一个跑道上的火车,但作为奔波在另一个铁轨上的人,不知为什么在想起你的同时,至今仍怀有别样的内疚。我问自己:"你所熟悉的周围的一切,真的熟悉吗?你认为一切与己无关,真的就与己无关吗?"并不是。请你看在我曾一无所知的分上,可否原谅我的年少轻狂与无知,让我能心安地活在这逐渐衰老下去的人生中,慢慢写下我们曾经有过的青春记忆,以及青春背后那些非常沉重的脚步与怅惘的往事……就像前面的那首歌那样:

    让我们敲希望的钟啊　多少祈祷在心中
    让大家看不到失败　叫成功永远在……

  上苍保佑你,亲爱的同学 Z……

无语凝噎忆 B 君

一

1999年的冬天我回故乡探家时，突然想起了过去曾在一起读书的朋友B。在外近十年的日子中，我竟然从来没有想起过他，连我自己也感到非常奇怪。那天去他家的路上我还在想，到底什么样的人才能在自己的脑海中留下深刻的印象呢？那么长的时间里我竟然没有想起与我一起读书达几年之久的B，这着实让我自己也没法解释。虽然在异乡我曾打发了无数无聊的时光，也算是个喜欢怀旧的人，但怎么就没想起过B呢？

于是，我在故乡的路上对自己进行了强烈的谴责。在遥远的边疆当兵的那几年，在一个"天上无飞鸟、地上不长草、风吹石头跑"的地方，我们基本上见不到外面的人，所以回忆便成了生活中必不可少的作料。那么多的人我都想起过——连我不认识的有时甚至只见过一次面的人也曾努力地想起过，怎么就从来没有想到过B呢？难道生活中真的是越熟悉者越陌生吗？

内疚，很快就溢满了我的胸膛。

在去B家的路上我一直这样想。转过商店时，我还去买了点东西带上。商店的老板还是我们当初读书时的那个，只不过现在她已不是少女而是少妇了，看上去比少妇还要大得多。而且她居然还认出了我，说："是你呀，回来了？"我因为过去曾偶尔在她的店里买过东西，于是就说了一些客气话。我想她的记忆力真好，还能记起当初一个并不怎么光临的顾客，毕竟十多年了啊。十多年的岁月，已让我由一个少年变成了现在这副老相，也让当初这个美丽的少女变成了两个孩子的妈妈。光阴改变人就是这样无声无息的，让人无法警觉。

二

我与B相识在一所中学里。那所中学远离我居住的地方。我们的相识就像大多数人的日常生活一样平淡，如同今天与昨天并没什么两样。故乡的人们好像对什么都不太多想，只要肚子不发出饥饿的叫声，身体在冬天没有感觉到寒冷便够了。多少年后我回去时，看到故乡仍像多少年前那样沉睡。我曾就读的那所中学多年来还是那些破屋，破屋外的风还是像当初那样呼呼地刮进来。记得当年，老师在我们交足了学费后，把我与B领到一个相当破旧的宿舍里，指着一张破了许多个窟窿的床对我说，你们俩就睡在那张床上。我们的中学时代几乎都是四个同学共一张高低床，每张床上要睡两人。我与B有缘，居然被老师分在一张床上。我看了B一眼，B也看了我一眼。我对他笑了笑，他也对我笑了笑。然后我们坐下来互相介绍。B的话很少，不过我知道了他叫B，他也知道了我叫什么。我们便把行李搁在了一起，很像过去我们乡下的人结婚那样，两个不认识的人，经牵线的人一拉，把两个人引在一起，睡在一头便算是夫妻了。

我带了一床被子。B说他带的是一床棉絮。我说那刚好，你的棉絮可以铺在下面，我的被子用来盖吧。我还开玩笑说好像我们早就商量好似的，B不自然地笑了一下，接着我们便把床铺开了。B的东西很少，都捆在那床棉絮里，由于他没有带箱子，只好把东西塞在一个破纸盒里，然后塞进床下。我带了一个木箱，是我们家专门为我上学制作的，我说，你把衣服放在我的箱子里吧，不要让老鼠咬坏了。他脸红了说，不用了，几件破衣服。

我起初以为他是开玩笑，后来发现，他的确只有几件破衣服。虽然已是上高中的人了，可我们每件衣服上都打满了补丁，走在校园里格外地晃眼。我很快发现了B与常人的不同之处，每次开饭时，他总是最后一个，从来没有见他吃过新鲜的蔬菜，而是从那个破纸箱中拿出一个罐头瓶，里面装满了咸菜。咸菜冬天还好说，到了夏天，便白花花的一片，长满毛。可他还是照吃不误。

可能正是因为这个，B与班里的人很少来往，基本上不说话，属于独来独往型。

我们虽然睡在一张床上，B的话也很少。那时我们还年轻，不懂得两个男人睡在一张床上其实是很不人道的。我甚至还建议两个人都睡在一头，因为我有脚气。可B说，他呼气时鼻息声很重，怕我不能入睡。于是便算了。日子便在他的臭脚味与我的臭脚味中，像许多从事过高考事业的人那样，一天天地在教室、寝室和厕所三点间来回度过。

三

说起来，1999年的这个冬天是我第二次探家，也是偶然想起了B。那此前，我已经好些年没有回故乡了。故乡在时间中慢慢地成为每个人在人生长河上偶尔驻足的一个小点。那个小点让我们渐渐地糊涂，然后让我们的后代在填写籍贯时抱着无所谓的态度。我知道，这是因为我们在外慢慢地都变了。

冬天我在家与家人聊天时，不知怎么我母亲翻出了一本旧相册。我不在家时，她老人家想我想得不行了便翻翻那本相册。因为经常翻，母亲甚至把与我一起照相的人也认识得差不多了。她为此还高兴地对我说："你可以随便问，看我说得准不准？"

不等我回答，我母亲便指着相册上的人说："这个人叫刘小三，初二时他曾到我家来过，对不对？"我想了想说对。母亲又指着另一个人说："这个人叫王必胜，你曾与他打过架，后来和好了便照了这张相，因为花了一块五毛钱，我还打过你的屁股，记得吗？"

母亲一边说，我一边惊叹她有如此惊人的记忆力。老实说，要不是她提醒，我还真忘记了这些陈年旧事。难怪有本书上说，只要有母亲存在，人类便拥有着永恒的童年。

母亲一边翻一边笑。当她翻到一张已经发黄了的照片时说："这不是你高中时曾同铺睡过一段的同学吗？也不知他现在怎么样了，后来到底考上没有？多好的一个孩子啊，可怜呀。"

我顺着母亲的指头看去，脸上的笑容一下凝固了。那就是B啊。

照片上，我看到B睁着那双明亮而忧郁的大眼睛，悲伤地看着我。我的头便马上垂了下来。我在一刹那突然很惭愧——

这么多年来，我怎么就从来没有想起过他呢？难道真的是越熟悉越陌生吗？

那是我们之间唯一的一张合影。那个与我在一张床上睡了一年之久的同学，我竟然在十多年来从没有想到过他！

一刹那，我觉得一股年轻的气息向我走来。我涌上的第一个念头便是去看他。我母亲看着我不说话，便说："也不知这孩子怎么样了？到底怎么样呢，都十几年了，过得还好吧。要不，你去看看他。"

母亲说这些话时，脸上已没有笑容。那时故乡已开始下雪，我决定在第二天到B的村庄去，这些年我的确不知道他干什么去了。猛然间记起来，才发现自己还真的有些想他。

四

老实说，即使记忆回到从前，B在我们班上的成绩不是最好的，但我们班大多数人都知道，B考大学的愿望却是最强烈的。尽管那时我们这些读书的一个个在肩上背起了望子成龙的重负，使得读书变得毫无乐趣可言，可与B相比，我的压力与他差不多。不像我们另一个关系比较好的同学W，他把希望寄托在能顶替他父亲的工作上，早一点进工厂上班。那时做一个工人，在我们那里骄傲得很，远远不像世纪末的工人这么担心下岗。

而我们不一样。我们什么也没有，除了努力更努力。比如，对于B来说，他永远都是我们班第一个起床的，往往一大早我从梦中醒来时，便发觉那个温暖的热源消失了。因此我多次开玩笑说我是被B冻醒的。无论寒暑，B都起得很早，有回我因为拉肚子上厕所，老远便看到B在校园的那一头借着灯光读英语。因为这个，尽管B在我们班的成绩不是最好的，可却是受表扬最多的。每当老师在上面表扬时，B的脸便红了。他巴不得把头塞在抽屉里。B后来私下里还对我解释说，他其实非常害怕老师表扬，因为每次考试时，他还是落在别人的后面；老师一表扬，好像让大家觉得他是为了得表扬才那么用功的。B还对我说："你信不信，我是因为家里太穷了，才不得不这样苦读的。我与W不一样，他将来可以顶他父亲的班，可我呢？我父亲种了一辈子田，字都不识一个。我母亲又多病，我不读书怎么办？"

B那次与我说这些话时快要哭了。那时我才明白，我们在那个年代读书，每个人都是驮着一辆沉重的马车在前行啊。多年后我的梦里还不时浮现起自己的高中时代，觉得读书真的没一点意思。说白了，不就是为了能上大学不种田吗？

B还告诉我说，其实他也知道他每天那样抢时间的效率很低，可他不那么做，他觉得对不起他母亲。因为他的学费，是他母亲到河南去讨饭用米换来的。

　　我后来在日记中找到了B与我这次散步的那个秋天。我有记日记的习惯，日记里的那个秋天让我觉得特别的寒冷。我们在那个秋天里漫步，过早地知道了前途与命运是一种什么样的东西，为此我们后来都沉默了。与城里那些天生便可以吃上国家饭的人相比，我们从出生起便落后了整整十几年！于是我理解了同学之间为什么因为竞争弄得那样毫无感情可言了。

　　我第一次见到B掉眼泪，是一次老师在宣布大考成绩时。那次B考了第五名。按说在一个五十来人的班，这样的成绩够让人高兴的了，可B当时便流泪了。我转过头时，还以为他是高兴才哭的。可回去时，发现他用被子蒙头啜泣。我问他怎么啦。B说，只要不考第一，他便觉得他母亲的苦是白受的，因为他母亲在讨饭时一次又一次让人家的狗给咬了。

　　B在说到他母亲被狗咬时，脸上的颜色都变了。连我也感觉到自己的肌肉好像被什么刺了一下。由于乡下人不知道什么叫破伤风，被狗咬后便迷信地用狗主人家里水缸下的泥土敷一下便算了。所以B的母亲最后死于破伤风，据说死在河南光山的一个小山沟里。等他父亲让人到学校里来叫B回去时，他见到的只是他母亲的一座坟。

从家里回来，B从此变得像哑巴一般。基本上不与周围的人说话，我有时问他几句，他也是神情恍惚，答非所问。自然，他的成绩便慢慢又往后靠了。老实说，每天睡觉时，我都觉得他身上的温度，是在渐渐地冷却而且让我感到彻夜的寒冷……

五

我像故乡走亲戚那样，买了一些日常的礼物准备去见B。从小卖部出门时，女店主又好奇地问我到哪里去，我说到某村去。

店主说："你是不是去看B啊？"

我吃惊地说："你怎么知道？"

她说："听人说你们当年关系很好。"

我问她听谁说的。

她说："有一段时间B常上我这里来买东西，一直问有没有你写来的信。"

我怔住了说："是吗？"

店主说："结果每次他都失望。因为你没有给他来信啊。"

我的脸红了。我说："我很忙……"其实我很惭愧，因为我在边疆那"两眼一睁、忙到熄灯"的生活中，居然根本就没有想起过他!

"我知道你很忙,因为你们是干大事业的,能不忙吗?"

"我是真的很忙……"我找借口说。

店主笑着说:"城里人,每天都忙,电视上看得出来。可是,你现在怎么又想起了要去看他呢?"

我红着脸说:"我们关系很好的……"

她说:"难怪他每次对我说,你不会忘记他的。"

我说:"我的确是没有忘记他。"

店主笑了笑,突然声音变低了说:"可是现在没必要了……"

我的心跳了一下问:"为什么?"

店主的脸突然冷了起来,她淡淡地说:"因为他死了。"

店主的声音低得像蚊子声似的,可在我心里,却似凭空响起了一个炸雷。那天阳光本来很好,可我觉得天突然阴了。往事便喜欢在这样的环境中清晰地回过头来,一不小心在心灵上重重地咬上一口,让人感觉到一种恒久的疼痛。

六

回到读书的日子,记得B的母亲去世后,他在经济上更困难了。有时为了交一点点资料费,B晚上便整夜整夜地睡不着。

有天早晨我在整理床时，不小心碰掉了B枕头下的一本书，书里掉出来一张纸条。我扫了一眼，只见上面写着：因为贫穷，所有的女生都瞧不起你。你一定得努力学习，有一天要扬眉吐气。

我以为那话是其他同学说的，最后看了看，是B的笔迹。原来是他想对自己说的。我看后连忙放回了他的书里，生怕被他发现。其实，我们根本就没有因为贫穷而瞧不起他。当年在我们故乡那里，富裕的人能有多少呢？即使是W的父亲，好歹也算吃国家饭的，可每到他开学时，他也说由于兄弟姐妹多，每次都为他们的学费要发愁半天。

由于这个纸条，从此我与B说话时都小心翼翼的，生怕自己不小心碰伤了他。但是看到B每天皱着眉头上课的样子，我心里还是极为同情的。吃不好睡不好，能够上课已经很不错了，我们又能指望一个少年人做什么呢？

有次，W家里来了一位北京的亲戚，因为多年没与他父亲见面，便给了他一百块钱作见面礼。钱是直接放在W手上的，他父亲不好意思要回去，W便高兴地揣入了自己的口袋。到了学校，看到B又在吃咸菜，W看没人时，抽了两张十元的票子对B说："来来来，去改善一下伙食，不要把胃饿出病来了。"

B的脸红了。他连连说"不要不要"。W说："这是我自己的钱。"B说："你是在同情我吗？"

W说不是。我刚好站在他们旁边,插了一嘴说:"同学之间,就应该互相帮助的。这有啥?"B说:"你这是站着说话不腰痛。这是个大数啊。"

　　W说:"苟富贵,勿相忘。我们三个是好朋友,这是前世修来的缘分。"

　　B的眼泪出来了,他说:"谢谢你,可我不需要……"

　　我看到W一直把手向B伸着,等着他也伸出手来。可B却转过身走了。那一晚我都能感觉到他在叹息。因为他翻来覆去地睡不着。

　　又过了一段日子,我发现B的脸色更加苍白,甚至还能感觉到他睡觉时身子都在发抖,我问他是不是病了?

　　B说没有。B说这话时声音轻轻的。其实他干什么都是轻轻的。班里的人因为他从来不与人说话,都把他当一个怪人看待。有的女生甚至还与别人私下里开玩笑说B是个太监,整天没精打采的,头也不抬起来。

　　我不知道B又遇上什么事,反正他的成绩又开始下滑了。那时全班的人都在为前途奋斗着,没有人会在意别人的情绪。我也不能例外,考大学如勾魂摄魄一样刺激着我们年轻时的神经。我们整天都像上紧了弦的发条,要为自己的家族和个人的前途命运做生死般的决斗。老师也与我们一样,一个个每天打着哈欠，眼里打满了鸡血，看上去都像外星人一样狰狞。没有什么比这样的生活更让人心情灰暗了。

七

女店主说："B有两个孩子，因为一直太穷，妻子与他离婚了。"

女店主又说："一个男人带着两个孩子，日子怎么过呀？"

女店主还说："B在一天夜里，突然发作，放火烧了那间矮屋……"

我站在那里，看到女店主的嘴一直不停，说起这件事来漫不经心，好像是吃瓜子吐壳似的，一句接着一句，让我没有插话的机会。

八

我知道B开始卖血，是在高二的下学期。那时我已不与B一个被窝了。因为我们要分班，为此另一个同学与我约好了，要与我一起睡。我想起B的样子，总觉得挺可怕的，便答应了。B为此惆怅了好久，看了看我，嘴里想说什么，最终又收了回去，什么也没有说。

而此时，同学 W 的表哥因为路过我们学校，顺便到学校里来看望他一下。那天我们刚好下课，他表哥到我们寝室来时，我们正坐在床头上谈一道考试题的正确答案。B 与 W 争得不亦乐乎。

没料，W 表哥看到 B 时惊讶地说："是你呀？"

我看到 B 的脸迅速红了起来。W 见状说："你们认识呀？"

他表哥正要说话，B 却突然脸色一变说："对不起，你认错人了，我根本不认识你。"说着转身走了。

W 的表哥在县里的一家医院工作。看到 B 走开后，他摇了摇头对我俩说："可怜的孩子啊……"

W 问："你怎么认识他呀表哥？"

他表哥低声说："他到我们医院里卖过几次血！我刚好负责这个，看到了。"

W 表哥的话让我们吓了一跳。在我们的头脑中，还从来没有把一个读书人与卖血的事联系起来。

W 表哥说："你们不要问他，他装作不认识我肯定是怕人知道。"

W 表哥是个善良人。他说完掏出五十块钱来让 W 给 B。一边给钱，他还一边对我们讲："我真不知道他是学生伢呀！每次他去时都说是为了给妹妹凑上学的钱……"

W表哥说着眼圈红了。

表哥走后，B回来问我们："你那个表哥对你们说什么了？"

我说："他什么也没有说呀。"

W也在一旁证实，自己的表哥什么也没有讲。

B迟疑了一下，对我俩说："我其实也想告诉你们的，可这是个人的私事，我觉得与你们无关，希望你们能理解。"

我们一时不知怎么说才好。这时，W把表哥给的那五十块钱掏出来给B说："既然你把我当朋友，快考试了，你先用着吧。这是我表哥给我的，我家里也不知道，以后你什么时候有了再还我。"

这次B接了。他一句话也没有说。可晚上睡觉时，我还是感觉到他在上铺上辗转反侧。

我的记忆中，在有限的几次体育课上，B都差点倒在操场上。等终于熬到了考试的那一年，为了凑齐到县城里住宿的钱，B又偷偷地到另一家医院里去卖了一次血，结果在考试的第二天，因为紧张与疲劳，B还没有上考场，便晕倒在了去考场的路上。

于是那一年，B和我们大多数人一样，名落孙山，成了故乡人眼里可怜而又可悲的一族。

那年我没有考上大学，我父亲一直用充满了仇恨的目光对我。我觉得在家里再也待不下去了，便跑到外面，几经周折，终于当了兵。找到了组织，在守了几年边防后，最终在部队里考上了军校。迟来的爱也是爱,我为此趴在戈壁滩上,放声痛哭!

而 B,在我出走的那年,接着又复读了一次,非常遗憾的是,他还是没能考上。

九

女店主说:"B 不知怎么有些疯了,他点燃房屋后,幸亏村子里的人救火及时,他的命才保了下来。"

女店主又说:"从此 B 便疯疯癫癫的,不像个正常人。"

女店主还说:"从此村里的人都认为,B 是读书中了魔。"

女店主说,B 在第二年高考失利后,把所有的书全烧了。几年后,他在父亲的逼迫下,与一个脾气很不好的乡下女人结了婚,并且很快便有了两个孩子。

女店主说,B 有了第一个孩子时,脸上还有些亮色,曾到她这里来问是否有我与 W 写给他的信。因为他们村里的信都是在这里转交的。女店主笑话他说:"还有谁会给你写信呢?"

女店主说,她后来才知道 B 是在等我与 W 的信,因为她曾听 B 说,我们是这个世界上,对他最好的两个人。那时,W 也没有考上,回到县城顶了他父亲的班,在一家工厂里上班。可后来工厂倒闭了,W 便跑到南方打工去了。他觉得自己混得不好,也从来不与任何同学联系,包括我。因为他也不知道我干什么去了。

女店主说到这里时,我更惭愧了。因为我一直不敢称自己是好人,特别是在那么多年忘记了 B 后。我真的想不到,B 还会等着我俩的信。我突然问自己:B 等我们的信干什么呢?我们也不过是高考大军中,普通得不能再普通的两个,悲惨得不能再悲惨的两个!即使在异地能够想起他,可我当时一样处于绝对的劣势,不知道个人的前途与光明在哪里,几乎很少与人写信。就是写信,在营地也得个把月,如果出去执行任务有可能半年才能收到,更别说与内地有来往了。因为我所守护的地方,远在天边,白雪皑皑,常年风声呼啸,内心总是狂风巨浪,工作上的事都忙不完,哪里还有心思去想其他的呢?

记得我们毕业那一年,也就是在要分开的前几天,B 突然把五十块钱又悄悄还给 W 时说:"你的钱还给你吧。"W 很震惊:"你拿着用吧,将来你要是考上了,再请客。"B 说:"我自己几斤几两,我知道。而你不知道,我从内心里是多么地感激你,可这钱是必须还你的。"

我与 W 那时才知道,B 根本就没有用过 W 表哥给他的那五十块钱。他一直存着,就是准备在毕业这一天还给他。B 对 W 说,他在临考的那几天差点就用了这笔钱——对他来说这是很大的一笔钱了。但最终没有动它,他觉得这笔钱对于他的意义远远超过了同情，它是他一生中为数不多的几个朋友的友谊见证。所以，临考时他还是选择了卖血。

B说："当时他要是不接的话，怕伤了W的心。"

W看着B，眼泪出来了。最后，我们三个人坐在那里，面面相觑。我于是提议说："我们到镇上去照一张相，留个纪念吧。"

W答应了，这次B也没有拒绝。于是，我们便跑到镇上唯一的一家照相馆照相。而在此之前我们全班照毕业相时，B却找了一个理由躲开了。他对我说："说句不好听的，我根本没有把有的同学当作同学，因为他们也从来没有把我放在眼里。"我听了很悲伤，觉得这同学中是不是也包括我。因为从高二开始，我便选择不与他同床了，但两个人还能说得上话。看到我有些不好意思，B还说了一句让我颇为玩味的话："同学同学，是同而不同，学而不学。"

我后来才知道，我们的合影，是B这一生中唯一的一张生活照。

十

在我脑海里，我仿佛看到B像女店主说的那样，穿着破破烂烂的衣服，两只手各牵着一个孩子，从乡间的小路上向我走来……

女店主说，B真不是一个种田的料，总是不知道在什么季节播什么种子，因此根本谈不上收成，两个孩子经常饿得直哭，靠村里人的救济才活下来。B的父亲常常骂道："是哪辈子作的恶啊，害死了你妈，又带贱了两个孩子……"

女店主说："一个人读书要是读成了这样，真不如一个放牛娃呢。这样读书有什么用呢？"

突然，她话题一转问我："你说说，他为什么那么盼望你和W的来信呢？"

我怔住了。是呀，B为什么盼望着我们的来信呢？难道我们的信对他来说很重要吗？

老实说，我真不知道怎么样来回答她。我只感觉到内心充满了内疚，好像B的今天是我造成的，忽然心里有种犯罪的感觉。

女店主告诉我，B终于慢慢变得可怕起来，他整日在田头地里逛荡，头发不理，衣冠不整，眼睛布满了眼屎，看上去狰狞可怕。

他怕是疯了呢！村里的人们说。

于是人们都预感到他有一天会出事。

事情果然发生了。曾经文质彬彬、善良而脆弱的B，竟然在一个冬天的晚上，饿着肚子，把自己的脖子伸向了一根绳子……

B没有留下任何遗言。人们都说他疯了。

那个冬天的风,好像永远地留在了村庄里。

女店主说B的事传开后,他的孩子便让一个有钱的城里人领养,都带走了。

我决计去B的村子看看。

告别了女店主,沿着一条崎岖的山路,我来到了B的村子。我向村里的人询问B家的房屋在哪儿。村里的人都奇怪地看着我说:"哪个B呀?"

我说出了B的学名,可没有一个人知道他。我于是只好说,就是自杀的那个人……

村里的人更加奇怪地打量着我说:"他死了,你来看他干什么?"

我语塞了。我真不知道自己还来看他干什么。

不过顺着村里人的指点,我终于站在了B家的屋子前。他的父亲已经去世了,屋子由于没有人住,已开始破落。墙上的土砖已露出枯草,风一吹沙粒飞扬。透过一扇破窗,我看到他的房子里四处结满了蜘蛛网,一片灰黑。那根曾夺去了B生命的横梁,还横在屋子的中央。

我站在冬日的风里,心里怎么也不能把这一切与平时那么瘦弱和清秀的B连在一起。

我在屋子前站了好一阵儿。顺着一位好心老人的指点,我又去看了B的坟墓。我看到一座低矮的坟,杂乱地挤在山坡上。由于久久没有人来培土,与周围的坟相比,B的坟要矮许多。于是我到村里找人要了一把铁锹,把我的眼泪与地上的冰土,一齐撒在了B的坟上。我在那儿烧了一大捆火纸,然后为B点燃了一支香烟。如果不是冬天,我还想在那儿栽上一棵树。我仿佛看到曾经善良的B,忧郁地站在我的面前,忧郁地看着我流泪做这一切。

那天天阴,有下雪的征兆,我站在B的坟前,胸腔里好像塞了什么东西,快要撑破了。

在离开那儿的一刻,我回过头去才想到B为什么会等我们的信了。是啊,世上除了我与W,还会有多少人能想着他呢?这一想我心里更加内疚,好像觉得B的死与我有关似的。

回家后,我发信息给当年一起的同学,问他们记不记得B。同学们都说,哪个B呀?我说就是连走路都在看书的那个。由于事隔多年,好些人都说没有印象,毕竟每个人当时都生活在自我奋斗的世界里,生活是一团糨糊。我想与W探讨一下情况,好不容易转了几道弯,通过其他同学终于联系上在外地的W。彼时,他已在广东开了一个小厂,天天忙得像陀螺似的。我说起

B等我俩信的事。W说，那时，他天天也生活在焦虑与痛苦中，与父亲关系不好，谈了多年的女朋友看到他的工厂倒闭了，就分手跟别人跑了。因此，他完全没有心情再去想别的。而初到广东，他连饭都吃不上，生活是如此现实，他哪里还会去想别的呢？

他为B的遭遇感到难过。最后我们在电话中无话可说。我突然想起B说过的那句话来："同学同学，是同而不同，学而不学。"

我当时不懂，现在一下子好像懂了，但不知道说什么才好。

有一天，在某一个聚会上，我又问了这个问题，终于有一个女同学脑袋一拍，记起了B来。她笑着说："那个不爱说话的家伙呀？有点印象。你可不知道，他看上去那么老实，每天都不与人打交道，可胆子大着呢。有天晚上我下自习时，他塞给了我一封信，我看后是一封求爱信，便在信上写了一大堆骂他的话还给了他。"

女同学咯咯地笑着说："要不是怕他没脸见人，我便把那封信交给老师了。怎么啦？老同学，你是不是要告诉我他现在发财了，要让我后悔呀？"

我没回答她，而是跑到卫生间里，让泪水再一次从眼眶里溢出来。

我想起，那天从B的村子到自己家后，我母亲问我："怎么样了，见到同学了吗？"

我告诉她说见到了。

我母亲问他过得怎么样。

我说:"他过得很好。"

我母亲问怎么好。

我说:"他再也不用为一切发愁了。"

我母亲说:"那就好,那就好。以后回来都要去看看人家,同学一场不容易啊……"

回到城里后,妻子说我回了一趟老家,看上去都有些瘦了。妻子热烈地拥抱着我说:"你可是我们家的顶梁柱啊,你要是有事我以后该怎么过呀?"

陶醉在妻子缠绵的爱中,我很快又把故乡的一切都忘记了。有时在深夜里想起来,便很想去找B的儿子。不知他的儿子到了一个新家庭过得怎么样。

终于有一天,我忍不住对妻子说了这件事。妻子叹息了许久。她坚决反对我去寻找B的孩子,她说:"如果这个孩子知道了自己的过去,他的心灵上一生都会蒙上阴影,让他健康地成长吧,就当一切没有发生一样。"

妻子还说,她从未想到我们还曾经历过那样的生活。她说:"你怎么从来都不给我讲呢?"

我也不知道,与妻子结婚以来,我为什么从来没有对她讲起过我和我们的过去。

我想，也许所谓的"过去"，就是永远被我们抛在屁股后面的那一段路吧，只有在屁股后才是不会看见它的，就像它从来没有发生过一样。我明白自己十多年来一直都没有记起过 B 的缘由了。谁还愿意回到那些噩梦般的老日子里呢？今天，各种同学中，有的已经发达，几乎夜夜笙歌；有的在外打工，几年不回一次老家；有的安于现状，听天由命；也有的一生勤勤恳恳，平平安安地过着幸福的小日子；还有的甚至犯了错误，至今在监狱中服刑……谁知道哪一种生活，是最好的选择呢？有人住高楼，有人在深沟；有人光芒万丈，有人一身铁锈。繁华与喧嚣背后，在我们看不到的地方，每个人选择生活的方式总有不同。正如有一年，很少联系的 W 在春节给我发了这样的一条拜年短信："我本一身傲骨，奈何世事无常。若非生活所迫，谁愿历经沧桑。区区碎银几两，可解世间惆怅……"

看到这条短信，回想起过往的一切，我一下释然了。我们卑微如此，在复杂而纷纭的世俗中讨生活，谁不是时间链条上那短暂的一环？关于 B，关于 W，关于我们过往的一切，终究会在历史的烟云中，消失得无影无踪。而我，还是要祝福每一个曾经一路同行的他，在未来的生活里一切安好。

渐行渐远的钟声

我高中时曾写过一部中篇小说，叫《夜半钟声》，以半虚构的形式记述了我舅公的一生。这部小说写完后，当时的女同桌看到了，她说我已具备了作家的气质，将来一定会成为作家。我觉得她是鼓励我，因为这篇小说怎么也发表不了。再后来，同桌大学读中文系，毕业后当了老师。而我的小说，亦在十年后毫无删节与改动的顺利发表在《青岛文学》上。编辑老师说，读了令人感动。

我说的舅公，就是我母亲的亲舅舅。一位参加了红四方面军，经历了长征，从北打到南，但最后因病离职休养没有参加授衔的老兵。我小时候，就知道有这样一门亲戚。这在当时的农村，让大家羡慕——如果谁家在城里有一门亲戚，不仅脸上光彩，还满足了虚荣心。而我们小时候的衣服，多半是舅公家里淘汰后留给我们的。虽然有些旧，但比起村子里其他的人来，穿在身上还是像样不少。

在读书之前，我几乎没有去过城里，更没有去母亲这个亲戚家走动。因为按照当地的习俗，像母亲这样出嫁了的姑娘，与舅舅家来往得少，一般的家庭早就不来往了。但我们一直保持着联系，究其原因，是舅公在"文革"中受到冲击，下放到农村时，一家人连田都不会种，母亲就不时带着父亲前去帮忙。而且，母亲夜里坐在灯下纳鞋底，常给舅公一家做鞋穿。这让舅姥很感动。我母亲做鞋的手艺，在当地一流，不仅好看、合脚，而且耐穿。这就让舅公与舅姥对我们家高看一眼，把这个稍微有点远的亲戚给续上了。后来他们返城，这种关系也一直没断。舅公活着的时候，带着舅姥到乡下，必定要到我们家来看看；后来他走了，舅姥偶回乡下，也会到我们家走动走动。在我记忆深处，每当舅姥来的时候，村子里都会轰动，她不仅年轻漂亮，而且说着一口比较标准的普通话，让乡下人羡慕不已。等我稍稍记事，令我最眼馋的，是每次舅姥来，母亲总把舍不得吃的鸡蛋用平时舍不得用的油煎熟，请舅姥吃。在当时的农村，鸡蛋是招待贵客的最好美味。我和弟弟咂着嘴巴，在一边奢望不已。客人来了，我们哪还有上桌的机会？当然，如果有实惠，就是舅姥会带来一些旧衣服，父亲穿不了的，就给我们。我们穿不了，母亲就自己动手剪一下，缝补着给我们穿。我们那时只知道，城里有这样的一门亲戚，过着令人羡慕的生活。她的到来，也让村子里的人羡慕，大大地满足了父亲的虚荣心。

后来我上了小学，舅公还健在。有天，母亲说要带我去城里，我高兴得跳了起来。那是我第一次进城，城里的新鲜与农村的巨大差别，让我非常自卑。去县城有三十多里的路程，对我们来说买一张票也是奢侈。好在我个子还不够买票，母亲才会带我去。母亲带了一些花生与花生油，来到舅公家里。他家住在老干院，基本上一家一幢房子，门前还有一个独立的小院，种的全是花花草草。舅公的隔壁，就是著名的劳动模范方和明团长。那是我第一次见到如此大的房子，大家各住一间，门前门后都有门可进入。许多年后，那里被收回改造，由一家一幢改为五层的建筑，全当商品房卖了。在我和弟弟的支持下，我姐姐还去三层买了一套。这可能也是一种怀旧吧。

说起来，我去城里，并不是奢望能在舅公家里吃上肉。吸引我的，是他家里各种各样的小人书。舅公与舅姥生有三男四女，最小的女儿喜欢看小人书，一买就是一堆，全在她的房间里放着。我去后，基本不挪地，整天就坐在小姨的屋子里，一本接着一本翻看。我舅公看到我这个样子，还笑着对我母亲说："呀，这以后会是个知识分子啊。"他还摸着我的头说："长大了当个作家，把我们的经历写一写。我们就是文化水平低了些。"那时我甚至不知道什么是作家，但得到舅公的肯定，心里很高兴。

虽然如此，我还是很害怕舅姥，她笑容很少，说话的声音很高。出门时，还把门带得很响，弄得我很紧张，总以为自己不受欢迎。舅公家的门是双层的，里面的是门，外面一层是弹簧门，有窗纱，防蚊虫那种。于是，我几乎不敢看她。我从小就很自卑，老怕自己惹舅姥不高兴，或是怕小姨她们看不上。那时，他们都在城里上班，穿的衣服很漂亮，我心里是无比的羡慕，但又为自己无比的叹息。我母亲也叮嘱我，不要弄坏舅公家里的东西。但我看小人书时，一本接着一本，怕弄乱了，就全部摆在地上。舅姥爱卫生，还把我批评了一顿，让我更加小心翼翼。只有漂亮的小姨，从来不说我，还把所有的小说都提供给我看。小姨还说："你要喜欢的可以挑着带回去。"听到这句话，可把我高兴坏了。我也因此一生热爱善良美丽的小姨，把她的孩子当成我的亲弟弟一样对待。

那次，我们在舅公家一共住了两天。那两天里，我还有幸看了一场电影，那是我第一次看电影，所以记得非常牢靠。电影名为《窦娥冤》，我当时看得不太懂，只是觉得一张幕布上还能出现真人，的确是太神奇了。特别是看到六月天竟然还有飞雪在替窦娥鸣冤，我坐在母亲的腿上泪流满面。电影是舅公的大儿媳带我们去看的，她看到我一脸的泪，笑了说："唉呀，这孩子心太善啦。"但她看到我母亲也是一脸的泪，就不再说笑了。

过了几年，母亲又带我去了城里一次，那次是舅公的第二个女儿请她的，叫《野猪林》。我看到里面杀人如儿戏,感到非常害怕，有时甚至把眼睛捂上，好长一段时间都害怕走夜路。这次之所以记得非常深刻，是因为我进去时没有买票，结果查票的来了，说我的身高够了，我母亲很尴尬。听说要补两毛钱，我都吓哭了，但二姨对查票的说："补票就补票呗，干吗那么凶？吓一个孩子算什么好汉。"查票的说我逃票，二姨掏出钱把票补了。从此，我再也不敢去看电影了。

在第一次去舅公家回来的路上，母亲给我讲了舅公一家的故事。母亲讲得并不详细，许多事还是多年后我从舅公的儿女们嘴里淘到的。原来，舅公十七岁时就参加了黄麻起义，年纪轻轻地冲在一线。大革命失败后，他跟着红四方面军越过平汉路离开了根据地。打到川陕后，由于策应中央军，他们开始过雪山草地。母亲反复讲起舅公在长征的路上吃皮带的事，说生活非常艰苦。我那时不知道什么是艰苦，觉得有牛皮带吃，那一定是很好的生活——因为我们小时候连个普通的猪皮带都没有，更别说牛皮带了。从记事时起，我们村子里的黄牛与水牛都是用来耕地犁田的，农民把它们与土地一起看成是宝贝，从来舍不得打骂。有一段时间，人们传隔壁村的耕牛被盗，我父亲甚至睡在牛栏里，生怕自己的耕牛也被盗了。而舅公在长征路上，居然还有皮带可吃，当然让我很羡慕。后来，红一方面军与红四方面军会师时，按照中央的规定，有一部分红四方面军的战士加入了红一方面军，同时红一方面军有一部分人员也参加了红四方面军。我舅公就在加入红一方面军的名单里，他开头还不愿意，因为红四方面军中多是我们黄安人。后来据史书统计，每四个红军战士中，就有一个是黄安人。我舅公与他们熟悉，语言与饮食习惯都相同，打起仗来也互相照应。但命令就是命令，我舅公只得服从。因此，他对红一与红四分开行动后的行为一直不解。再后，他们先到延安，红四方面军在两过雪山、三过草地后终于归来会师。此时，听舅公说他想加入西路军的部队，但上面不允许，不知怎么的几经转折，他成了林彪的部下。解放战争时，他与林部一起先行入关，打了不少大仗恶仗，九死一生，胸部多次中弹。舅公尚武，认为只要打不死，就往死里打。他们的部队，后来从东北打到海南岛。但在打到广州时，舅公因胸口弹片未取干净，旧伤复发，进了部队的一家医院治疗。就是这次治疗，使他彻底丧失了再次回到部队的机会，称呼从此永远定格在"张团长"这个称号上。他为此一生遗憾，如果跟着红安人韩先楚上将打到海南岛，怎么也会是个师长甚至有可能以后还升个军长什么的。但很不幸，因伤口感染，他发高烧，并且差点没命。此时，他才对医生说，身上的弹片还是长征途中与辽沈战役中残存的，让医生惊讶得张大了嘴巴！舅公要求医生赶紧治好他的病，好让他可以重上战场。但医生强制性地留下他入院治疗，"再不治，你就没命了！"医生说。这是一个漫长的治疗过程。舅公时而昏迷，时而清醒，根本就没有战斗力。这次治疗，让他后来一辈子为此懊恼不已。因为日后，他仅能坐在一台黑白电视机前，看到曾经的战友纷纷授衔的高光时刻。母亲说，那时的舅公，眼泪一个劲地往下流！

然而，命运就在这里，让舅公邂逅了他一生的爱情。而且这种爱情，在那个年代里又是那样传奇而特别！

原来，舅公在疗伤的日子里，看上了护理他的一个护士。当时，经过长年战争的洗礼，舅公已三十多岁。在延安，他没有赶上"二五八团"的列车，到了东北，战争一场接着一场，根本就没有时间去考虑这些问题。现在，战争即将结束，看到一个年轻又漂亮的护士整天围在他的身边，他的心弦渐渐被拨动了。他失眠了，并且莫名地就爱上了这个护士——后来的舅姥。她是广州本地人，当时不过十八岁，被征召到野战医院里当护士。按说，在我的记忆里，舅公这个人根本就算不上浪漫，他说话做事都中规中矩，在队伍里也遵规守纪。但谁也想不到，在当时特定的环境条件下，他不知怎么地就显现出了战场上的英雄主义、浪漫主义和理想主义。在看上舅姥后，他趁着换药的机会,直接对她讲自己喜欢她。这把年轻的舅姥吓了一大跳!红着脸就跑了。她毕竟是在大城市里长大的,加之又比舅公小十六七岁,怎么也不同意。舅公很受伤,但他不放弃。于是他向组织上汇报了自己的想法,希望组织上能帮他做工作。医院的领导喜欢舅公这么一个异类,权衡再三,便亲自找舅姥谈话,说舅公是老革命、老红军,资格在那儿,战功在那儿,希望她能接受他,这也是组织上的安排。但舅姥坚决不同意,毫不犹豫地予以拒绝。医院领导便想挫挫她的锐气,罚她天天去扫厕所。这样,脱离了临床,每天都在厕所打扫卫生的舅姥,虽然委屈,却也倔强,赌气地干活。舅公得知后,每天却若无其事,笑嘻嘻地出现在她身边嘘寒问暖。慢慢地,不知怎么的舅姥那颗钢铁的心,竟然渐渐被融化了。在漫长的三个月之后,年轻而漂亮的她,经过自己的考察,最后同意与舅公结婚!这事成为当时医院里轰动的一件事,在今天是完全不可想象的。而当时,事情就那样发生了,舅姥嫁给了一无所有的舅公,并且重新回到了组织,重新回到了临床工作岗位上!

此时,全国已基本解放。根据部队的要求,凡是不能再在军队里服役的人,必须回到地方工作。由于舅公枪伤未愈,随时有复发的危险,他选择回到了故乡红安。就这样,他参加了一场革命,经历了无数次战斗,最后带了一个媳妇回来,使"张团长"之名在我们红安当地,四处流传。特别是我们附近的村庄,更是把他说得神乎其神。

母亲说,舅公的老家离我家也就三四里路,并不远。我们多数村庄出去革命的,没有活着回来的。舅公虽然负伤,但他毕竟归来了,而且人们都叫他"张团长"!当年这在我们附近的村庄,是最大的官了。更重要的是,舅公回来,根本就不用再参加地方的工作,因为他的身体不允许他参加工作,他不能像住在隔壁的劳动模范方和明团长那样,带头去做试验田。舅公他们有一批因战斗负伤的战友,从此送进了老干院(也称光荣院),被国家养了起来——这是我们多少人小时候曾无比羡慕的生活啊。

舅公就在这样令人无比羡慕的生活中,拥抱了和平年代,并与年轻漂亮的舅姥一起,一口气生了三男四女,让这个本来特别安静的院落,天天充满了笑声。舅公也在这幸福的日子中,慢慢平静下来,坦然对待周围的一切。除了因没有赶上授衔有些伤感,其他时间他都是快乐的与开心的。每天他要做的,就是看《人民日报》,无论哪个版,都是从头翻到尾,看了还要对家里人讲政策。他也在这样的生活中,慢慢甩掉了自己在战场上的暴脾气,开始变得文质彬彬的,特别是对舅姥,生怕她受一点委屈。无论舅姥怎么批评他或者生气,舅公总是笑嘻嘻的，千方百计哄她开心。舅姥随他从广东的大城市一起来到小县城，起初不适应，但随着孩子一个接一个出生，慢慢地就习惯了。生活虽然清苦，但处处都是笑声。运动期间，舅公虽然负伤，但也像其他人一样受到了冲击，开始下放到农村参加劳动，回了原籍。就在那一段时间里，他们在艰难生活的同时，开始了解了我母亲。因为在下一代中，只有母亲这个外甥女，利用点滴时间，跑到三四里外的舅公家，帮他们干活。舅公十七岁离开家乡，回来时根本不太会种地；舅姥是大城市里长大的，更不会侍弄庄稼。而孩子们都是在城里出生城里长的，同样不会犁田打耙。母亲便带着父亲，有时甚至利用晚上时间去帮他们干活，把舅姥感动得一塌糊涂。因此，在她心里对母亲便高看了一眼。母亲那时仅是抱着一颗对周围所有人强烈的同情心，根本没有想到舅公他们还有翻身的一天。几年后，随着运动的结束，舅公他们又回到了城里，又进了老干院作为国家的功臣被养了起来。舅姥在城里经常想念母亲，便带口信让母亲去城里偶住。但生产队一天到晚都有安排，母亲离不了。后来，舅公还偶尔派个车到乡下，把母亲接去住个一天两天的。生产队看到是张团长派的车，也就不说什么了。而母亲这一去，也没有闲着，常常是帮着舅姥里里外外地缝缝洗洗，把舅公家里收拾得利利索索。在这期间，舅公家的孩子，也就是母亲的表弟表妹们，都与母亲结下了情谊。到我们这一代出生并开始逐渐懂事时，舅公家的孩子除了小姨，其他的人都陆续开始上班了。按说，以他们家的条件和舅公在城里的地位，给孩子们安排一个好工作是没问题的。但舅公不，说孩子们必须与其他城里的孩子一样，不能搞特殊。所以，除了母亲的大表弟最后到学校当了一名老师外，其他的孩子，几乎全进了工厂。以当时的环境，做工人还是不错的工作。

我上小学三年级时，舅公由于身体里的弹片发作，突然去世。从此，他的笑容仅出现在墙上。我偶尔和母亲去过几次，看着挂在墙上的照片，仿佛舅公满面笑容地望着我。我觉得他的笑容比舅姥更亲切有力。舅公去世时，舅姥才四十多岁，还年轻的她仿佛一下失去了依靠，经常一个人悄悄地哭泣。母亲偶有时间，就去城里陪一下她。也仅有母亲去了，她才会露出开心的笑容。但是，舅姥喜欢母亲，并不意味着她喜欢母亲的所有孩子。她喜欢我姐姐，因为她可以帮忙干活。特别是后来我上了中学，我姐姐失学走向广阔的田野，开始参加劳动时，舅姥得知后于心不忍，便对我母亲讲，让我姐姐到她家里帮助干些家务活，等有时机给她安排个工作。这在当时是个天大的喜讯，姐姐兴冲冲地去了城里。我们都以为，姐姐从此会有一个光明而灿烂的前程。姐姐性格开朗，很讨舅姥家人的喜欢，她偶尔回家，会带来一堆的书，刚好又充实了我的生活。正是那些书，使我从小便有了想当作家的念头。这也是舅公在世时，看到我整天坐在书堆前鼓励我说过的话。舅公说："小胖，以后你长大了，一定要写出很好的作品啊，把我们这一代人的生活好好反映一下。"我小时很胖，他一说便脸红了，我甚至不敢抬头看他。回到乡下，找一本书比登天还难，一般的家庭，根本买不起也舍不得买。记得上四年级时的一天，我跟着哥哥姐姐们上山砍藤条卖，从早上出去，到晚上挑回来送到供销社过秤，只卖了两角钱。结果，看到供销社柜台下的小人书，我壮起胆子买了一本《沙田红樱》，用了一角零九分。回来，父亲抓着我就是一顿打，从此再也不敢买书了。姐姐带回的书，恰好丰富了我的世界。我希望姐姐多回来，但姐姐有时一个月甚至几个月才回来一次。我问她在舅姥家干什么，她说就是洗衣、拖地和做饭。不知为什么，我当时听了挺心疼她的。但一家人都觉得，即使再苦再累，以后有了一个好前途好工作，也是值得的。可舅姥根本没有想到，舅公死后，她要想帮姐姐找一个像样的工作，其实比登天还难。所以姐姐干了几年之后，的确觉得无望，就回到了乡下。这让我们很受打击。但姐姐善解人意，总是在劳动之余，用歌声代替了表达。几乎满山遍野响起的，都是姐姐的歌声。而那些歌，比如《在希望的田野上》《采蘑菇的小姑娘》等，都是她在城里学会的。从此，母亲去城里便少了，舅姥回来也少多了。

　　舅公去世后，舅姥一个人守在那宽大的屋子里。随着孩子们结婚的结婚，出嫁的出嫁，房间空出一个又一个。等我上高中时，亲爱的小姨出嫁后，舅姥显得更加孤独。于是，干休所的领导便经常组织舅姥她们出去参加活动。那时红安县兴建了老干部活动中心，舅姥年轻有活力，参加这类的活动便多了起来。直到有一天母亲告诉我，说舅姥改嫁了。原来，在老干部活动中心，看到舅姥依旧年轻漂亮，另外一个丧妻的老干部看上了他，经人从中间撮合，相处一段时间后，他们决定结婚了。这个老干部原来是人大主任，在当地很有威信，此时业已退休。舅姥与他结婚后，便彻底搬出了原来的院落，这座宽大的房子，后来留给了最小的表叔。到了我读高三时，由于交不起学费，学校老是催我回去要钱，我便不想读了。母亲无奈之下，去找了舅姥一次。舅姥对人大主任讲了，他便给学校的校长打了个电话，希望能够减免。那个校长很有个性，开头拖着不办。我两手空空地去见这个校长时，他半天也没有理我，但最后还是给了人大主任一个面子，减免了一半。

　　又许多年过去，我离开了故乡。与舅姥一家，慢慢地断了联系。只有善良的母亲，还在春节过后，想方设法去给舅姥拜个年。我考上军校回家的那一年，母亲让我一定要去看看舅姥。我买了点礼物过去，她看我穿着军装，将来会是军官，高兴得不得了，脸上全是笑意，一个劲地说："好啊，好啊，你母亲总算苦穿头了！"每一次都与我说半天的话。再后来，我回家的机会很少，也没有见过她了。直到有一年，母亲的一位表弟给我打电话，说是舅姥有事找我。我一接，真是她的声音。她在电话里还是用普通话对我说："听说你干得不错，有个事想让你帮个忙。"我想，她能有什么事需要我帮助的呢？结果她说，她有个孙子在部队当兵，想转士官，不知可不可以。那个孩子在南方当兵，我当时还不敢答应，因为部队有部队的纪律。我只是表态说一定尽力。心想，自己人微言轻，认识的人也少，不一定管用啊。考虑再三，想到这是舅姥亲自打电话对我讲的一件事，还是斗胆把这事对一位对我特别好的领导讲了。领导说："你先了解一下那个孩子在部队表现怎么样再说，不能违规。"我于是通过旁人了解到，那个孩子在部队表现相当优秀，当兵仅两年就立过三等功，连队里也有留下他的意向，只是怕出现"意外"。我把这个情况对领导讲了，领导找人跟连队说明了情况，那孩子还真的转成了。我把消息告诉表叔时，他非常高兴。后来听说舅姥也非常高兴，说我还能帮她办事了。

　　这是她在世时，我唯一为她办过的一件事。后来有一年，母亲打来电话,说舅姥过世了。我说:"她看上去还那么年轻,怎么这样突然?"母亲只是在电话的那头放声大哭。她的一生总是这样,对她的每一个亲人,都难以割舍与放下。母亲说:"这么多年,只有她真心实意地对待我啊呀。"我听后心酸,只好回过头来又安慰母亲,并表态以后她家有事我会尽力帮助回报。从此,无论母亲在与不在,只要舅姥家的人找到我,所有能办而又不违规的事,我几乎都通过朋友们帮助办好。我觉得,这是安慰舅公、舅姥与母亲在天之灵的最好方式。

时代的列车一往无前,看着舅公一家仿佛从天上到人间,从家境优渥到过普通人的生活,我也渐渐读懂了人生。只是谁能想到,这是一个参加过革命,经历过长征,穿越过雪山草地与枪林弹雨的革命家庭的生活呢?

想起母亲曾讲过的故事,说舅公在长征路上,由于中弹,部队几乎放弃了他。但他硬是凭着坚强的意志,拉着一位首长的马尾巴走过了雪山草地。想起母亲讲起当年我们家特别困难时,舅姥偶尔来到乡下,带来一堆旧衣服或者给母亲几块钱救急的日子时,我仿佛看到此刻她们一起相聚于天上,看着我们今天真正过上了幸福生活而发出的微笑。我觉得那些微笑,就像我童年时看到舅公的遗像挂在墙上,对我发出那种会心的微笑。迄今,我都觉得那种微笑,是如此的亲切而又意味深长……

童年滋味

每次看到遍野的油菜花开时，我便会想起我的爷爷。

每年三月，故乡红安的油菜花漫山遍野，那涂了金子般的黄色和鲜嫩的绿色，让阳光一照，分外惹眼。要在雨水节气，江南漫无边际的梅雨，扑洒下来。匆匆穿过村庄的小路，那些油菜地的芬芳，直扑鼻孔，让人对野外产生无穷的向往。而向往却跑不了太长，因为油菜地那边，是一座座的山。大人们说，那是黄安革命者们曾翻越的地方。当年，他们也像我们那么大，多数十几岁便参加红军，到山那边革命去了。但随着一季季的油菜花花谢花开，最后却少有人归来。他们中，一部分人牺牲在革命路上，小部分人在城市里当官安家，再很少回来。我母亲说，每当油菜花开遍，多少人望眼欲穿，最终，山路上经过的都是外乡人。革命者们再无踪影。我们家族如此，黄安的村村寨寨多数如此。

我小时候不懂什么是革命者，也不知道他们翻越到山那边所追求的理想。我最喜欢在阳光普照的时刻，走在油菜地里，看蜜蜂在花间飞舞，嘤嘤嗡嗡地乱窜，偶尔掠过我的前额，让我瞬间有点惊慌失措。那时乡下都穷，革命前与革命后都是饥肠辘辘。田野里那金色的花与绿色的枝叶，总是给人一种希望。希望曾是山那边的事，那些革命者的英雄事迹停息之后，便成了每个乡间游子的愿望——他们盼望着离开田地，离开大山，离开故乡。

那时，我便想起爷爷那高高大大的个子，以及他宽厚而粗糙的手，曾拉着我走过村庄时的情景。但最终，爷爷只留给我一个模糊的影子。以至于我今天想起来还觉得奇怪，为何他在世时没有留下任何一张照片？在我们家族里，不管是谁家的相册，无论是单人还是合影，都找不到我爷爷李成和的半点身影。

按我们家族当年的条件，这有些不合常理。我曾祖父在时，家大业大，生了爷爷兄弟三个，分别叫成仁、成义与成和。在老人们眼里，曾祖父是个传奇般的人物。因为他不仅有良田多顷，而且还曾开有票号。票号名称就叫"仁义和"，可通行用于鄂豫皖三省交界处。那时，附近的村庄都知道我曾祖父很有钱。

有钱的曾祖父，还落了一个好名声。他扶贫济困，解囊助人。我母亲给我讲的故事是，曾祖父仗义疏财，在年关遇到有的人家割不起肉、过不了年时，他常常把猪杀了、肉宰好，在半夜里将肉挂在穷人的门上,敲门之后离去。等穷苦人家起来看时,有肉在门框上挂着,却不见人。曾祖父这样做,是为了照顾穷人的尊严。黄安人的性格很硬,即使穷,也不食嗟来之食,此风一直强劲。所以后来人们说,红安人穷硬穷硬,就是这个意思。

时间一长,大家都知道了是我曾祖父所为。为此,附近的人都心存感激。遇上我们家有什么事,都肯出力帮忙。曾祖父也因此家业兴旺,闻名乡里。

然而,就在这个有土地、有票号的家里,也一样响应黄安知识分子的号召,像董必武那样站出来参加革命。曾祖父的大儿子李成仁、李成义,跑到革命队伍里,开始了另外一段人生。不想,李成仁被国民党抓住,放狗咬死;李成义在麻城白果区被国民党抓获,吊死在一棵树上。最终,我曾祖父仗着自己在当地的薄面,将国民党放狗咬死的李成仁收了尸,回来葬在我们村庄路口的山包上。而李成义牺牲后,国民党不允许收尸,尸体腐烂后,曾祖父只好将他的衣服收回,葬了个衣冠冢,与李成仁埋在一起。

至于我爷爷李成和,由于曾祖父要保留一个儿子传宗接代,所以他只在当地参加了游击队。保住了命,最后传下我父亲他们兄弟这一支血脉。

革命胜利后,我们村里去参加革命的没有一个能活着回来。

而土改时，由于村庄里老人们把握，我们家不仅没评上烈士，反而为了顶指标，先是把我爷爷划分成"地主"，最后又改为"富农"。

究其原因，与我爷爷的性格有关。

我们家有票号，曾为红四方面军提供方便，因鄂豫皖地区革命需要钱，我曾祖父的票号起了很大的流通作用。但票号毕竟是用来服务与赚钱的，共产党人可以用，国民党与当地民众也可以用。我母亲说，我爷爷性格刚烈，还好面子。我曾祖父与我爷爷都有一个共同点，那就是有了钱之后，喜欢置地。他们曾以购买或开荒的形式，置了大片土地。有一年，我三叔指着片片梯田说："你看，从马家榜进来，几乎所有的土地都曾是我们家的。"三叔还说："这些地，不是剥削来的，一是靠买，二是开垦，是血汗钱换来的。"但土地大了，要有人耕种。我大伯在世时也曾对我讲，"你爷爷干活，一个人要顶好几个。一晚上能干上十个人的事"。即使如此，他一个人也干不完那么大块地里的活儿。兵荒马乱的年代，刚好河南遇上大饥荒，要饭的人一拨又一拨。有一天，一个从河南来要饭的"侉子"饿倒在我们村，我爷爷给了他吃的。救活后，那个侉子请求我爷爷收留他。我爷爷说："你要是愿意留下来，至少有饭吃，饿不死。"这是他收留的第一个长工。没想到解放后，这便成了一条剥削他人的罪责。刚解放时，村子里好多人都没有吃的，我爷爷为了让三个儿子娶上媳妇，便把粮食放在非常显眼的堂屋里囤着，用今天的话说是"炫富"，这让村庄里吃不上饭的人恨得牙痒痒。其实，听我母亲说，那时村庄里谁家吃不上饭，只要向我爷爷借，他便会像我曾祖父一样大度。这种"炫富"的方式，固然让三个儿子娶上了媳妇，但却并没有带来实质的好处。爷爷不仅节约如命，舍不得让大家吃饱，还因虚荣心在口头上不饶人，说这是自己劳动得来的。于是，革命胜利后不久，他的土地与粮食不仅全部被没收，而且头上还多了一顶"富农"的帽子，几乎每个月都要与其他的"地富反坏右"一起，到各个公社接受贫下中农的批斗。

别人家都没有吃的，你竟然还在屯粮炫富，这是多大的罪行啊！于是，加上"长工"的问题，新账旧账一起算，爷爷的冬天就来了。他的头，再也没有抬起来过。

由于我们家族曾经辉煌过，所以土改后除了没收土地，还要没收财产。他们相信，我们家开过票号，一定有不少的积蓄。为此，公社派人把我父亲兄弟几个的家翻了个底朝天，几乎是掘地三尺，寻找金银财宝。结果，只在我爷爷的床底下找到了一小罐银圆。公社的人不相信他只有这么一点财产，于是，革命小将们将我爷爷与我奶奶分开，分别倒吊在横梁上，用荆条抽打。对我爷爷说，我奶奶承认了；对我奶奶说，我爷爷承认了。结果，我奶奶受不了折磨，又听他们说我爷爷交代了，便将藏钱的地方说了出来。殴打他们的革命小将，跑到我家菜园子上面的地里，挖出了整整几大缸银圆，全是崭新的"袁大头"和"孙中山"！

即使如此，他们还是不相信我爷爷说的话，觉得他应该还有更多的钱财。于是又将我爷爷与我奶奶分开打，直到打得死去活来，确信我爷爷再没有什么后，才将他们从横梁上放下来。结果，我奶奶经不起这样的折磨，几年后就去世了。而我爷爷，开始接受没完没了的批斗。即使是批斗别人，他也得被绑着跟在一起陪斗。

我母亲的哭，就是从那时开始的。小时候，我几乎天天听到母亲在深夜里哭。她一边在灯下为村庄里的干部纳鞋底、做鞋，还得一边提防受了批斗回来的爷爷自杀。三叔提起往事来，恨得牙痒痒："你不知道那些青年骨干有多狠，他们经常用荆条子抽你爷爷，还把他从批斗的高台上，直接一脚踢下来。你爷爷受不了，就想死。"但是大队领导对我母亲说："他接受批斗回来，由你们一家照看。如果他死了，就把你丈夫拉出去顶他，继续接受批斗。"我母亲说，大队和公社领导把爷爷交给了我父亲和她，必须时时监督我爷爷不能自杀。而我爷爷性格刚烈，经常与批斗他的人怒目相向，青年骨干怕我爷爷反抗，常常把他的手捆到背后，拳脚相加。每次批斗回来，我爷爷常常是鼻青脸肿，一身是伤。终于，他熬不住了，找了一根麻绳，要上吊。我母亲跪在他的跟前求他："大，你不能死啊。你死后，老二就要去顶您的罪呀。他要是受不了，也像你一样，这个家不就完了吗？"我母亲一边说一边哭。她一哭，我父亲也跪了下来。我爷爷还是心软，看着他们两个，便打消了自杀的念头。

从那以后，我母亲说，爷爷不再像往日那样反抗。接受批斗时，他们让他怎么做，他就怎么做，无非是坐土飞机、跪在劳动人民面前，头上戴着高帽，或者是挨一顿打。爷爷从此变得逆来顺受，每次回到家，躺在床上一动不动。我母亲一边服侍，一边暗暗流泪。直到我出生之后，爷爷突然高兴得不得了，精神上仿佛重生了一样。母亲曾说："也怪，你出生时大伯家已有了哥哥，而且你刚生下来特别丑，嘴大得像个米斗一样，不知你爷爷为什么那么高兴！"

母亲说的没错。尽管我后来记不住爷爷的相貌，但小时候的记忆里却有着爷爷留下的温暖。按我姐姐说的话是，爷爷比较偏心。在他三个儿子的孩子中，也就是孙子辈中，不知为什么独独喜欢我。我母亲说，尽管家里的财产被没收了，但爷爷像变帽子戏法似的，总是能弄到好吃的。那时，村庄里的人只有过年才能吃到肉,但爷爷经常能弄到。往往大人们一出工,晚上被批斗到半夜的爷爷,就从床上爬起来在家里偷偷地炖肉吃。他害怕人家发现,就把屋门关得紧紧的。肉炖熟了后,爷爷总是把其他孩子都赶出去,把我偷偷地叫进来,两个人分享美食。吃肉一事我已经记不太清,但我姐姐和其他的叔伯兄妹长大后,对此一直耿耿于怀,说我爷爷偏心偏得厉害。我母亲也说,爷爷的确偏爱我,不知为什么总是让我这个孙子与他偷偷地共享美味。母亲还叹息着说:"你们三房兄弟姐妹中,你长得最丑,为什么独独讨得你爷爷的欢心?"我那时小,真的对此印象不深刻。再说,爷爷也不是天天都能吃上肉,只是每个星期可能弄到一点。母亲后来解释说,是曾祖父在世时,曾经帮过了那么多人,所以爷爷才能得到他的庇护。附近那些卖猪肉的,或是哪家哪户被村里指定要把自家的猪杀了的,都曾因为得到过李氏家族的关照,所以在暗地里给我爷爷面子,悄悄地割上或留下一小块送他解馋,哪怕那时候我爷爷被定为"富农"还在接受批斗……母亲为此得出结论:"一个人一生一定要做好事,做好事有好报。这辈子得不到,下辈人会享受……"

母亲说的离我记忆较远,但我印象最深的,还有两件事。一件是挨爷爷的打。那时我还很小,与我弟弟玩捉迷藏的游戏,在池塘边围绕着一棵树和大人们晾晒的被子转圈。那还是个冬天，池塘里的水不深。我们玩着玩着，不知怎么的，我弟弟一急，被我抓住时手一松，一下子从塘岸掉到池塘里了。他摔在泥里面，又寒又冷，便高声哭叫。我爷爷从里面出来看到后，以为是我欺负了我弟弟，并导致他受伤，为此非常生气，他第一次给了我一个耳光……我也委屈地哭了起来。不过很快，爷爷就招手把我叫到屋子里，笑眯眯地递给我一根果子吃。在我们小时候，能吃上一根果子，那也是相当稀罕的事。所以，我很快就不哭了。

第二件事是爷爷去世。那是一年三月，他突然在田地里倒下，被人扛回家躺在床上不几天，一口气没上来便走了。大人们把他装在棺材里，摆在大伯家的堂屋。我那时还不知道什么叫作死，直到看到大伯给装在棺材里的爷爷穿衣服，并在棺材下面点了一盏油灯后，才突然感到害怕。特别是大人们的哭声依次高昂了起来，声震屋瓦的时候，我才懂得爷爷从此不能开口说话了，于是自己也哭了起来。不过那时还是太小，听我母亲说，我哭着哭着就跑出去与小孩子们一起玩了，显得一点也不严肃——至今想起来，我还觉得对不起爷爷。

即使如此，我还是记得爷爷去世的季节，满村的油菜花开得正旺。四处的蜜蜂都嗡嗡作响，金黄的油菜花漫山遍野，把世界打扮得闪闪发亮。而在那闪闪发亮的村庄中，人们抬着爷爷的棺材上山安葬，路上的哭声一浪高过一浪……我躲在金黄色的油菜花里，突然感觉到一种惶恐不安的孤独。

爷爷被埋葬在我们村后的山上。从坟地向前看，整个村庄尽收眼底。坟地的周围全是竹林，风一吹，竹与竹之间的叶子婆娑伴响，让人很是害怕。我小时候几乎不敢到竹园去。后来多次做梦，也常梦见竹林高处的坟地。只有长大之后，才常常去爷爷坟前烧些纸。后来大伯与三叔走后，分别葬在爷爷坟地的不远处。关于爷爷的生辰忌日，只有问父亲，父亲没有读过书，也答不上，只好作罢。

我只记得，爷爷去世不久，村里就分田到户了。父亲扛起爷爷曾经亲手做的犁，赶着几家公用的一头黄牛，开始下地干得热火朝天。他自己起早贪黑，没日没夜地干，也把我们驱赶到田地里，不能稍有懈怠。

那时我已经开始上小学。课余回家，父亲从来不让我闲着，说过去爷爷也是这样要求他的。我不敢反抗父亲，就像他不敢反抗我爷爷一样。我有时躺在开满油菜花的田岸上，一个劲儿地胡思乱想。那时，阳光射在花上，折射在叶上，打在我脸上，让我觉得自己迷迷糊糊的。我甚至怀疑，为什么如此贫瘠的土地上，竟然生长的庄稼是如此金黄！我于是经常为自己生活在如此偏远的乡村悲哀，为自己在山那边没有任何熟悉的事物而自卑和失落。但没有谁会在意我的失落，连我爷爷也不在乎。

他的墓地上已长满了青草。我目睹了他坟头上的草一年年照旧谢，花一年年地照旧开。我只是伴着那狭窄而贫瘠的层层田野，打草、扯草和拔草。那时，父亲的希望都在田野里，都在庄稼上。他的目光飞不过田野，像花尖上的蜜蜂，只在意那一亩三分地。而我，虽然也在田野里，却总是喜欢在斑驳的阳光下，幻想着山的那边有一天会发生奇迹。山那边偶尔进来一个陌生人，就让我在田野里踮起脚张望，在一丝惊慌之中，看到那些人穿着光鲜的衣服，在阳光与绿色的田野中晃眼，于是我的头便慢慢低下去，看自己的脚尖。那时我还光着脚呢，有一条菜花蛇甚至从我脚边滑了过去，对我不屑一顾，连咬我的欲望也没有。我于是含了一根草——我们叫它毛针，抽芯后可以吃——坐在油菜田里，看着金黄色的花把我覆盖，一边幻想未来的时光。但我知道，这纯属胡思乱想，这些幻想穿出了油菜地让我父亲看到，多半要挨他的耳光。一切不合实际的行为，在父亲面前的收获只有一种，耳光加上巴掌。我于是越发想起我爷爷的好来，但爷爷好像只是一个影子，并且越来越模糊了。关于爷爷与奶奶的那一辈，就像是一股风翻开书页一样，一晃就翻过去了。至于书的内容，如果不是母亲与三叔在时对我讲了那么多，没有谁愿意再去提有关我爷爷的事。因为他们那一辈，许多人都参与了批斗爷爷的行动，后来觉得对不起他，所以没有人再去提起……特别是邻村一个曾经参与吊打我爷爷的年轻人，后来人到中年靠卡甲鱼谋生，有一年他跑到一个深山的水库里卡甲鱼，结果掉到水库里淹死了。等人们发现他时，尸体已在水里泡了整整两天，面目全非。我母亲那时还在世，她叹息着说："这不是报应是啥呢？"

至今，每去一地，看到金黄的油菜花，心里激荡的岁月便从记忆的缝隙中钻出来，让我流连忘返。好像爷爷与母亲还站在油菜地的那边，对着我招手微笑。

我想起分田到户之后，一时间觉得乡下人真多，无论老少大家一窝蜂地出来在地垄里劳作、锄草、施肥，在山间播种花生。我三叔说："这田多数都曾是咱们家的，是你爷爷他们一锄一锄开垦出来的。"换在过去，三叔说这话是要像爷爷那样挨批斗的。但好像从分田开始，大人们对开会与斗争不感兴趣了，大家想的是"如何交足国家的、提留集体的、剩下的全是自己的"号召，所以村庄里没有一片闲田，家里边也没有一个闲人。放学后我们不是被大人们赶到地里打猪草，就是扯田地里的野草。我多半是去打猪草，我家每年养一头猪，都靠我来喂它。饲料不够，我放学后便要到地里打野草了。那时我认识各种各样猪喜欢吃的野草，因此每年都把猪喂得又肥又胖。我惦记的是我们家的猪，它对我有感情，每天我回家它便跟在我后面转圈，哼哼唧唧的，像个孩子。我也舍不得它，以至于每年年关杀猪时，我都要撕心裂肺地哭。那时乡间的大人们脾气都非常暴躁，我父亲尤甚。我一哭他的耳光便飞过来了。在我童年时期，他的眼里对我全是敌意，不像我今天看自己的儿子那样温柔。我只要偷一点懒，或者在油菜地里胡思乱想一会儿，父亲发现后便会飞来耳光，一种响亮的声音在我的脸颊与他粗糙的巴掌中飞扬，我像油菜地里惊飞的鸟一般逃窜，委屈的泪水只有对着田野里流。我想对我爷爷说，你怎么不管管你的儿子呢？但爷爷听不到。只好在地里头与山里头转来转去。我甚至羡慕树上的小鸟飞过山头，可以随意歌唱，而我，却始终看不到丝毫飞过山峦的希望。

于是，我非常喜欢三月。喜欢爷爷去世的三月，三月的油菜花又绿又黄，在油菜地里待的时间长了，我便非常喜欢这种金黄色。迄今我一直认为，这种金黄色胜过了一切色调。因为金色的梦和黄色的希望漫无边际地生长在我的心头。有一次父亲打我时，我夸张地对父亲说："总有一天我会离开这里。"我父亲不信，骂我说大话，又扬起拳头想打我。我想如果爷爷在的话，父亲哪里敢动我半根手指？可爷爷不见了，此时只有母亲护着我。记忆中的母亲，总是站在田头地垄，太阳出来时，汗水便从她的脸颊渗出，在阳光下晃眼。其实母亲的脸晒得很黑，她的眼里总是盛满忧伤。这让我觉得偶尔路过村庄的风，也带有了这种忧伤的气息。当然，母亲有时也会一边劳动，一边对着原野唱歌。她的歌很古老，大都是一些关于黄安人曾经出去闹革命时唱的歌曲。那些歌曲，像白云飘荡，有时欢声笑语；又像河流汹涌，有时无比忧伤。当然，母亲偶尔也坐下来，招手让我过去，对我讲她幼年时跟着大人们在我们黄安的山头上逃难的旧事。无非是国民党的兵或日本鬼子进村扫荡了，往往是枪声一响，村里逃得干干净净，敌人一把大火便将村庄烧个干净。再后，当枪声停息，人们纷纷从山上下来，再建村庄。我爷爷的两位哥哥，便牺牲在那些抵抗者中。而我爷爷则在黑夜里，偷偷地给远山上的游击队，送盐送粮……母亲讲这些事时，我便觉得油菜地里，从此有了革命的气息。那些革命者，善于打伏击，枪法很准，以至于到了油菜花开的季节，鬼子不敢进村，还乡团不敢叫嚷。于是，人们便纷纷盼望春天，盼望油菜花开和小麦抽穗的日子。那时，村庄便变得格外平静。

但最终，革命者和他们的敌人一样，都彻底消失了。村子里的人忘了过去的人们，生活慢慢恢复平静。村庄的小孩们一拨拨地像油菜花一样疯长，一茬茬地很快就长大成人了。金黄色的田野，便成了村庄的希望。收成的好坏取决于天气，而大人们脸上的阴晴取决于脾气。我父亲常常喜欢动手不动口，所以我便得以在油菜地里多消磨一些童年的时光。偶尔，我也与村子里一般大的孩子在油菜地里打仗，拿着自制的木枪，在地里把自己藏得严严实实。那时,我多半是孩子王,不管大的小的,都喜欢站在我这个队伍一边。我便也在自我陶醉之中,无限地放松,乃至于连蛇也不怕,有一次直接躺在我爷爷的坟头边睡着了。因为我觉得他是我的亲人,不会来害我的。我甚至需要做一个梦,梦见他拉着我的手,悄悄进老屋去吃肉……但我什么也没有梦到,直到我姐姐把饭煮熟了,跑了半天才在爷爷的墓地边找到我时,我才慢慢吞吞地从梦中醒来,回到无比饥饿的现实。也就是在某一个春天的油菜花开之后,由于我们家供不起两个人读书,我姐姐便主动承担了家务,走向农村广阔的田野,不再读书了……

许多年后,我连滚带爬地努力,终于挣扎着离开了我爷爷曾经开垦过的土地,去了异乡。但异乡属于城市,除了大商场里的金色饰物,看不到一点活生生的金黄色。那时,我要翻过山峦的梦彻底实现了,但也丢掉了许多金子一般宝贵的东西。那时,我们村庄里的年轻人,一窝蜂都跑到城市打工去了,田野里种粮种稻种油菜的人也越来越少。美丽的田园慢慢荒芜下去,无边的杂草迅速占领了曾属于我爷爷开垦出来或者买来耕种的土地——这曾是他们的命根子呀,但遗憾的是,除了偶有几亩鲜艳的油菜花在山间像一条黄色的带子在空中飘动,田地里再也没有当年风吹麦浪和稻浪的美景了。那些小时候与我一同玩仗的人，都散布于祖国的四面八方，每个城市都有他们的足迹，我们很少在原来的村庄相遇。他们留下的孩子，像我们小时候那样，每天伴着那些老下去的爷爷奶奶，在擦黑便熄灯的村庄中，陷入了更为漫长的沉睡。有好几次清明节回到故乡，站在那熟悉的田埂上，闻到油菜的花香，看到蜜蜂仍在花间飞舞，我便突然泪落下来。我问自己，为什么有的时候，我们人类还不如一条狗对主人那样忠诚、不如一只蜜蜂对鲜花那样执着地迷恋着过往呢？

我回答不了。因为那时，我回本吴庄只能见到我爷爷与我母亲的坟地了。我每次梦见爷爷的墓地，总会出现他在竹林边的墓地里藏有奇珍异宝。而每次我在城市里梦见母亲，却总是担心她穿过村庄的油菜地后就会迷路。我为此困惑了好久后才发现，其实真正迷路的，是远在异乡城市中生活的我们，我们经常迷失在城市钢筋与水泥遍布的森林中。而关于爷爷的稻谷粮仓和我亲历的猪肉飘香，也像是若有若无的一阵风一样，从此不知所终与不知所往……

走出故乡的路

　　一个人的读书与求学之路,是时代的影子与参照。因为来路决定了归途。谨以此文,献给我亲爱的儿子和他的十八岁;并以此纪念我的小学、中学与大学生活。

——题记

亲爱的儿子:

　　今天这个日子,非常特别。

　　因为进入今天,你就满十八岁了。

　　有句话说,生来再平凡,也是限量版。你就是我们唯一的限量版。

　　十八年的成长,我们经历了所有父母经历的一切。

　　十八年的陪伴,我们有过喜悦、欢乐、奋斗、冲突与忧伤。

在你十八岁的时候，我静下心来，去回忆和书写自己成长中关于读书与求学的道路，是想给你幸福的生活，提供另外一个版本的参照。

因为一个人的来路，决定了以后的归途。

也许你忙，不看；也许你不在意，不看。没关系，相信总有那么一天，你会看的。并且给你的后代，讲起他们的爷爷曾经是怎样的一个人，走过怎样的一条路。你会相信，沿着他的读书年代行走，就是沿着共和国半个世纪的历史前行。

我们是怎样自私地爱你啊，无法叙说。因为爱，我们也剥夺过你在俗世的另一种生活，曾经使你闷闷不乐。但相信总会有一天，你能理解，在追求现世成功的人生里，我们像其他所有的父母一样，没有别的道路可以选择。

而且，对于那些不愉快，即使你已遗忘，我也不奢求你能理解与原谅。虽然我始终期待，多年的父子能成为兄弟，可毕竟在年轻时我们未必能成为朋友，但永远是血浓于水的亲人。

无论过去怎样，毕竟已成过往，只希望你在十八岁的成年之后，有自己的思考、自己的世界、自己的朋友和自己另一种意义上的亲人，生活得幸福、温暖、简单和快乐，能过上一种你认为拥有理想、信念、尊严而又体面的生活。而要过上这种生活，最好的办法，就是读书。读书，既改变了我们的命运，又丰盈了我们的内心世界。拥有知识的生活，必定有更加丰富的人生。希望你，既能仰望星空，又能脚踏实地；既坐拥柴米油盐，又环拥星辰大海。

无论将来你过得怎样，请相信，我们在有生之年，都会尽己所能地出现在你身边，一如既往地爱你。

亲爱的，希望过去的成为过去，祝愿未来的一切美好！

你与我们，共同努力。

永远爱你的老李同志
2021 年 3 月 23 日

小学的风霜雨雪

小学的天，是寒冷的天。从未记得酷暑，倒是寒冬常存于记忆。起初，我在家附近的村庄里读小学。那时两个村庄合为一个小队，九个小队合为一个大队。我们属于第八生产队，由于下面的村庄大，我们的村庄小，我们便到下面的村庄里上学，我在此读完一、二两个年级。虽然去学校的路不长，但极难走。

夏天总是下雨,泥泞遍地;到了冬天又总是下雪,还是遍地泥泞。

我们的教室,是生产队开会的地方。后来认识了一些字,才知道墙上贴的全是挑战书。哪怕毛笔字写得歪歪扭扭,但每家都得写。像我父亲这样不识字的家庭,就得请人来写。你与谁家挑战,挑战什么,都写得明明白白。内容也无非是种地种田,积肥打粮,一定要打败挑战的人家。白天的教室是孩子们的天地,而到了晚上就是生产队开会的地方。从教室往外望,小学立在村庄中间,门口有一个大池塘,但一年四季没有见过清水。上学时,还有女青年因为同姓氏之间的婚恋问题,不能如愿投水而死。这让我们不敢靠近塘边,总觉得水里有鬼。许多年后,我再回故乡,发现池塘已被填平,盖上了房子,而且都是三层小楼。至于教室的那间大屋子,早已不在了,没有一点痕迹。但无论怎么改变,我至今能画出当年小学的草图。比如教室上的横梁,横梁上的架子,架子上的钉条等,甚至于桌椅板凳的颜色,每个画面都非常清晰。最后,我发现这个草图,其实是由叹息组成的。我们那时有两个班级,经常混在一个大教室里上课。老师是民办的,姓周,从生产一队过来,书教得好,不苟言笑,令人望而生畏。他常常在教一年级时,让二年级写作业;给二年级上课时,让一年级默写。如此错开,从未混淆,我们学得很好。特别是我,老是被老师表扬,因此害怕成绩下降总是暗暗使劲。一二年级时到乡里竞赛，我还老获奖，以至于有个女老师在判卷时，每次都高喊我的名字，要求直接判我的卷子。这让我从此落下了一个老想争第一名的"坏习惯"，心事很重。

二年级的夏天，我们第一次见到城里的孩子，而且是穿裙子的女孩子。说起来，两个女孩回到乡下纯属偶然。她们的父亲在城里工作，而母亲在村子里参加劳动，属于半边户。女孩们跟着父亲在城里读书，那里条件好。她们回到村里，让大家很震惊——因为在我们乡下，没有女孩穿裙子。这让我们觉得她们很好看，而且好看得让我们跟在她的屁股后发呆。那时我们都不曾懂事，在那种受够了大人的打骂和漠不关心的生活中，突然有两个穿得好看而且又会唱歌的女孩出现在我们中间，教我们唱歌，这让每个孩子都很兴奋，我甚至觉得教室好像要被什么东西撑破了。高昂的情绪让每一个孩子的脸上放出红光，每当她们姐妹俩穿着镶着各种各样花边的裙子走到我们班时，啧啧赞叹声总是不绝于耳。那是极端的羡慕，甚至于嫉妒。那时，我们对一个人应该在现实生活中保持基本的矜持一无所知。我们毫无保留地表现出自己强烈的喜好，这让两个女孩总是喜欢把头高高地扬起来。虽然她们比我们大不了几岁，但她们教我们唱《洪湖水浪打浪》《看天下劳苦人民都解放》《一条大河》，整个村庄的人听了，都在想大山之外的湖水到底是怎样的水，大河到底是怎样的河。我们集体唱歌时，甚至连出工的大人们，也把头伸到教室的窗口张望。记得有一次，女孩因为我的发音不准，还用老师的教棍在我头上轻轻地打了一下。当时我委屈得直想哭，而且觉得非常没面子，但后来我不这样想了，我只觉得那根普普通通的棍子，打在我的头上是另外一种感觉。那甚至是一种爱情的感觉。从此，我的眼睛便总是不老实地跟着女孩的身影到处乱转，她走到哪里我便把眼移到哪里，以至于那些歌词的内容，无论洪湖的水是怎么的浪打浪、娘的眼泪是多么苦，也无论一条大河的波浪是如何宽，我一点儿也不理解，也不想弄明白。但我却知道女孩什么时候换了一条裙子，什么时候对我们笑了一下，什么时候在唱到哪句歌词时重复了几遍，什么时候对我微笑了一下……班里平时不少调皮捣蛋的学生，在女孩的面前一个个变得是那样听话，从来都没坐得那么规矩。对于童年而言，天真是一时一刻便会忘掉的事。那个夏天，女孩姐妹俩在我们的生活中不过只是昙花一现，因为她在教我们唱熟了几首歌后，迅速地回城里上学去了。按说，我们无非只是学了几首并不太懂得其内容的歌，可女孩在我们班上的一举一动，在我们面前的一惊一乍，却一直留在了我的脑海里，多少年来都不曾忘记。她们走时，我们班的一个小光头对我说，要是她们能多待一段时间多好，这样我就可以天天看到她们了，因为她们太漂亮了。小光头说这句话时刚好被我们老师听到了，他毫不客气地在小光头的头上来了一下子。小光头一边躲避一边哭着跑开了。其实不光小光头，我也是这样想的。得知女孩要走的那几天，我心里莫名其妙地非常难受，一直有一种想哭的感觉。我从来没有去过城里，大人们说城里离我们很远很远，因此我便产生了一种再也见不到她的痛苦。我敢说，在她教我们唱歌的那段日子，我一直是一个听话的乖小孩，不再逃学，不再调皮捣蛋，也不再在路上贪玩，我家里的人一再说我变乖了，而我姐姐说我上学积极了。我承认，我就是在那时喜欢上唱歌的。知道了唱歌还要投入感情……女孩走时，我们一直找不出什么东西送给她们好。那时大家很穷，连一个普通的笔记本也买不起，送其他的东西又怕她看不上。于是在走的那天，老师说："我们给你唱一首歌送行吧。"姐妹俩笑着答应了。于是老师让我带头，唱的正是她们教会我们唱的《一条大河》。我唱着唱着，不知为什么突然哭开了，因为我忽然发现她们说的那条大河，是多么多么的宽了，那一条人间之河又是多么多么难以跨越了……歌毕，当她们坐上那辆手扶拖拉机向县城的方向走时，我们全班的同学一边跑一边哭……

许多年后的一天夜里，我突然在生活的城市想起了她们。在浪迹天涯的日子里，当音乐已成为我生活中不可缺少的一部分的时候，有天夜里，在外地，我突然听到《洪湖赤卫队》的主题歌《看天下劳苦人民都解放》，第一句"娘的眼泪……"，便让人一下子走入了往事中。那如泣如诉的歌声，把我带回了故乡遥远的童年。我突然想起了曾经教我们唱歌的俩姐妹，往事便带有了一种非常奇妙的感觉。此时，长大成人的我们，早已翻越了千山万水，流浪了许多城市，去歌声里许多父辈们从来没有去过的地方。我才发现，无论走到哪里，那些熟悉的歌声原来是一直都跟着我的，无论多少年后新歌怎样不停地出现，每个人根据自己的喜好在不断地选择，可那些老歌，在他乡的夜里突然涌入耳朵，那种美丽的感觉是其他的东西所不能比拟的。在歌声中，我甚至觉得，那便是我的第一场初恋……

到三年级，我们的教室要让给后面的新同学，大队决定让我们与其他村庄的孩子合班，教室便搬到第一生产队一个叫马家榜的村庄边。那里离我们村庄约两里路的样子，教室在马路的下面，至今我回故乡，都要从那里经过。一二年级时，我们的同学主要是自己生产队的孩子，到这里后同学来自整个大队。说是小学，其实也仅有几间独立的平房——至今我做梦也还经常梦到，学校总是破破烂烂的，屋顶上时常长满杂草。不过这里的房顶很高，我甚至在上课时总害怕教室会突然倒塌。学校的老师，除了一个公办的，其他全是民办的。我对这些老师至今仍充满敬意。他们大多从一些没有考上大学的高中生或者没有机会上高中的初中生中选出，一边拿着老百姓的微薄提成，一边还得种田种地。他们凭着天地良心，卖力地在乡间教书育人。我一直认为，早年那些民办教师，一点也不比今天从师范院校出来的专业人士差，并不是说文化比这些人强，而着重在于"责任"二字。他们对每个孩子极其负责，所以教学效果也很好。那时，他们一大早就得跑到学校，因为我们要上早学。他们的心是全部拴在学生身上的，常常以学生的进步为荣，巴不得每个学生都学得满腹经纶、学富五车，超过他们才罢，并不害怕学生会离经叛道。

那时上学的日程，一般是这样：早上去晨读，然后回家吃饭；接着去上课，中午放学回家吃午饭；下午再去上课，最后放学回家。这样一天至少三个来回，怎么走也有个七八里路了。因为父母要出工，累得要命，有时回来做饭难免会晚一点，我们害怕迟到，所以上学路上几乎全是奔跑。为了节省时间，我们便从田埂中间直接穿越，硬是把长草的田埂踩出一条白乎乎的道路。但每天这样的强度，也没有锻炼出我的体育才能，至今我在这方面还是中等偏下。好在我的学习还可以，老师们都很喜欢，同学们也都很佩服。这样的好处，就是在大家打架时，我挨打的次数较少。

我们在此读了不到一年。不久后，大队因为老百姓们的需要，要将此地用作各个村庄来此卡米和卡饲料的场子。学校的老师们一致反对，但反对无效。大队领导说："卡米是为了生活，谁不吃饭？卡饲料是为了喂猪，谁家不需要养一头猪作为年终的补贴？"大家不敢反抗，大队便迅速运来了脱粒机与发动机，并开始行动。这样一来，每当卡米与卡饲料的机器一开动，响声震天，我们的课也就没法上了。老师们讲课，只能等到机器休息时。遇到机器一响，我们只有把耳朵用棉花球塞得紧紧的，可机器经常一天到晚地响个不停。于是，每到上课时，老师总要去与开机器的师傅商量，捡个空隙再上。师傅好说，他乐得休息，可大队要效益，监督他开工。更为可恨的是，机器卡米与饲料时，灰尘很大，无孔不入，在空中飘啊飘。我们教室的门虽然紧关着，但窗户都是尼龙塑料糊上的，平时坏一点的小子，总喜欢用铅笔去钻孔，风一吹小孔便成了大孔。特别是冬天的风，让窟窿越来越大，我们坐在教室不仅冻得不行，灰尘还不停地钻进来，让我们的眼睛与鼻孔里，全是稻谷壳的灰烬。时间一长，老师们不干，又跑到大队部去反映。大队书记是"文革"起家的，天不怕地不怕，先是不理。后来大家反映了多次都得不到解决，有的家长便不让孩子上学了。最后，上级教育组来检查，鉴定为学校校区不合格，大队为了让上学率达标，才研究决定让学校整体搬迁到陡山上去。我们搬走后，这里又被大队建了个油榨，就是把当地生产的花生，压榨成花生油。我们偶尔从那走过，老远便能闻到香味，这让我在好长一段时间里，特别羡慕那些油榨工人，因为他们可以随便吃花生——虽然我们村村寨寨都种植这个，但有谁舍得放开吃呢？所以，我每次路过时都是咂咂嘴巴，依依不舍地离开。后来我到外地上初高中，再次经过此地，发现房屋几乎坍塌，除了屋顶的草还像往日那样在风中倔强地生长与飘荡。我有些忧伤地在那里蹲下来，看到破损的窗户里，仿佛还有歌声飘出，还有原来的同学在此做游戏。但这里早已是断壁残垣，大家作鸟兽散，一切恍如隔世。再后又是几年过去，这块地还是被改造成一所新学校，此时大队不叫大队，而叫自然村了。九个小队合为一个村，原来的废旧屋子被推倒重来，建了一个令人羡慕屋舍俨然的新学校。遗憾的是，不几年学校还是被舍弃了。因为进入新世纪，乡下人不种地了，乡下的孩子们都跑到城里上学去了。只有少数几个实在到不了城里的孩子，还在此地坚守。而此时的老师，有的甚至还是当年教我的老师，他们又恢复了一个老师教几个班的窠臼。在时代发展的大潮面前，当城里的孩子都用上课件投影教学的时候，这些孩子还停留在原始阶段，教学质量可想而知。我曾多次为此深深叹息。好在，随着孩子越来越少，学校终于停止教学。乡里把实在到不了城里的孩子们，聚到我们上初中时的学校里去了。

我们搬到村庄对面陡山新址上学的那一年，正好是春天。陡山四周的花，开得无比鲜艳。山上的树木葱郁，映山红遍地都是，如一团团燃烧的火焰。各种莫名的野草，遍布陡山的角角落落。我们教室所用的屋子，曾经是武汉下乡知青们的安置点。知青们回城后，便一直在那里空着。大队起先不让我们直接搬到那里，是因为陡山山顶到了冬春两季，风特别大。当年为什么又将知识青年安置在这个风口呢？我后来才明白，因为知青们是到各村吃派饭的，每个人什么时候到哪个村庄去吃派饭，一看炊烟升起，就知道了。我家也接待过好几个知青，有一个与我父母相处得特别好，一再感谢我父母对他的关心关照，还表示以后要当亲戚来往。但他回城后，便再没有与我们联系。这让我父亲总是叹息，觉得城里人不讲感情。但我母亲不这样看，她认为是我们没有文化，所以人家不知道与我们谈什么。因此，我家里再穷，我母亲也坚决要让我上学读书。这样的想法在当时的鄂东农村很普遍，庄稼汉们都像我母亲一样，希望孩子们都能上学，以后有改变家族命运的机会。大队领导虽然不识字，但统治了九个小队几百户家庭的一千多人，面对群众的强烈呼声，他们只得妥协，最后校址选在陡山这个地方。

最初我去陡山上学时，还觉得特别新鲜，虽然这所学校一样的破破烂烂，是知青们一起用山上的石头垒起来的，但孩子们聚在一起，便迅速新鲜热闹起来了。这条路与我原来去山下上学的路，距离相差无几。唯一改变的，是我们上学时必须跨过一条河流，到了山下还得爬一段长坡。以至于每次上学，我们到了教室都会累得气喘吁吁的，因为最后这段路的确比较陡，所以叫作陡山，必须爬上去才行。更可恨的，是过那条河时，河上没有桥，这便难住了我们。遇上春水暴涨，夏天洪涝，我们如果过不去，便只能在家里待着。或者，要绕到原来的学校，从那里再拐弯上去，这样要绕几公里的路程，靠步行根本赶不上上课时间。因此只要遇上不好的天气，许多同学便借机不上学。我不一样，那时我"全心全意"地学习，所以天天去，困难阻挡不了我。我们在春末、夏季和初秋上学时，基本是光着脚的，没有人舍得穿鞋。平时所穿的鞋，也都是各自母亲亲手做的，没有人舍得买鞋，也买不起。到了春水上涨时，即使穿鞋的，也不得不脱鞋涉水通过。每次看到流水那样湍急，我心中总是感到害怕，因为我不会游泳。更何况，在河闸的石板下，是一个几米高的深潭。如果掉下去，不会凫水的话肯定必死无疑。我很惭愧自己不会游泳，加之胆子又小，有时站在河边直想哭。但我不愿意折回来，还是想到学校去——主要是不愿意回家面对我父亲。他对我相当严厉,看我的眼光向来都是冰冷的,动不动还会揍我。我小时候很害怕他,也挺恨他的,有时怀疑自己是不是他亲生的。他不仅不愿让我读书,而且老是想要我早点到地里帮他干活。事实上,只要我放学回家,基本上也没有闲的时候,不是上山砍柴挖药草,就是下地打草喂猪。我父亲一辈子没有闲着,他也不允许我闲着。只要大白天发现我在躺着看书或与小伙伴们吹牛,我父亲没准就是一耳光或者一巴掌过来。往往响声过后,痛得我眼泪都要掉下来。所以,小时候见到父亲,我基本上都是躲避,柴堆里、稻草中、菜地边、山头上……许多年后,我跑到外面闯世界,才知道男人必须是顶天立地的,所以才理解并原谅了父亲。他也是个可怜人。我们家吧,解放前出去参加革命的,全被国民党杀了,没有人活着回来,连个尸首都没见着;在家的呢,在土改时阶级成分由"地主"改为"富农",父亲那一代人受到的冷眼热讽,特别是大队或生产队派去的劳作——那些脏活、累活、危险的活,都是"四类分子"的后代去干的——已让我父亲够受的了,他哪里还奢望这个家族以后有翻身的机会呢?每次我在深夜里听到母亲在灯下纺线或纳鞋时的哭声,我便偷偷落泪,心里从不服气,一直硬着头皮上学。我骨子里的倔强,就是在母亲的泪水中泡成的,百泡成钢,所以不惧风雨。有那么几次,我差点被湍急的河水冲走了。但我命大，在关键时刻站住了脚。我因为成绩好，经常被老师表扬，无论寒假暑假，乡间路上老师们在夜里敲着锣鼓送喜报时，必定是朝着我们村我们家来的。我家的土墙上贴满了奖状，我母亲脸上洋溢着真诚而喜悦的笑容，她一直相信我会有出息。我父亲的虚荣心在那时也得到了片刻的满足，他看我的目光，便有些柔和起来。父亲之所以如此，还是由于奖状的力量。可以毫不谦虚地说，我过去每个学期都有奖状。所以我们村里的人认为我是神童，是天生的得奖专业户。从少年到青年，我得的各类奖状不计其数，后来得多了，自己也就没把它当一回事。之所以一直记得小时候得奖的事，一是由于那时送奖的方式很特别——敲锣打鼓地送喜报；二是还帮我解决了一些实际问题——因为那些奖品，哪怕只是一支笔，或者一个笔记本，也能让我在一个学期内不再向家里伸手要钱了。只要不向家里要钱，我父亲便非常高兴。他不是舍不得，而是根本没有钱。敬业的老师们，也希望学生们能够在期中期末考试中，或者是上级组织的竞赛中获得好成绩，这样他们也会觉得自己荣光有加。于是，每到热闹的夏夜或者冷清的冬夜，乡间的小道上便出现了奇怪的一景：成群结队的教师们，打着手电筒，敲着锣鼓，往得了奖的孩子们家中送奖状！每去一村，教师们的锣鼓打得喧天的响，不只是他们脸上有光，只要锣鼓到了哪一村，哪一村便骄傲起来，因为锣鼓的响声在十里八乡都能清楚地听到，这不是本村的荣耀吗？当锣鼓声到了某村的某户前，那家人更是高兴得不得了——在父母眼里，这意味着自己的孩子比别人家的强，所以笑容自然出现在脸上了。而这个举动，让家长们对教师的尊敬又多了一层。至于教师们，往往是在这些孩子们家里坐一会儿，喝上一两杯乡下自产的清茶，说上一些勉励的话，或者提一些缺点与要求便走了。不久，我们便又会听到在另外的村庄里，响起了同样的锣鼓声……

我那时是年年得奖，次次得奖，这便成了我们村的荣耀。我们村在山沟里，老师们来时要穿过我的发小亚东他们的大村子，他们村的孩子除亚东曾获得过奖励外，其他人比较少，这可没少惹得村子里的孩子们挨大人的打。孩子们挨了打，自然也会找碴打我，甚至威胁我在考试时要故意把题做错。但无论怎么威胁，我仍然要答得最好，因为我在乎那非常微薄的一点奖品。这些奖品能派上用场，够我在学习时用一阵，不用再让我母亲每天都惦念着她养的母鸡是不是下蛋——以往学习上用的笔墨纸等，都是母亲用鸡蛋换来的。所以，我即使遭了打，也还是要努力的。为了防止打得太厉害，我还必须冒着被老师批评的危险，把考卷让其他的同学抄。幸运的是，由于我学习好，老师们很宠我，这便使我从小就养成了尊敬老师的习惯。那时的老师喜欢走访，大人们一天到晚在田头地里忙得不可开交，所以老师便主动上门，找大人们谈心，交流孩子的学习和表现情况，互相沟通，达成共识。有时即使没有什么问题，老师也会在黑夜里突然出现在某一个学生的家中，检查这个学生是否在看书，是否在学习。这样一来，我们往往在吃过饭后，便点上油灯，抓紧趴在桌上学习，生怕老师抓到后会在第二天的学生大会上点名批评。教师是辛勤的，学生自然也不例外，所以那时尽管条件差，师资力量薄弱，但大家的学习成绩绝不比现在的学生差。那时的老师，敬业精神是多么让人钦佩啊，我记得有的老师在夜访时，不小心掉到田岸下，也有的老师不小心让蛇咬了脚，可他们的那些好习惯却一直保留了下来。这让我们在知识的海洋里，游得更加畅快。从一年级到五年级，我得的奖状，把我家的土墙贴得密密麻麻，后来实在是没有地方贴，就只好把新的覆盖在旧的上面。对于我来说，它能解决我一时之需；而对于我父母来说，那些则是熨平他们心灵上痛苦的灵药。如今，一晃二十年过去了，我已长大成人，在大城市里安家乐业，大学毕业后过上故乡人过不上的日子，应该说时代进步了。但是我回去，看到乡下的孩子们，不愿读书的竟然比以往还多，而且故乡的教学质量也一年不如一年，心里总是忍不住阵阵感慨。很自然，我想起了那些民办教师，听人说他们由于不是公办，好多都被辞退了；还有一些民办教师，由于转不上公办，只好另择他业。看着那些失学的孩子，我想，这是为什么呢？于是我特别庆幸，在一个随时可以辍学的环境里，是老师与我母亲坚定了让我继续将书读下去的决心。

回想起来，在陡山上学的那两年，其他的困难都好说，最怕的还是冬天。每当北风从山顶刮过，真的是冷得刺骨。所以，只要老师一出教室，我们便全体跺脚取暖。有时，我们也带个火笼，稍微温暖一下，但火笼里的火都是柴火烧剩下的，管不了多长时间。没有人能用得起耐久而又有火力的白炭。因此，多数人的手上与脸上，都是裂口。反正农村伢的命也不金贵，摔在哪算哪。父母一天被生产队逼着在农田里干活，也没时间管细伢。我们都是自生自灭的一群，好像田野里疯狂生长的草，灿烂也罢，腐烂也罢，没有人待见也不招人待见。记忆中最深的，是为了弄学费，我们经常在放假或休息时上山挖药草卖。而学校周围就是原来知青们种的药草点，满山的桔梗开出的花，看着喜人。同学们经常在放学后，埋伏在草丛里，等看守的人走了，偷偷地挖。拿一个小铁器就够了。我也是这群人中的一个，好几次差点被大队的人逮住。但正是有了这些药草，我们才能买纸和笔。感谢那些放过我们的看守者！虽然后来这里的药草基地被舍弃了，但我们当年并没有觉得偷点大队的药草就是犯罪，所谓法不责众,大家都这样。今天想来,还觉得特别对不起公家。好像人的过去一旦有了污点,以后就再也洗不干净了。写到这里,我想先自我忏悔十分钟——无论你怎样贫穷,也不能成为违纪违规甚至违法的理由。后来,我们小学毕业时,我得以第一次奢侈地花了我母亲给的几毛钱,与师生们一起照了一张合影,相片里的我看起来非常忧郁。那正是那个时代的写照,有什么办法呢?尽管接连几年,我都代表学校和年级去参加竞赛并拿了名次,好多次还都是第一,但在我父亲眼里,无论人们怎样讲读书改变命运,但那条路毕竟太漫长了,好像只是一个奢望,是镜中花与水中月,是望梅止渴或望饼充饥。繁重的乡间劳动,早已压得每个人透不过气来。每次我走在乡间上学的路上,都会过早地思考这样一个问题:我们为什么要活着?在如此辛苦与劳累中孜孜以求什么呢?这么一想,我便十分悲观。特别是小学毕业后,我姐姐为了让我上学而放弃了继续学习的机会,成为我一生中最为愧疚的事。如果当初的选择是她上学而非我,我们又有怎样的未来?此后人生每每想起这个,心中便隐隐作痛。每次开学,虽然我们要交的学费不高,有时仅需几毛钱甚或一块两块,但父母总是要发愁好久。许多年后,我挣脱了命运的樊篱,过上了城市的生活,但我永远也没有忘记过去,资助了老家四个陌生的孩子读书,直到他们考上大学,原因就在于此。穷人的辛酸，真的是无处可道。一分钱难倒英雄汉，但谁说得准穷人家的孩子就一定不会有出息呢？生命中的好多困难，有些人选择硬扛，或许扛过了就是另外一重天，而扛不过就只有认命。

记得从三年级开始，老师就让我练毛笔字。我们那时不知道什么叫作书法，用毛笔写字主要是让大家在反复练习中记住生字。老师讲最多的，就是笔要握紧，横轻竖重。而就是普通的一支毛笔，多数家庭都买不起。记得有专门做毛笔到学校来卖的，五毛钱一支，我们也望而却步。没办法，有一天，我逮住了村里的一只山羊，剪了一撮毛，然后又砍了一根竹子，将毛塞在竹筒中，用铁丝拧紧，来当毛笔用。自制的毛笔虽然不如买来的好用，但也能对付。至于需要用的墨水，我们为了省钱，都往墨水中掺水，弄得一开瓶时，臭味先行。一个学期到了，为了省墨，我们也舍不得扔掉，便把墨水盖拧紧，将它藏起来。听老师说放在地底下才不会受潮与挥发，我们便在教室自己座位下打洞，用来贮藏。这样一来，弄得我们的教室里四处都是地洞，最后竟然成了老鼠窝。遇到新学期开学，打开地洞，里面的老鼠遍地跑，而墨水也已臭不可闻了。但就是这样，大家也不会扔掉，有几个家长会同意花上一角两角去买新墨水的？我甚至在练习的时候，总是想起那个神笔马良的故事，心想，如果自己的笔是个神笔该多好啊，什么样的愿望都可以实现。可在现实中闭着眼求了多次，那支自制的笔还是一根普通的笔，没有求来马良那样的奇迹。我总是觉得自己比较愚笨，有一天老师在讲《小草》那一课时，问我小草寓意着什么？我说小草寓意着春天到来，头上重重挨了老师一下。他说："小草象征着革命力量。"我当时怎么也不知道小草为什么就象征着革命的力量，委屈得眼泪掉了下来。但就是这样，每次竞赛，老师还是派我去参加……

值得一提的是，在刚上小学时，我堂哥考上了大学。作为恢复高考后的第二届大学生，接到通知时，生产队长站在田埂上高兴得涨红了脸大喊。我堂哥还站在田里插秧，他直起腰抬起头来，眼里还有几分迷惘。在放了一场影子戏去武汉上大学后，我天天盼望着他寒假回来。果然，他回来时，知道我的爱好，从学校里专门租了两本书，是长篇《万山红遍》的上下集。我那时识字不多，但靠着一本《新华字典》，硬是读完了这部长篇巨著。接着，冬天里他又带回了一本《呼啸山庄》，我一样读得如痴如醉。因为实在没有其他的书可读，所以对这些书读得滚瓜烂熟，对远在欧洲那个有着雾气与雪原的地方，总是充满忧伤。上三年级时，一个偶然的机会，我又读了除《红楼梦》外的三大名著。我们下面村子里有个老保管，曾在大队任过职，他嗜好读书，但家里有书却概不外借。我知道后，以帮助他们家放牛为条件，软磨硬泡才把《三国演义》《西游记》《水浒传》借出来读了。对于那些半文言半白话，虽然有好多不懂，但书里荡气回肠的故事与活灵活现的英雄人物，却基本都记住了，以至于对那些英雄好汉、妖魔鬼怪有了强烈的个性认识。还有一个夏天，我们那里不知怎么来了说书的——就是湖北大鼓，从那里我听到的故事是《说唐》，每一个人物都惊心动魄，引人入胜，让我在夜里几乎不能入眠。再就是曾经有两个暑假，我母亲带我到城里的亲戚家去住了一段。那时乡下人在城里有门亲戚，是大家孜孜以求的事。母亲的亲戚是她的亲舅舅，一个参加过二万五千里长征的老革命。他家与著名的劳模英雄方和明团长隔壁，我小时候还见过他。在那里，我第一次见到了连环画，也就是小人书。母亲舅舅的小女儿非常喜欢看连环画，她收藏有几百本。我每次一去，就坐在一个角落，看那些连环画。正是那些小人书，开阔了我的思维和境界，让我对另外一个世界产生了特别深厚的兴趣与向往。后来我开始写作，而且至今不打草稿，最初的基础就是从那里来的。我相信，一切的启蒙都是生命的必然，一切的契机都是命运的结果。那些丰富的小人书，打开了我对外面世界的一扇窗户。我也从这个窗户里，看到了浩瀚的星空与博大的宇宙，看到了书本与自己所接触的乡间之外的人世间，还有如此丰富与鲜活的人物与故事存在。

到五年级毕业时，我一直都担任班长。毕业那年，我们仍然懵懂无知。从陡山回到家里不过两里地，我们没有任何感觉。虽然如此，我后来在无数次回望过去时，往往是泪水不由自主地盈满了眼眶。那时的小学同学，有好几位因为各种原因，都已永远地告别了这个尘世。后来我拼命挤进城市，有了今天，还有什么不满足的呢？所以，我的工作与生活中，从此便没有了抱怨二字。我永远只有感激。

有一次回故乡，我实在忍不住，去看了最后几年的陡山小学。学校那时已被彻底遗弃，留下了一片断瓦残垣。曾经的操场上，长出了青青的小草，所有教室的窗户，都没有门框，四处一片空空荡荡。望着眼前那名副其实的废墟，我感慨万千。我站在学校的高处往四下的村庄张望，曾经肥沃的长满了稻谷的那些土地全部荒芜，每一个村庄要么破落不堪，要么楼房林立，但除了走不出大山的老人们，已经很少有人到乡下来住了。此时，我母亲也去世多年，让我对故乡的念想慢慢衰退。我想，故乡这些年，到底是什么变了而什么又没有变呢？人们常说知识改变命运，故乡的人们，如果不想通过知识与教育来改变自己的生活，难道还有其他什么更好的方法吗？站在废墟上，我陡然回想了许多年前的许多往事，一幕幕电影般的往事，尽已随风而去。但愿故乡昨日的美丽，能够成为永远……

初中的酸甜苦辣

在我们鄂东的乡下，能把初中读完的并不多。多数孩子只读了小学便辍学了。父母只要求孩子能认识几个字，算得了账。多数家庭因为贫穷或者希望孩子早点参加生产劳动，便不让子女再读下去。这在当时并不为奇。

所以，我考上中学的那一年，最头痛的，首先是要交足七块钱的学费。在当时的乡下，那是一笔极大的数字。我父母在生产队一年到头，两人满工出勤，年终算账，最多的时候也只能领到二十几块钱。为了学费，我母亲愁白了头。自我拿到通知书后，她的眉头就从此没有舒展过。最后，在借了几家亲戚而不得的情况下，她还是求助于村里的会计，提前预支了年底的部分工钱，才凑足了上学的学费。那时，生产队里一个工分才一角钱，我父亲一般忙一整天下来才挣十个工分，也仅一块钱。所以，他看我的目光便有些像无形的刀子。但最终在我母亲的坚持下，他还是同意了。我这才有了进学校继续读书的机会，埋下了未来当作家的种子。母亲一生是个特别爱面子的人，她为此还专门给我买了一双新球鞋。那是我第一次拥有像样的一双新鞋,我把它当宝贝似的藏起来。遇到下雨天气,我宁可赤脚走路,也舍不得把鞋打湿了。母亲还去店里买了大布,请乡下的裁缝师傅给我做了一件衣服,是件上衣,而且仅做了件上衣,为的是让我去学校显得体面一点。母亲对父亲说:"我们再穷,也不能让伢在外受屈呀。"母亲说这话时,父亲一直沉默。我姐姐在一边装作没事,但我知道,她心里还是非常失落,常常暗中哭泣。她虽然把上学的机会让给了我,但心里也是十分不甘的。可那时在我们那儿,女伢上初中的太少了。多数也是像普通家庭那样,只读个小学认识个名字、数得出数就可以了。重男轻女的思想,在我们那里迄今也没有完全改变。我父亲说,这完全不像现在的城里,城里许多女孩的地位高得有些无法无天。

我带着提前预支来的七块钱去中学报到时,就穿着那双新球鞋和那件新上衣。按说,越是缺什么就会越是掩饰什么,但无论怎样也掩饰不住我的窘态,因为裤子还是旧的,而且打着补丁。尽管母亲把它洗得干干净净,可到学校与同学一比,还是有不少差距。许多同学几乎全是新衣,让我瞬时矮了下去。此后,自卑在很长的时间里蛰伏在我的思想中,直到后来我进城多年后才慢慢甩脱。因为我知道了,一个人物质贫穷并不可耻,可怕的是精神上的贫穷。我至今特别感谢我的母亲,从我幼年一直延续到青年的自卑里，母亲曾几度想洗却我心中的阴影。但自卑这东西，哪能说洗就能洗掉呢？后来我进了城市，至少用了近二十年的时间，才找到人生的自信，找到生活的本质与本来之所在，从而丢掉了那些难堪。我为此特别感谢过去那些苦痛的生活，如果没有经历过那样艰难的日子，我又如何更加懂得并珍惜今天的人生？头顶草屑不是一件罪过，相反有时还是一种激励。

我们的初中设在镇上，离家有四五里地。说是镇，也就是位置与人口相对比较集中，还靠近河流。河不大，上面有两座桥，所以学校叫两道桥中学。它占据了镇中心的平地，过去这里有做生意的，到开辟成学校时，四周就全是农田了。据说，在解放前，这里曾是最热闹的场所，什么乌七八糟的东西都有。解放后，一切全部推倒了。这里的房子原来很破，像一个嫁不出去的灰姑娘。但自从做了学校，随着琅琅的读书声传出，这个灰姑娘变得水灵、好看，有生趣了。

我那时觉得认识了新同学，还在好奇阶段，因此并没有觉得学校不好。相反，仿佛一个全新的世界一下子被打开，让我们显得兴致盎然与雄心勃勃。除了学校周边的几个村庄，多数同学离家较远，有的甚至得走上十几里路，极不方便，便只有住校就读。我离得还算近的，只有四五里路，本来是可以不住校的，但那时我强烈地想逃脱父亲挑剔的眼光，以及经常不明所以飞来的巴掌，便从初一开始选择了住校。住校，从周一开始到周五结束，这意味着生活独立。凡吃喝拉撒、衣食住行，都得靠自己。每到星期天下午或者星期一的早上，我们往往都是背着大米，拿着装满咸菜的罐子往学校走。那些在学校周围不住校的同学，中午饭也在学校里解决。所以，学校为了给我们做饭，还要每个人上交做饭所需的柴火。因此，我们常常要利用放假时间，到山上砍柴，等柴火晒干后再挑到学校里过秤，根据斤两发柴票。如果柴票用完了，做饭的大师傅会通知家里又要送柴火来。砍柴好说，我们大山里四处都可以砍到。但挑柴却是个苦力活，常常让我们为难。起初，我父亲还亲自给我送了几次，一百多斤的柴，走四五里到达学校时，常常出一身大汗。在路上，父亲比过去温柔些，一边走一边说："你要读，就好好读。像我这样不识字的，经常被人欺侮，好伤心啊。"我第一次听到坚强而又硬朗的父亲竟然也有伤心，便自己先伤心起来，心里暗下决心，一定要好好读书，将来为他们争光。到了初二，我觉得自己长大了，要自己挑，便不再让父亲帮我送柴火了。可事实上，我只能挑几十斤重的柴火，走一路还得歇一路，到了学校往往是累得腰酸背痛。好在伙房的大师傅，与我父亲还沾上那么一点远房亲戚，从来不克扣斤两。偶尔，他还把我拉着，问一些别的话。他经常咳嗽，说话的声音很大，一泡浓痰总要由嗓子里咳半天才吐出来，好像是从嗓子眼里抠出来的，每次都要吓我一大跳。那时我们也不懂什么卫生，他吐在地上用脚一踩，算是处理完毕。到了初三那年，他甚至有几次还把老师灶上吃剩的面条打一碗给我，让我心存感激。又是许多年后，听父亲说，他与家人吵架，想不开，跑到我们的后山上喝了农药，还是我父亲路过发现了，赶紧把他背下来，才救了他一命。我不禁叹息，人生真的有因果。

在初一时，有段时间我们走读，更多的是早去晚归。每次上学，一共要穿过三个村庄。有的路从村庄边上走，有的路则必须从村庄中间穿过。其他的我不怕，主要是怕狗，怕被村庄的狗咬了。另外一个不敢讲的，就是怕大一点的孩子在村庄拦着找事，并莫名其妙地揍你一顿，而且揍完就跑了，找不到人。所以，只要是去上学，我便起得特别的早，趁别的村庄人还未起狗还未放就穿过去。有时，我与村庄里的一个姐姐一起出发，有时她起得早，我便只好一个人走。到了学校我们便开始早读，主要是读语文，许多文言文与诗句就是那时背下的。到了初二下学期，才开始学英语，早读也便加入了英语。我的英语成绩一直不太好，发音不准，老是拉后腿。后来我在新疆时，听人说考研不在乎人的第一学历，便拼命学英语，想直接考上研究生，这个想法非常幼稚。最后到了天津上军校，我还被挑选为英语课代表，弄得非学好不可。可惜毕业后为了生活与创作，把英语又丢掉了。一旦丢了的东西，你要想再捡起来，是很难的。

即使这样，刚上初中时我就当了班长，一直延续到初中毕业。先是慢慢与本班同学熟悉，之后还与高年级的同学也混熟了。因为成绩不错，大家都知道。我在这里与我姐姐的小学同学——我后来叫他小舅，在一个班，他个子高大而英俊，我们成了无话不谈的朋友。他后来喜欢上了我们班的同学，当然也是我们大家都喜欢与暗恋的对象，只不过后来她成了我最好的朋友之一。小舅总是要我去给她递条子，但那个年代，谁还想着真的去谈恋爱呢？很遗憾，人家根本没这个意思。许多年后，小舅当兵到了新疆，并且因为表现优秀提了干，找到了安身立命之处。命运有时就是这样传奇曲折，如果不是初中与他相识，我后来在走投无路的时刻，可能不会流浪到新疆去，更想不到命运在那块边防的土地上发生奇迹，彻底改变了他与我的将来！当然，这样的同学还有很多，我们想尝试以各种途径改变命运。比如，我们学校高年级同学中，有两个习武的，让我们很崇拜。他们天天拿着拳谱，到学校的后面练拳。由于都说他们会散打，让所有同学既羡慕又害怕。那时学武术在学校成为一种风气，我也想学。因为从小到大，只要遇上打架我便害怕和退缩，老是觉得自己不像个男人，因此便拜他们为师。可跟着他们学来学去，既没有学会气功，也没有学会拳法，也就看看武术动作图练一下，练个气沉丹田也练不会，也就没什么兴趣了。初一开始我是不住校的，但到了后半年，为逃避父亲安排的苦力劳动，我便借口学校老师要我去学校护校，时常去学校里住。有天下午，我刚溜入学校，便被教数学的刘老师看到了，他狠狠剋了我一顿，让我回家去干活。刘老师平时教学就非常严厉，训起人来更毫不留情。我至今记得他清瘦而有力的样子，话少水平高。虽然三十年来，我再也没有见过他，但那次被他一训，让我非常惭愧，我于是又折回去帮助父亲干活了。父亲问我为什么回来了，我说学校今天有人护校了。父亲说："学校让你去护校，公家的事是大事。"父亲一说我更加羞愧，于是老老实实地跟着他下地干农活。

到了初二那年的梅雨季节，天空几乎总是阴的，雨下得绵长而令人心烦。由于经常漏雨，学校被列为危房，需要重新加盖与整修。于是，我们临时搬到附近一个叫李个湾的村庄，用他们的祠堂作为教室。说起来，这个村庄与我格外有缘。我这个姓氏，就是从这个村庄分支出去的，我们的祖先诞生于此，祖坟就建在村庄的马路边上，一个小山包的突起前的路边。再往前就是一条长年细水长流的小河，左侧也有一条小小的水沟。

祖坟修得很是气派，在当地一眼就能看出被葬者的地位。过去我去外公家时，都要从坟前经过。但我不知道我的祖先就埋在此地，也没有跪拜的意识。后来有一年，我二舅在这里负责给他们大队的生产队卡米，机器一动，灰尘漫天，我也曾多次来玩，满鼻子饲料灰，也没有意识到自己与旁边这个坟地有关。直到许多年后的一次清明，我在北京安家多年，故乡李氏家族的人，一直想推动我去拜祭一次，说我是解放后李氏子孙中最大的官了。其实，那时我不过只是一个正团级干部，到地方也仅为正处级，在一个以将军著称于世的地方，根本算不了什么，按我父亲的话说，"连个啄米官也不是"。但家族的各路人马，一直寻思着要我去拜祭一次，我犹豫了好几年。那次清明回去祭母，本来是与我弟弟一起回去的。他一路游说，说李氏家族有几个村庄的长老，都希望我能回去祭一下祖，树个榜样。我不太想去，但我父亲在家中唠唠叨叨的，我弟弟和当地政府任职的官员都说，清明祭祖并不违规。无奈之下，我跟着我堂哥和我弟弟，庄重地去拜了一次。这一别，二十多年没有见到祖坟了，祖坟被李氏修建得更漂亮，我父亲还代表我捐过钱。站在豪华的祖墓前，在烟火升明、双膝跪下之际，我忽然想到，是不是我在这个村庄读书的时候，我的祖先就注意到我并一直在暗中保佑了我呢？要不我在外九死一生，还能有今天？我不禁心头一热：

祖先啊，感谢你们对我这个不肖子孙的庇佑与包容！一刹那，我觉得心态澄明，六根清净，仿佛看到了祖先就站在浓重的乡村烟火气后，微笑不语地看着我。我忽然又感到非常惭愧，本族曾经有那么多人出去参加革命，怎么就没有活着并当上一个将军回来的呢？我不过生活在和平年代，有幸在党与军队的关怀下成长，虽然做了一些工作，但既未上过战场，也没有重大突出贡献，却获得了这么多的荣誉！这一下子让我对党和军队充满了深深的感激。

初二时，我们仅在李氏祠堂旁边的村子里学习了半年。这半年里，虽然每天书声琅琅，但教室并不明亮，就像在自己的家里读书一样。因为村庄的鸡鸣狗叫，炊烟升腾，牛哞娃哭，人声鼎沸，常常让我身在教室之内，心却飞到村庄与大山之外，向往一个叫作城市的地方。

有幸，我们此时遇到了人生最好的一个班主任，是位语文老师，大家亲切地叫他"老耿"，我后来还在一篇名为《班主任》的散文中专门写过他。这是一位有着传奇经历的老师，除了教学获奖无数，他是我所见到的唯一一位能把《新华字典》与《成语词典》倒背如流的人！更让我们佩服的是，只要你随便说出一个汉字或者成语，他马上能说出它们在字典与词典的哪一页，有几种具体解释！我们不信，试过多次，果然如此。大家几乎崇拜得五体投地。耿老师常对我们讲,没有死记硬背,就没有源头活水!特别是听他讲课,更是一种心灵的享受。他讲得生动,平易,引人入胜,常常延伸到课本之外的天文地理、军事政治、经济科学、书法音乐,雕塑艺术……几乎无所不包,使大家破天荒地听得相当认真,上课根本没有人打过瞌睡。特别是他平素平易近人,和蔼可亲,经常在课外与我们交流谈心,为大家打开了心灵与世界的一扇又一扇门。作为班长,我有幸近水楼台,与他接触最多,学到的东西也最多。记得有一次考试,班里就我过了500分。当时我们正在组织大扫除,他让人把我叫去,让我写一篇作文。题目就叫《跨过五百大关以后》,让我谈感想,在全班上演讲。我当时少年意气,情绪高昂,洋洋洒洒地放开了讲,好像看到了前途一片光明。与此同时,他也经常敲打我们,让我们知道自己的不足。虽然天天见面,他还与我们笔谈,写给我的谈心笔记,有几十封之多!我在外辗转南北西东三十余年,几乎走遍了全国各地,什么都舍弃了,只有那本谈心笔记却一直存留着,成为我人生路上宝贵的精神财富。正是他的授课,使我们知道了外面世界的博大、宇宙的浩瀚、成长期烦恼的处理办法、如何培养集体主义精神以及对英雄主义的向往……更重要的是,因为有了他的教学方法,我在区里组织的语文竞赛中获得了第一名,并且在以后高中的读书生涯中,基本再也没有认真上过语文课。只要有语文课，我在一目十行之后，便埋头写作，但每次考试，我的语文成绩始终名列前茅。记得有次参加区里的竞赛，我作为代表，是被他用自行车驮着送到县城的。那次我们住在县城第二中学边的招待所，为了省钱，两个人住在一个间房。那天晚上，我听他讲述自己的过往，比如为了成为公办老师，他长年累月地加班熬夜，几十年从不间断地奋斗，才终于有脱颖而出的机会。他也对我谈起他的家庭，以及对家庭的歉疚。为了支持他的工作，他爱人一个人在家里带孩子、种田，他却没能帮上忙等。我听着听着便流泪了。我过去总觉得自己生活得非常辛苦艰难，但谁的世界又是容易的呢？每个人成功之路的背后，隐藏着世间多少血泪辛酸！

竞赛那天一早，我便被操场上的声音惊醒了。我连忙起床，站在招待所二楼的阳台往下一看，我被眼前的情景惊呆了：二中上千名学生，在偌大的操场上集体出早操，整齐划一的步伐与整齐响亮的口号，让我感受到了乡间孩子与城里学生的巨大差别。我站在那里，眼泪不自觉地流了出来。那一瞬，我忽然感到强烈的自卑；与此同时，心中也升起了强烈的理想：我一定要改变命运，融入城市！所以那次竞赛，我做题非常认真。回来的路上，他问我考得怎样，我说一般。他说："尽力就行了！一个人只要尽了努力，就问心无愧。"我开始有些忐忑，生怕辜负了他的期望。没想到一个星期后，他从外面骑着车回来，进了校门老远就喊："中了，中了！"我们刚好下课，大家都站在各自教室的门前，不知他说的什么中了。他骑到我们跟前，骄傲地说："你们班长在全区竞赛中得了第一名！"他的话音刚落，大家顿时欢呼起来。我听到后先是一怔，接着便泪流满面。那时，我太需要一点什么东西来证明自己了。仿佛在学校灰色的天空下，看到了前途的一丝亮色。是啊，在寂寞的读书生涯中，我们每个人都在尽最大的努力，为自己的存在寻找证明，来安慰自己和家庭。每一个小小的成功，对我们来说就是一种巨大的鼓舞与力量！遗憾的是，后来奖状与奖品到达，放在我们校长那里，他一直没有发给我。直到初中毕业，我犹豫了好久，吞吞吐吐地找他索要，他才给了我，并对我说："我之所以不发给你，就是怕你骄傲。"话虽这样说，但我曾在好长一段时间里为他的做法感到失落，觉得他一定是忘了。

这时，我们的教室又面临搬家。由于李氏祠堂设在山坡边，一到下雨下雪，道路便四处泥泞。加之这里比较偏远，乡里经过考察，便让我们搬到另外一个大队废弃的楼房里上课——那是我们整个乡的第一幢楼房。说是楼房，其实不过是依山而建，充分利用了山的地势，下面一层相当于地下室。许多年后我才知道，我爷爷被划分为"富农"后，曾多次在这里接受人民群众的批斗与毒打。

我们搬到爷爷曾挨批挨打的这幢楼房时，这里已被废弃多年。地上到处都是煤渣。原本可以坐几千人的礼堂，现在只放入我们一个班，以致我们在舞台中央显得孤单突兀。说起这幢楼，还是我特别要好的同学秦的父亲当大队长时建起来的。我刚上初一时，便与秦同学成为好友。但非常遗憾的是，当初二下学期决定我们要搬到这里来上课时，秦同学却转校到另外一所特别有名的付桥中学就读，那是我们县里公认的最好的初中。我在强烈感到失落的同时，又觉得人生有一个巨大的虚空。从那时起，我便知道，友谊原来是这样一种东西，它让你对另外一个没有任何血缘关系的人，时常产生牵肠挂肚的感觉。我们虽然身处山区，但同学们之间结下的友谊，温暖了充满泥泞的道路。我们就在这幢空荡荡的大楼内，读完了初二。我至今还常常梦见站在那空荡荡的二楼大礼堂里，被风一吹，仿佛身处旷野之中。特别是到了晚自习，总觉得背后还有人在看着自己。由于楼体建在半山腰上，经常四野无人，所以只要放假，几乎没有人敢再留在教室里。

这一年，记忆最深的，是耿老师带我们班去了一次武汉。那是我第一次翻越大山，抵达这么巨大无比而繁华奢侈的城市，也是我第一次开始对城市的万千气象产生征服欲。我们每个人从家里要了几块钱——多么艰难啊，还得四处借才能凑足，有的同学因为凑不齐只好放弃。耿老师给我们租了一辆敞篷车，并在车上摆了板凳，我们挤着坐在一起，便出发了。从学校到武汉有两百多里路，开头凉风习习，但不久太阳开始毒辣辣地直射下来，我们晒得汗流浃背，但同学们都兴致勃勃的，一路喊喊喳喳，到武汉时已是上午十点多钟了。我们去了黄鹤楼、中山公园、归元寺与东湖，我第一次被现实中的现代文明所震撼！我想象不到，虽然我们都生活在同一个地球上，但人与人居住的地方是如此的千差万别！而去的那一天，我身上穿着母亲从村子里一位叔叔家借来的新上衣，虽然衣服很新，但特别宽大。我穿上像是套在里面，半截身子被罩着，显得有些空空荡荡。母亲说："去了大武汉，不能让城里人瞧不起。"其实，城里人未必会用正眼来看我们，我却自己心虚。站在武汉的高楼上，我心里在强烈羡慕别人的同时，感到非常失落。原来，仅在我们几百里之外，还有如此漂亮的城市！城市里又有如此幸福的人们！特别是看到在江滩上纳凉的红男绿女，让我感到他们生活在与我们毫不相干的另外一个世界，那是一个不属于我们乡下孩子的天堂。那时我想，人从一出生开始，难道就命中注定了每个人如此迥异的差距？我想起当初在历史书中读到的那句话"王侯将相，宁有种乎"？我独自站在黄鹤楼上，看着熙熙攘攘的人群，不禁为自己是一个乡间头顶草屑的孩子而深深叹息。我甚至觉得，我们生活在这个世界上，无论对自己的父母是多么重要，但放在整个社会的天平上，我们却又是如此微不足道，如同草芥！于是我暗中发誓——总有一天，我也会成为城市中的一员，成为城市的征服者，像他们那样幸福地生活！可以喝汽水，可以吃西瓜，可以在湖边自由自在地游泳而不怕耽误种庄稼。我又想起项羽看到秦始皇时道出的那句"彼可取而代之"的惊天之语，忽然明白了读书的意义：如果不读书，我们有什么办法来冲破世俗阶层与身份的樊篱？记得有位老师曾经讲过："从某种世俗的意义讲，'书中自有黄金屋，书中自有颜如玉'，其实是古人血泪换来的真言，如果你们不信，以后会吃大亏。"我当时不懂，站在城市的高楼上好像瞬间就明白了。

那次我们在回来的路上，或许是累了，或许是自卑了，所有的人都选择了沉默，整个车上寂静无声。只有敞篷车的马达声响起在乡间的路上，只有汽车的尾气飘向我们的鼻孔。虽然游学的时间仅有一天，但我们似乎都看到了人间的巨大差别，看到了人与人不一样的环境与生活，感受到了我们与城市的千差万别。这时，耿老师对我们说："虽然遭遇阻力，但这次我还是坚持让你们出游，主要是想让你们开阔眼界，不要夜郎自大，在感受外面文明的世界后来找准你们各自的人生位置。"他说得语重心长，我们听得真情实在。大家回来后，至少有一段时间里，许多同学在每天一早和每天深夜自我加压，努力学习的人忽然多了起来。大家都在暗中较劲，想通过自身的努力改变自己与家族的命运。每次下晚自习，作为班长，我站在空荡荡的大楼内，感觉那无边无际的风声，像是提醒我身置何处、应做何事，好像孤独生长在体内，无处倾诉。那个夏天，我和另外两名同学，开始上山挑石块，准备挣学费。但挑了不到一周，肩上便红肿得受不了。很可惜，其中的一名同学在中专毕业后事业越干越好的时候，却因一场车祸离世，令人唏嘘不已。这一年，我开始给县上的广播站投稿，后来还真的发表了几篇，每篇只有五毛钱的稿费，还得上县城的邮局去取，兴趣便渐渐小了。但我一直给报纸杂志投稿，那时投稿不要邮费，只需把信封剪掉一个角就能寄出，可投出的稿子没有一篇发表过。我和另一位喜欢写作的同学，甚至好长时间都怀疑是哪个也喜欢文学的邮递员，私拆了我们的信件，致使我们写的稿子根本没有寄出去。但怀疑归怀疑，我们找不到证据，总是免不了垂头丧气。

到了初三，随着原来学校建设的完工，我们又搬回了原址。最后一年的冲刺乏善可陈，都是在刷题与考试、煤油灯与咸菜饭中度过的。这一年的冬天由于天冷，我的手脚都长了冻疮。没钱买药，我只好用人们说的土办法，用灶上的灰土和成泥贴在手臂上面，再用布缠住。这个方法其实不怎么管用，因为过一段时间揭开一看，手上露出的血肉都是鲜红的，所以至今手上还有伤疤，就像心中的伤疤一样难以忘掉——贫穷的生活总是不能让人安心地坐在教室里学习。许多年后，我对儿子讲起这些事时，他只是"啊"了一声，不置一词。是啊，与生活幸福的他们相比，我们当年仿佛生活在另外一个不被人知也不被人关怀的世界。

这一年的生活像万花筒，转得太快。同学之间，开始有了朦胧的情愫滋长。许多小小的举动，特别容易演绎为故事。我的情感尤其敏感而丰富，好像觉得班里每位女同学都很可爱，令人割舍不下，又好像每一个人都与自己有千丝万缕的复杂关系。但学习的匆匆脚步与生活的艰难压抑着我们，我们只有看到天空有鸟飞过，留下的痕迹才是自己的。这一年印象最深的，是教英语的曹老师为了让大家练习口语，自己掏钱买了一台收录机。上课时用收录机播放磁带，里面的发音标准而规范，可到了我们嘴里却无意识地变成了当地口语。下课后，收录机就派上了另外一个用场——整个校园飘荡的，全是龙飘飘、凤飞飞与韩宝仪反复吟唱的歌曲，那些歌曲抒情而又忧伤。由于收录机的功放效果很好，几乎整个校园都能听到。我常常陷入那种无措、忧伤而复杂的情绪，一个人在校园或教室里莫名地忧伤。

虽然许多歌当年不知道是什么名字，但直到今天都还会唱，每次唱到那些熟悉的词句，就会联想到自己。比如《舞女》中的"只有流着眼泪，也要对人笑嘻嘻"，一听就让人觉得心有戚戚焉。有一年，我在井冈山干部学院学习培训，晚上开完会后上网。虽然那里网速很慢，但房间电脑的桌面上，不知谁留下了一首歌，叫《惜别的海岸》。我无意中打开，一听那熟悉的旋律，眼泪顿时流下来了，这不就是当年龙飘飘所唱的吗？只是我不知道这首歌的名字而已。而当年这首歌，还是耿老师亲自教的。"此情此景旧日的爱，只有挥手说再见。"联想到当年的教室，一整夜我翻来覆去地睡不着，好像往事就是头顶的倾盆大雨。第二天，我还邀请带我们的美女导游听这首歌，她听完笑了，说并没有什么特别的啊。我站在井冈山的山顶上，突然非常落寞。我想到毛主席当年初上井冈山，在八角楼里住着思考如何创立伟业时，一定也是非常落寞的。因为他远大的革命理想，当年并不被所有人支持和理解。

不管怎样说，初中的生活就是这样幽怨而又绵长，像窗外那连绵不绝的梅雨，像田野里不停飞翔觅食的孤鸟，像世间没有人在意与在乎的游子……于是，多愁善感的我，开始不停地写诗，并且对远方充满了向往。我朦朦胧胧地觉得，自己总有一天会属于远方，属于父亲的目光之外，属于一个自己能被承认和尊重的世界。我为此好像从心理上做好了悲壮的出发准备，就像齐豫在《橄榄树》中唱的那样，"不要问我从哪里来，我的故乡在远方，为什么流浪，流浪远方……"这时，我开始向《春笋报》与《语文报》投稿，因为耿老师为丰富我们的生活，给大家订了这些报纸。可遗憾的是，给前者的投稿永远石沉大海；给后者的投稿，终于有一个叫高巍的编辑给我回了一封信，对我的才情给予充分鼓励。今天看来，那封信多半是出自对我勤奋写作的安慰，我却把它当作是对我的肯定。因为那是我所收到的，在大山之外第一个陌生人的回信。那封信我至今还收藏着，并且在内心充满了真诚的感谢。许多年后我托人寻找这个高老师，但没有人认识。当年的我们，曾是多么狂热啊，我们疯狂地阅读，疯狂地写诗、背诗、抄诗。特别是每次从《春笋报》上看到当时著名的校园诗人马萧萧等人，一发表就是一个整版时，我们从心底充满了崇拜与羡慕。许多年后，我在北京参加第七次全国青年创作代表大会，与著名诗人马萧萧同住于京西宾馆的一个房间，我对他讲起年轻时崇拜他的铅字与作品，甚至把他的作品抄在笔记本上每天朗诵与探讨时，他还不太相信这一切都是真的。

也就是在这一年，我们的青春与初中求学生活戛然而止。到了六月的夏天,我们被送到县城参加中考,把一切交给了命运。

记得考试时，同学们大都住在宾馆，我因为交不起宾馆的住宿费与饭费，只好寄宿在母亲表弟的家里，一种特别的落差时时笼罩在我身上，压抑着我的心灵。走在繁华的县城街道，我仿佛看到了命运在远处讥笑"癞蛤蟆怎么能吃到天鹅肉"。于是，整个考试过程都笼罩在六月的阴雨、忧伤的街道与失败的基调中，惶惶如丧家之犬。好在，经过了三天的炼狱生活，我们终于考完了，毕业了。我们拥在一起，聚在一起，到要好的同学家里去玩，在相聚的欢笑声中又莫名地感到恐惧，因为每个人都不知道考试的最终结果如何。

直到今天，我还非常自责，因为初中生活中，我一直在极其自卑而又幽怨无比地暗恋一位漂亮的女同学。说是喜欢，只是心中暗暗滋生的一种朦胧想法。当时的条件与学习的压力都不允许我们越雷池一步，无论是怎样的思念与回眸甚至于对视，都是惊慌失措的眼神一闪而过。各种各样的人与杂念横亘在我们中间，万千种念头与想法，都不过只是高天之上的流云，谁也不知道明天这朵云会流向何方。在中考的第一天，我在回亲戚家的路上，无意间在街道拐角处碰到了她。她也不住宾馆，而是住在县城她姐姐家里。她问我能否陪着送她到她姐姐家里，她姐姐家住得比较偏远。我想了一下，同意了。过去几年，我们从来都没有这样独处的机会，一路上，我感觉到自己的心脏一直怦怦在跳。过去的日子里，我们虽偶有交流，但更多的是误会，因为她内心倔强，而我强烈自卑，以致最终成为我们一生中永远的错过与误会。因为当时同学们都在疯传，说年轻英俊的某老师喜欢她，她平时也的确与这位老师走得较近，经常出入他的办公室，这让我们都相信师生恋存在的可能。其实后来证实，这些不过是大家的猜测与胡言乱语，但人年少时特别容易偏信，也就造成了我们之间永远的误会。特别不巧的是，在送她的路上，我突然碰到了班主任耿老师。耿老师看了我许久，最后红着脸只说了一句话："明天还有考试，现在有什么比考试更重要的呢？"我脸红了，什么也没说就走了。送她到她姐姐家后，家里没人。她说："坐一会儿吧。"然后问我："如果没有考上，你会干什么去呢？"我有些忧伤地说："也许，我会离开这里，到很远很远的地方去。"至于去哪里，去干什么，她没问，我也没说。许多年后，我真的开始流浪，还是这位女同学与另一位我也喜欢的女同学各自借给了我五十块钱，让我一生都充满了感激。许多年后，由于许许多多不可述说的原因，我们最后人生两隔，说不清为什么，想起来总是叹息不已。我后来写了一首歌，"往事沉睡，不打扰谁，各自的生活都在安眠，何必再去惹当初的眼泪"，就是因为这个。那时，她已嫁到了外地南方的一个小城里。我们都被安排在各自的人生位置上，不便联系。世间许许多多的东西，是说不清楚的，过去的就永远过去了，提起来会伤心，也就不会再提起。许多年后，无论是她还是其他的同学，只要找我办事，如果我能做到的，都会尽一切努力为之。有一年，她突然找我，想让我帮忙办一件事，那时我们已有近三十年没见面了。我克服了一切困难，几经周折，帮她办好了。其实，与其说是帮她，不如说是赎罪。在出去流浪的那一年，我见到她时，曾在心里许诺将来一定会回来娶她的。但我在边疆生活的那几年，她的生活也发生了很大变化，我又一次听到了不好的传言，并且武断地相信了传言，于是心里很受伤，决定不再回头。一切，就这样在隔膜中陌生下去了。直到今天，我还无数次做同样的梦——梦见自己骑车走在回故乡的路上，已经人到中年，却仍旧孑然一身。我在路上遇到她，她亦未嫁，但我们在相遇时，总是因为各自性格中不愿妥协的原因而封闭了心灵，自行车只是交错而过，我们相互仅打了个招呼，然后各奔前程——也许，梦是虚的，但生活却是实实在在的。在那段日子中，我的自尊与她的倔强，造成了我们永远没有相交的机会。我相信了那句话，"性格决定命运"，并以此在梦中醒来深深叹息。

我清晰地记得，并且永远不会忘记，在那一年的毕业留言册上，有位年轻的老师在我的笔记本上写下了这样话："人不应该去追求他暂时不需要的东西，因为那只是一种多余的陪衬。"

我当时对这句话不以为然，甚至有点不屑一顾。但以后我真的开始流浪，在边防异域开始漫长的从军之旅，后来进了城市，开始了生活的种种打拼艰辛之后，每当想起这位老师的这句话来，我都觉得那是至理名言，并且对这位老师深怀感激：老师啊，请您原谅我吧，当年我错怪了你。

又是许多年过去，我回故乡时再次路过当年的中学，停下来驻足观望。此时，学校已由当年几个大队集中上的中学，变成了中心小学。大部分的乡村孩子，都跑到城里去上学了，只有实在走不出去的孩子，才在这里开始自己的小学生涯。至于先前的初中，由于在当地读书的人越来越少，便搬到离县城更近的镇上去了。我站在当年的初中故园，正值夏天傍晚，看到四处长满杂草的稻田，和在炊烟中寂寞的教室，忽然觉得自己更加寂寞。我想，人生肯定是由寂寞组成的，每个人内心深处的孤独与孤单，是任何人都不能理解与想象的。想起当年在这里上课、淘米、唱歌、自习与参加劳动的种种情形，每一个细节都在心里翻卷，莫名的忧伤让我在渐渐黑下来的傍晚流下了眼泪。有一年，我还曾去看过初中曾给我吃过一根油条的那个烧火师傅，他也搬到了镇上的中学继续给新的孩子们做饭。走在这所我从未上过一天学的新校园里，听到年轻学弟学妹们那琅琅的读书声，我站在窗外，忽然泪如雨下。我想，他们之中，肯定有与我当年一样生活艰难的孩子，以后也一定会有与我一样悲天悯人的孩子。再后又是近二十年过去，在一场"新冠"大疫过后的某一天，这所学校的一位老师，通过我堂哥联系上我，说我是本校毕业生中的榜样，要我把自己的个人简历与照片提供给他们，准备将我作为典型列在学校的墙上，让孩子们学习。我问他："为什么会想到我呢？"按说，我从未做出过什么重大成绩，平时也算比较低调的。他说："你在部队上是二等功臣。特别是在这次抗击"新冠"过程中，全县的人都知道你在红安最困难的时候，给老家募捐到了价值一千多万元的大量紧俏物资，解了全县的燃眉之急。"我说那都是我应该做的，而且我们在外的红安人，都在这么做。他又说："听说你曾为老家的乡镇医院募到了昂贵的CT机、病床等设备，让老家人受益，我们都非常感动。你还资助了好几个孩子读书，募捐款项为村庄打井、装自来水等，这值得年轻的学子们学习啊……"等他说完，我最后才问："同时上墙的典型还有谁啊？"他说："还有附近村庄的耿定向、耿定理兄弟。"我一听吓了一身冷汗，那可是明朝的宰相、著名的理学家耿氏双雄啊，是我们黄安县与红安县的骄傲！与他们相比，我自己几斤几两还不清楚？我便委婉地说我是公职人员，不宜公开宣传，最终加以谢绝。校方再坚持数次，最终表示遗憾的同时，希望以后我能回去，给正在上学的孩子们也就是我的学弟学妹们讲一堂励志课。我爽快地答应了。的确，在外漂泊了三十余年，我最大的愿望，就是去乡间当一名语文老师，像耿老师那样，给那些生长在乡村既有迷惘也有希望的孩子，讲一讲人应该怎样活着，怎样正确认识世界与自己，并如何有信仰有理想地努力奋斗。谁说他们之中，将来就没有惊世之才栋梁之柱呢？我的确如学校所说的那样，选择了曾经就读过的学校推荐的几个孩子进行资助，除一个孩子刚上初中外，其他三个都考上了大学，不正好印证"知识就是力量，读书改变命运"了吗？这句话，还是当年我姐姐在开书店谋生时，我让人写成横幅挂在她书店的门楣上的。不是吗？年轻就是资本，年轻就是力量，一个人只要坚持不懈地努力，就有无限可能的美好未来。我相信他们，相信那些与我相隔了近三十年时光的学弟学妹，并祝福他们都有一个光明灿烂的前程。

高中的阴晴圆缺

中考结束后，我便开始上山挖药草挣学费，整个夏天都是在山上度过的。我们村庄周围的山，甚至于十几里外的大山，哪座山产什么，哪里什么药草最多，我都清清楚楚。因为自己每天都在山上转，早上有露水时出去，中午有时在外吃点干粮，一直到下午才回来。最难熬的是中午，太阳照得火辣，身上的汗水与露水被太阳一烤，像针尖在刺。每次我到了山顶，总要向四周连绵不绝的大山俯视，究竟什么时候我可以走出这沉重的大山呢？

这时，有人传说我考上了中专。那时中专很吃香，上中专意味着跳出农门，毕业便可以直接吃国家饭了。这个消息传到我耳朵里的那一天，我正顶着烈日与父亲在田里薅秧锄草。不知什么时候起，在山上露水杂草中曾无数次跑来跑去的我，身上碰到秧苗就过敏，一下田腿上便痒得不行。我父亲认为我在偷懒，忍不住开口就骂："你是吃这碗泥巴饭的，多痒几次就习惯了。你还以为你有公家命呀。"我忍着泪，赌气地半蹲在秧田中扯草。太阳毒辣辣地射在背上，晒得人眼冒金星。这时，刚好田埂上有一个邻村的人路过，看到了我，就高兴地对我父亲说："大哥啊，恭喜恁啊，你儿子考上中专了！"我父亲听后，不太相信。但他也知道考上中专意味着什么，便直起腰来，又多问了一句。那个邻村的人又重复了一遍，而且非常肯定。但我父亲还是不太相信，他问是听谁说的。那个邻村人说："大家都在说啊，就你们不知道？你这还谦虚啊，是不是怕以后我们沾你孩子的光？"我父亲连忙笑着说："不是不是。"

我就站在父亲旁边的不远处，听了他们的对话后心里怦怦怦地直跳，仿佛血一下子全涌上了头顶，突然觉得命运似乎真的要发生改变了。等那个邻村人走后，我父亲回过头，他看我的目光瞬间变得温柔起来，对我说："原来你果然不是吃这碗泥巴饭的。既然你身上痒，那就回去吧，我来干就行了。"父亲这样一说，我反倒不好意思了。于是，我一边继续跟着他在烈日下薅秧锄草，一边想象着未来的日子到底会有怎样的改变。这时，父亲便在田地里开始设计我的未来，想象将来我会在城里过上怎样的日子，住上怎样的房子，娶什么样的媳妇……我那时也坚定地相信，自己一定能够考上，所以胸膛慢慢被喜悦充满。那天父亲破天荒地提出早点收工。回到家，我看到母亲泪光闪烁的眼里充满喜悦。一家人坐在灯下，都不说话，静默许久。母亲说："吓啊，终于苦穿头了啊，好啊好啊！"母亲说话时，抚摸着我的头。我便低下头，看到父亲与失去上学机会的姐姐，都用特别高兴而又复杂的眼神看着我。仿佛，我真的就要离开他们，去过另外一种生活了。

但几天后，学校真正的消息传来，却敲碎了全家的希望。我们班不仅没有一个人考上中专，而且连高中都上不了。因为我们自己的乡镇没有高中，其他乡镇的高中如果录取我们这个乡镇的孩子，一是名额少，二是分数定得特别高。我们学校除一个与我关系很好的女同学考上了别的高中外，其他人全被排在了高中围墙的外面。我仿佛在寒冷的冬天被浇了一盆凉水，一下子掉进了冰窟。而且我们全家都掉进了冰窖，我仿佛看到，还有一盆冰水在寒冷的冬天泼到了父母的脖子上，浸湿了全身，四处一片冰凉。一家人又重新坐在家里，全部保持沉默，深夜里不时有母亲的叹息声传来。那个夜里，我同样翻来覆去地睡不着，想不开。推开窗，村庄一片漆黑，窗外弯月如刀，仿佛在我心头一点点割肉。

母亲披衣坐起来，问我怎么了。我强忍着泪，说没什么。母亲说："伢啊，人的命，天注定。不要急，明年再好些来。"母亲坐着床头，我突然觉得愧疚溢出了胸膛。在那个夜里，我第一次对人生产生了绝望的感觉。甚至于想过自杀，此后每一次失败，我都曾有过这种念头，但每次理智最终战胜了瞬间的冲动。

为了能上高中，父母开始托人漫无边际地找关系，最后几经周折，只能去百里之外的一个镇上职高。其实我们都知道那只是微薄的希望，但作为一种安慰，我还是无可奈何地选择去了。那年秋天去学校报到时，我像往日那样背着一个木箱子、一袋大米与一大罐子咸菜。越过许多陌生的村庄，翻过山坡河流，越过一座石板桥，坐了近百里的车后，才发现学校建在山坡上。

虽然同学们来自其他各个区域，但未老先衰、未学先卑的失败情绪，已然笼罩在每个人脸上。虽然我只在那里读了半年，但那是颇受煎熬、痛不欲生的半年。

在那里，我们学植物构造，学农田水利，学养鸡喂兔，学在那块土地上能够像父辈们所做的一切。每到了下课或者晚上，宿舍里有人哭，有人怀疑，更有一个高年级的同学，因为忍受不了失败的痛苦而选择了自杀。一时间，我们感受到青春是那样残酷，它让我们长久都笼罩在失败与失落的氛围里，品尝着人们异样看待的眼光，转而否定自己读书与存在的意义。所有人都陷于悲伤——职高，到头来还不是意味着，我们从哪里来，还得回到哪里去？

"既来之，则安之。"班主任说。班主任姓彭，是一个好老头，教我们化学与无机土壤等。他经常语重心长地劝我们，要在广大农村创无限作为。日子一长，我们也渐渐认命，安下身心，认真读书。只是，每到黄昏，看到镇边的乡下农民，踏着疲惫的脚步归家，我们仿佛看到自己的命运，就在祖祖辈辈的大山深处，谁也逃不脱。那时，我开始真正静下来，读书、写诗、写散文、写小说。时常游离的思考，记录了我们青春的真实。由于离家远，为节约车钱，我一般是一个月回去一次。除了每个月初背一袋米来，还得带上更多的咸菜。只有当一切吃空之后，才开始想回家的事。那时乡下也没有电话，近百里的路，隔断了与家的联系。

像往日那样，我在新的学校里还是被大家推选为班长，这是直到今天那些老同学碰到时，一直喊我"班长"的原因。与初中的快乐学习不同，那时的班长真的非常忧郁，好像看不到前途在哪里。的确，那也是我见过的失败情绪最厉害最严重最泛滥的班级，也是对人生抱着失望感最沉最重最绝望的学校。虽然同学之间温暖而团结，但几乎没有人想到以后会有什么辉煌，所有的人都明白一个现实,从哪里来,还会回到哪里去。所以，我每次从镇边的河边走过时，迈上那条窄窄的石板桥，总是要怀疑人生存在的价值与意义，导致眉宇间拧紧的"川"字遗留至今。那时，身边好多同学开始谈恋爱，开始自暴自弃。而我没有别的办法，只有漫无目的地写作，每天待在一个角落里，不停地写。那些东西，自己觉得成熟，但今天来看，完全是情绪化的宣泄，就像是在非理智状态下的泼墨。作为班长，我偶尔在晚上自习时，组织大家讨论人生。但无论大家争得如何面红耳赤，最终谁也无法说服谁。课余，不少同学都参加了高年级师兄们组织的文学社。几乎每个同学都感觉自己有文学才能与天赋,写诗的人特别多。我也是其中一个，几乎天天都在写诗，一天能写上好多首。那种怀才不遇的感觉，就像失恋的感觉一样绵长。而一旦写诗与读诗，便把心绪全扰乱了，把人生全读灰暗了。我甚至觉得每天的生活都了无生趣，拥抱失败只是一个将来时。我们的班主任，那个脸上一直带笑的胖乎乎的中年人，却常常鼓励我们要积极向上，要在广阔的农村田野里干出一番不凡的事业。他相信事业与成功的存在，正如我们相信失败迟早会来。偶尔，他还组织我们下地种菜、上山砍柴、下塘摸鱼。高年级的同学，一个班偶尔能有一个考上大学，更多的人就是为了混个文凭。

于是我在每次返乡时，都会痛苦地想，与母亲的理想相比，我拿什么来实现呢？纵观父母的一生，他们平凡平淡，生活得紧紧巴巴，向来都是最底层的那一群。我又如何能够挣脱？我什么办法都尝试了。比如，因为我歌唱不错，一个来选苗子的老师觉得我嗓子很好，推荐我去参加县楚剧团的招生考试。我当时信心满怀，骑着一辆借来的自行车在寒风中出发，经过一个多小时到了县城，但进去唱了几分钟，人家便把我淘汰了——因为声音再好，普通话却过不了关。回来的路上，下起了雪，每前进一步，那些雪都像是下在了我心里。

心情如此，学习如此，生活更加艰难。这半年生活中，记忆最深的是没有菜吃时，必须像其他人那样去偷菜的事。这种事，我只做过一次。那时每过了两个星期，那些离家远不能回去，又没有菜吃的高年级同学，都会去镇上菜农的菜地里偷菜。偷菜一般以班级宿舍为单位，一个宿舍的人常常坐在一起吃饭，没了菜饭下不了口，只好从家里带一瓶花生油来，然后去偷一些白菜叶、胡萝卜和白萝卜，再偷偷用电炉子放点盐一煮，滴上几滴油，便是大家的佳肴了。每次过了月中，大家中饭与晚饭的菜，基本上都是这样凑合过来的。那时我们的宿舍是上下铺，一个房间要住十几个人。为了公平，大家便商量着轮流去偷菜，偷一回可以管一周。我那时是班长，坚决不同意，并向班主任汇报了此事。没想到班主任却笑了："这么多年外地生就是这样过来的，虽然农民有意见，但有什么办法呢？学生弄点菜，总不是犯罪行为吧？要说有问题，就是我们社会出了毛病，让读书人连个菜都吃不起。"我不知道班主任的话是支持还是反对，最后看到周围所有班级都这样，我们班也就未能脱俗。有的同学还笑称："既然孔乙己说窃书不算偷书，我们去摘菜也不算偷菜。"话虽如此，每次我坐在他们中间夹菜时，心情总是很忐忑，因为怕轮到自己的那一天。有一阵，我甚至还特别强迫自己别吃他们的，吃饭时拿着白米饭走开。但日子一长，自己连长了毛的咸菜也没有了，加之附近又没有亲戚，只好回归现实，来到他们中间打牙祭。这样，有一天担心的问题终于到来了——轮到我去偷菜了。下自习后，室长说："轮到班长了，班长要带头啊。"大家都望着我,我的血压一下子便蹿了起来,脸涨得通红。如果有钱,我多想去镇上的街道找菜农买菜。但我们身上连一毛钱也没有,除了留足每个月回家的车费,几乎两手空空。于是,我只好拿着他们平时用的塑料袋,装模作样地出去。在夜色中,我一个人走到镇边的河旁坐了半小时。河水在脚下流淌着,欢歌无限。广阔的菜地就在河的对岸,四处飘香。但我一直不敢越过河流,害怕过去会被抓个正着。正在踌躇之时,我们班的同学张走了过来。他笑着说:"班长,你是不是不敢去?"我平时与他关系不错,就说是。同学张为人厚道而幽默,平时喜欢开玩笑,总是大大咧咧的,做菜、分菜的事一般都由他掌勺。他说:"我就知道你不敢。学生偷菜,也没有什么大不了的。一个社会让读书伢连菜都没得吃,还是一个正常的社会吗?不偷没办法啊。"我没有表态,不能说是也不能说不是。他笑了说:"你胆子小,面子薄,还是我陪你去吧。"我没想到他还这么心细,感动的泪水瞬间便在眼里转着,但夜色很浓,他看不到。说完,同学张拉着我便出发。他个子很高,长得又很瘦,看上去像个麻秆。我便紧跟在他身后,越过了河流与马路,匍匐着来到菜地边。他弯着腰,观察了一下周围,并把头伏在地上,听了听周围的动静,确保没人之后,才悄声说:"你跟着我。我熟门熟路,你不要说话,只管在菜地里扯和摘就行了。"我点点头，借着朦胧的月色，猫着腰跟在他屁股后，进了农民伯伯的菜地。那偌大无边的原野啊，长着鲜嫩的菜，在骤然出现的月光下，仿佛闪着金光，四处清香一片。我进了萝卜地扯萝卜，同学张去摘豇豆。偌大的菜地里，盛夏的夜晚只有虫鸣。我的心跳得很厉害，一边摘一边观察周围。开头几分钟还平安无事，正在庆幸之时，我突然听到同学张低声对我说："快跑！"我猛地受到惊吓，连手上的塑料袋都扔了，跟在他后面飞快地跑了起来。他身轻如燕，跑得飞快，很快就把我甩了一段路。我这才看到有两个人打着手电，从公路那边的岸上向菜地里跑来。我看到同学张一会儿起身，在田野里像一条泥鳅，一会儿又看到他趴在地上，仿佛与地面连在一起。很快，他便越过了河岸，扑通一声跳进了河流，潜伏在河水里。夏天的河水很深，他又擅长游泳，像一条鱼一样悄无声息地向河对岸游去。我在菜地里吓得大脑一片空白，汗水急速地流了下来。想到有可能被菜农抓住，明天学校就都会知道这件事，心里开始有了无限的后悔与害怕。而我跟不上同学张的速度，只有选择往菜地那边比较深的高粱与玉米地中跑。这里光线不好，在越过一个田岸时，竟然一脚踩空，扑通一下，我跌进了种菜农民挖的土厕里。那个坑很深，一般是菜农平时积粪积肥用来浇灌菜地的地方。我只觉得有一股腥臭味从四面包围过来，全身都埋在臭水里，只有头还露在外面。我忽然恶心得想吐,但捂住嘴不敢有任何声音。害怕被发现,我只好把头掩藏在土厕边茂盛的杂草下面,心里紧张得要命。这时,我听到有脚步声由远及近,有一个人说:"刚才还看到有人影的,怎么一下子就没了?"另一个人晃着手电说:"我看到有人跑到河岸边了。是不是跑掉了?"他们两个便在菜地边转了半天,甚至从我身边的粪坑经过,由于菜地面积很大,他们也没有发现我。我一直躲在粪坑中,连大气都不敢出。他们转了一圈就走了。走时,我听到有个人说:"肯定又是对面学校的那些学生伢,真是造孽呀。"另一个人说:"不管他是不是学生伢,如果抓到,一定要吊着打。"我听后在粪坑中吓得发抖。等两个人的确走远了,我才从粪坑中爬出来。这时全身已湿淋淋的,臭不可闻。我猫着腰,低下身子,沿着沟渠向河边跑去。一边跑还一边委屈得想哭。到了河边,由于不会游泳,我只好从浅水的地方爬到对岸,一边涉水一边想把身上的脏东西先洗干净。刚弯下腰,就听到同学张在黑暗中笑着说:"你可算安全回来了,把我吓坏了,我生怕你被抓走了。"我没回答,开始不停地掉眼泪。他收起笑说:"别怕,这是常事,只是你没有经历而已。不要怕,明天继续。"我说:"打死我也不会偷菜了,从明天起,我再也不吃你们偷的菜了。"他带着我回到宿舍,大家听了他的叙述,整个宿舍的人都哈哈大笑起来。同学张说:"以后不能再让他去偷了，我们也不要去了，这迟早要出事的。"大家想想也是，于是偷菜的人也就渐渐少了。实在不行，便集体研究决定，每个人换班从家里背一些能存放的菜来，比如萝卜什么的，为了防止坏掉，我们有时把萝卜泡在井水里，有时藏在学校的菜地里。这样日子便顺当起来。

  吃喝的事本来对于农村孩子来说，就不是个事，这个问题解决了，大家还是高兴不起来。因为每个人都觉得在这里读书，就是混个高中文凭，考大学的希望非常渺茫。过去高年级的同学，一个班一年能考上一两个就是奢望了。于是，我们中有不少人开始退学，特别是我最要好的兄弟跑到广西去当了兵，让我每天伤心得死去活来，比失恋的感觉还强烈。从这时起，我就滋生了归去来兮之念。从夏到冬，我一直都在思考这个问题。特别是冬天开始，冬雨飘过一阵之后，偶尔从镇上走过，刚好电视剧《一剪梅》火起来，里面的同名歌曲深深地打动了我："真情像草原广阔，层层风雨不能阻隔，总有云开日出时候，万丈阳光照耀你我……爱我所爱无怨无悔，此情长留心间……"于是，在忧伤的旋律与情绪中，我终于像许多人那样，选择了离开。在村下一位老师的帮助下，去了另一所大家认为更有前途的学校。离开时，天空下着雪，我站在陡坡向镇上的河流望去，天空阴沉沉的，我心里像灌满了铅一般的沉重。大家知道我要走，许多都站在身后送别，祝福声此起彼伏。许多年后我回故乡，一直想到原来的学校去走一遭……但听说，原来的学校被拆掉了。我于是找了好多人打听当年班主任的消息，想去看看他。他们说他举家搬到了另一所学校，我又向那所学校的人打听，结果非常不幸，人家告诉我说，他因为心梗去世了。站在故乡的土地上，我忽然感到特别悲伤。人生啊，许多事是自己永远左右不了的。

新的学校在一个叫大赵家的地方，属于"二程镇"，也就是著名的宋代理学大儒程颢、程颐所在地，离我家有一百多里地。那是青春期我另一次生命的开始。每次上学，我都是照例先走几公里的山路，来到我们附近的镇上。从那里坐车到县城，再从县城转车去学校，来来去去，几乎得一天时间。说来惭愧，那时我回家次数很少。究其原因，还是没有钱，有时甚至连回家坐公共汽车的路费都没有。因此，每隔半个月，我家里只好托人把日常需要的菜和米带到县城我堂兄的单位，我再从学校这边坐车到县城去取。实在没有钱坐车的时候，便找一个理由请家在县城的同学顺便带到学校。

说起来，我们在这里读书并不寂寞，班上的同学都很活跃。大家都非常努力，瞄准一个目标奋斗，有竞争也有友谊的存在。难受的是到了周末，同学们都回家了，只有我们几个外埠的借读生回不了家,便在校园里晃荡。由于放假,学校食堂不开火,每到周末我都是应付着吃,有时就吃前一天剩下的。这样时间稍长,我便得了严重的十二指肠溃疡。每天上课时,腹部痛得受不了。特别是到了晚上自习时,往往痛得坐不住。看到同学们都在学习,我又不方便打搅,就经常一个人跑到学校边的山地上去唱歌,那些悲伤而又忧愁的歌,都是初中时听韩宝仪、龙飘飘与凤飞飞唱的。那些歌与歌词,旋律与曲调,似乎沁入了我的血液里。天地之下,四顾无助,我不禁常常为自己的命运自怨自艾,又为自己的境遇自卑自伤。但这一切无人得见,过得好的都是少数人,大多数同学其实都在挣扎。大家每天奔忙,一切都是为了高考。语文老师说:"考上与考不上,就是穿皮鞋与穿草鞋的分水岭。"老师把话说到这个地步,一切个人的现实生活,还谈什么意义不意义呢?在一个"成者为王败者寇"的考试体制前,我们的努力便全部化作了没日没夜的试卷,挑灯夜战成为日常,每个人都拼命往前奔跑。从当年偶尔才有的和同学们的合影看,我的青春全是忧伤,脸上几乎没有过笑容,消瘦而单薄的身子像风中发抖的树木,凌乱的头发倔强地披散下来,怎么看也不像是一个"红旗下的蛋"。母亲总是说:"伢啊,我不能供你别的,只有自己种的大米。而这个家,以后就靠你了。"母亲一说,我心情更加沉重,仿佛背着一个家族的希望去读书,摆脱过去成为我最崇高的使命，这让我心头上像是压了一块大石头。

从此时起，考虑到家里的困难，我认为自己也该担当了，基本上就再没有用过家里的钱。除了上山采药卖钱或砍柴卖钱，遇有难得的假期，我也偶尔跑到麻城县去采茶。我家一翻山就是麻城，那里茶园遍布，采茶与除草虽苦，但凡是能挣钱的事，不管多苦都得干。而且，我还不满足于仅在山里挣钱，新学校的第一个暑假，我便与高中同学汪一起，跑到汽车城十堰去打工了。

那是我第一次独自出门远行，也是第一次见到火车。与看到新鲜的城市生活产生的兴奋相比，更多的还是失落。到达十堰后，工地上的工头——同学汪父亲的朋友，怕我与同学汪两人在一起打工会贪玩偷懒，便把我们分开在两个不同的工地上干活。由于没有技术，我们只能当小工，做些和沙、拌水泥、抹墙、搬东西、修房子的活……虽然我在农村干过所有的农活，但这里的劳动强度，还是超出了我的想象。所有生存的痛苦，在异乡举目无亲的日子里，显得无声无息。十堰的夏天很热，我们也没有一个正式的休息地，常常是哪里方便就睡在哪里。如果房间热，又没有电扇，大家便拿张凳子，睡在外面。我受不了蚊子的肆虐，就经常一个人跑到工地一个水塔的顶上，坐在露天中。那里凉风习习，蚊子又少。对着浩瀚的星空，我常常在想人的命运是什么，未来在哪里，哪里能看到希望。有时想着想着，便一个人在异乡流泪，有时想着想着便累了、睡着了。特别到了半夜，我常常被耳边抽水机的马达声吵醒，便又坐起来接着想。其实一切都是空想主义，什么都想不清楚，也没有人来给你讲人生应该如何，生活中从此再也没有初中时耿老师那样一个全心全意关爱着你的人。在他乡的城市，没有知道你是谁，也没有人知道你有什么苦痛。现实永远是残酷的，谁也不会在意你是不是一个高中生，在工地上你必须干活，一切的日子都是在不停的劳动中和永远的疲乏中度过。工地每天不得停息，有天上午，我一个人卸了整整两辆东风车的水泥，最后瘫倒在地上，看上去像个泥人。再后来，腿上不知怎么长满了水疱，出奇的痒。一抓便破，破后流出的液体流到哪里，哪里又会长出新的水疱。有天，一个年轻的姑娘，听说我还是个高中生，为了挣学费出来打工，特别同情我，让我到她们有电扇的屋里休息了一会。我感动得无以复加。也不知道那个戴眼镜的姑娘如今过得怎样，仅在此默默地祝福你吧。还有我们分工地上的吴老四——抱歉，三十多年没有联系，我忘记了他的名字——一直对我很好，一再鼓励我回去要好好读书，考上大学。他憨厚的样子至今仍在我记忆里。有一年回故乡，我去他所说的村子找过，但没有人知道他。多年的农村城镇化改革与中国社会巨大的变革，已经让曾经的许多熟人变成陌生人。每个人的生活都发生了重大改变，许多曾熟悉的人不知搬到了哪里，过上了怎样的生活。

那个暑假，我一共挣了六十六块钱。这在1987年的夏天，也算是一笔巨款了。这是我第一次挣到的最大一笔钱，兴奋与开心极了。在回家的火车上，我与同学汪不停地唱歌，一首接着一首，让火车上的人对我们另眼相看。有人说："也不知道他们乐个啥呢？"是啊，乐个啥呢？要回家了呗，有钱了呗。遗憾的是，由于一个月的风吹日晒，我回到家时，整个人看上去又黑又瘦，身上还四处都是伤疤。我母亲看到后，一下子便搂着我哭了。但哭过之后，她还是很欣慰，因为她不用再为我的学费发愁了。我敬爱的母亲，你的愁苦，我是一点一滴都能看到与感受到的。每次我离开家时，你都要在村头送我好远，有时我回头一看，你还站在村头的木子树下向远方望着。但这正是我的痛苦，你把全家的希望，都寄托在我一个人身上，寄托在读书这条路上。因此，每当想起母亲，我便总觉得她站在身后，眼光沉甸甸的，让我心里陡然产生无穷无尽的压力。

在大赵家这所全新的学校里，尽管日子依然愁苦，但我在这里收获了知识，也收获了友谊。这份友谊，有同学之间的，也有老师赐予的。许多同学看到我回不去家，经常在返校时多带一点菜来分给我，还有一些关系好的同学，偶尔也把我带到家里去吃个饭打个牙祭。到了高三，还有一个关系特别好的同学，为了照顾我的自尊，悄悄地把饭票夹在我的书里……可以说，至今与我来往最多的朋友，都是这里的同学。我们仿佛是前世注定了，要在此相逢。虽然大家都费尽周折，拼命挣扎，最终考试的结果也不尽如人意。但许多年后，我们那个班的同学通过种种奋斗，都各有所成，特别令人欣慰。此后，无论时光怎么改变，社会怎么复杂，我们这种感情一直到今天都是纯洁的，纯粹的，值得信任和依赖的。我便也总结了这样一条规律：无论在哪里读书或共事，只要过去在一起时相处得特别好，以后无论分开了多少年不见或者从不联系，但再次见面时，友谊是一样的醇厚与真诚。

在那里，我也获得了一些年轻老师的帮助，在日常的学习与生活接触中，许多老师也与我处成了朋友，他们总是从精神上安慰与鼓励我前行。记忆中较深的，有当年教语文的韩老师，他是班主任，特别较真。他有一个特点，就是每天从早到晚全心扑在教学上。那么长的文言文，不管几页甚至十几页，大家如果不背下来，别想去吃饭。他还常常把同学叫到教室外，无论是外面谁写来的信，他都要求同学当面念给他听。这个习惯的养成,就是为了杜绝同学们恋爱。偶尔同学中出现早恋苗头的,甚至信都不敢再写了。韩老师是个老学究,对学生一点也不马虎,讽刺人也从来不留情面。有一次,他当着全班的面,训斥一位男同学说:"你这个状态,要是考得上大学,我上山捉个猴子给你看!"弄得这个同学气得要命。当然,这位同学果然没考上,但他后来出去当了兵,上了军校。当时年轻气盛,有一年回老家,他非要上学校找韩老师去捉一只猴子给他看。但听说韩老师已经不在了,他才真诚地对我讲:"其实如果没有他那样刺激一下我,我还真的考不上,能有今天,感谢还来不及呢。"此时的笑中,便带了岁月的血泪。还有另一位特级语文老师宋先生,虽然没有教过我,但看了我写的长篇小说《角逐》,给我写了一篇长长的评论,给予了充分肯定,认为我只要坚持写下去,将来一定会成为一名作家。至今我想起来,仍然特别感动。还有我们的化学与物理老师,以及两位年轻的英语老师,都给我留下了很深的印象。他们虽然都是师范学校刚毕业便来教书,但特别有理想。比如一位姓朱的英语老师,说话非常幽默,经常在课堂上把我们逗得哈哈大笑,让我们知道英语并不是那么难学和枯燥,至今我们还有联系;还有另一位教英语的刘老师,为人很有个性,有能力,英语顶呱呱的,他曾在我精神特别崩溃时,给予了我特别的关心与抚慰,让我至今想起来还特别感激。

在此，我要特别提一下历史老师对我的影响。在我们那里，女老师很少，有文化又长得漂亮，有亲和力还接地气的女老师更是难得一见。而她，却是大家公认的才女和美女，温柔、大方、知性、优雅，仿佛什么样的溢美之词，放在她的身上都适用。她在全校师生中非常受欢迎，不管是老师还是同学，想追她的老师成群，喜欢她的学生更众。很荣幸，她对我也给予了特别的关照。有时与我聊天，谈到历史与生活之外的许多问题，让我懂得人生追求的意义。有那么一阵，她令我非常迷恋，懵懂的情愫与苍白的青春交会，令人不敢想得更多。但她更像一个知心姐姐，把慈爱的目光投到每一位学子的身上，还不时关心特别困难的同学。至今，大家提起她来，仍然是膜拜女神的神情。我后来回去，请老师们聚过几次，但不凑巧，每次她都不能到场。那时她已嫁到武汉，读了博士后在大学当了老师，开始关心乡村孩子的教育，还经常去做社工，是一个理想主义与现实主义相结合的榜样。有一年，她到北京来，我陪着她参观故宫，说了许多许多的话。其实有一句话我一直没有当面表达出来，那就是如果时光回流，我会像所有的同学那样，告诉她一个内心的秘密：我们爱她，而我更甚……

但当时，我们甚至没有爱的能力。日子像教科书中的历史一样慌张与匆忙，学习、试卷，自习、考试，把每个人折腾得焦头烂额。偶尔放假回去，父亲都要我去田地里帮他干活，母亲开始不让，父亲却依然坚决要我帮着干。父亲说："你是什么样的命，都注定了。迟早都会回来干。"我虽然不认命，但父亲的话刺激得我暗下决心，一心想离开生我养我之地。往往是在田间干着干着，望着高入云天的群山，望着没有尽头的路，望着不动声色疯狂生长的庄稼，我便常常失落，不知道天在哪里，希望在哪里。有时等父亲收工走后，我便一个人躺在山上，自怨自艾地流泪。

在高二下学期的春节，发生了一件事对我打击很大。就是家里发现，没有钱买肉过年了。平时无所谓，过年有人来拜年，必须烧瘦肉汤给客人吃。怎么办呢？一家人坐在屋子里，默不作声。母亲只是叹息与流泪，我们姐弟三个面面相觑，不知所措。那天下了大雪，外面的世界沉浸在雪野里。母亲边哭边说，在解放前我的曾祖父特别有钱，每到年关遇上附近人家过不了年买不起肉时，就常常在夜里把杀的猪肉，悄悄挂在别人家的门上，敲一下门就走了。母亲说，祖父之所以不直接给人家，是怕伤害人家的自尊。至于还不还，都无所谓。母亲说："过去你们李家做了好事，应该也有好报啊。"但很遗憾，直到年前的最后一天，这样的奇迹也没有发生。母亲于是几乎是命令父亲，必须到镇上去找杀猪的赊点肉回来，应急过了这个年后，待家里养的那头猪大了杀了再还。父亲原本不想去，但看到母亲不停地哭，只好拿着一个篮子去了。那天是腊月二十九，我们全家都坐在家里翘首以盼，希望能够发生奇迹。但最终父亲在雪中却提着一个空篮子回来，流着泪说镇上的师傅不赊给他。姐姐一听先哭了。她一哭，全家都哭了。我一个人跑到雪地里，走了好久好久，不知道这样的日子会延续到什么时候。好在后来，还是一个久未登门的亲戚听说后，送了一只猪头；还有其他的几位亲戚也多少送了一点，才度过了年关。前面那位亲戚一生未婚，性格怪异，一般不与人来往接触，但在关键时刻，此举让全家人感激得不知说什么好。许多年后，我返乡时，曾专门去看过他，并悄悄地在他枕头下压了几百块钱，算是当年的报答。正是这一次，从心底与父亲一直对峙的我，忽然理解与原谅了他。许多年后，我进入城市，经常想起父亲，想起父亲那粗糙有力而开裂的手，还有他那沧桑的笑容。那时觉得我从来没有这样想念过父亲，特别是在我长大走出了故乡的那座大山后，父亲在我记忆中越走越远，远到我为了自己的生活，而忽视了他的存在。我为这种忽视而羞愧，尽管父亲从来没有责怪过我——他从来不因为我的失意而悲伤，也不因我的得意而在乡亲们面前自傲。父亲只是在我从大老远的地方偶尔回一次家后，默默地坐在我的身边，看我。而那时，可以毫不谦虚地说，我在城里也算是见过世面的人，无论怎样的名人巨贾、官员佳丽，从崇拜到平淡，也谈不上什么紧张害怕，但遇上父亲看我时，我往往会无端地心跳，觉得很不自在，好像小时候那样不小心做错了事，要等着父亲用他宽大的手掌发落。读书的时代，每次回家，父亲喜欢带我去看他种植的庄稼。但他悲哀地发现，吃着他种的庄稼长大的儿子，居然对那些绿油油的植物并不以为意。父亲的脸上布满了阴云。有一次，我挨了父亲的打，便在他面前发誓，说自己一定要走出那座大山，不再回来过他们那种日子。父亲听后，用手掌狠狠地打在我的脸上，认为我是异想天开，空话连篇。可以说在我少年的读书年代，父亲从来就没欣赏过我，直到我后来终于走出了他的目光之所及，他才用一种奇异的眼神打量着我，仿佛不认识在他身边待了十七个春秋的儿子。在他眼里，那些身着有四个兜衣服的人，都是命中注定了的。父亲也因此一辈子对他们毕恭毕敬。这种恭敬，使父亲还曾付出了沉重的代价。有一次，他和几个村官一起出去干义务工——父亲因为听话，经常被派去干这种义务工——坐的是故乡那种小拖拉机，拖拉机上堆满了柴火，码得很高很高。拖拉机前面只能坐三人，出于对那几个"有权有势"村官的恭敬，父亲只得爬上了后面的柴堆，人在半空中浮着。拖拉机在乡间路上走着走着，竟然不小心翻了车，父亲刚好被压在了车下，等负伤比较轻的几个村官爬起来看他时，父亲已被压断了脊椎。事后，那几个村官的医药费都报了，唯独父亲的报不了。父亲对此也没有怨言，母亲要去找，父亲拦住她说："我们的命和他们不一样，算了吧。"母亲为此抱怨父亲说："跟着你受了一辈子的罪和气。"父亲说："一个人一种命，怨也没有用。"他这样一说，母亲便没话了。正因为如此，父亲没有想到我有一天会走出去。按照他最初的理想，他只想把我拴在他的身边，培养出一个像他那样的庄稼好手。但是，最终我背叛了他。我从小便表现出了很强的叛逆性，特别是上了高中之后，渐渐明白了一些世事，便经常对着天空充满了无穷的幻想：幻想着有一天，我是一只鸟，能飞过那高高的大山，到一个没有障碍的平原上去，自由自在地飞翔。所以，我在故乡的那几年，一边忍受着农家活那沉重的折磨，一边努力在柴油灯下捧起书，编织着自己年轻时的美梦。我承认，我那时的野心大得让父亲害怕，他认为我的思想大得没有边际，所以对我充满了恐惧。父亲为了镇压我这种想法，常常扇我耳光，但我从未向他求饶过。即使泪眼汪汪,用一种怨恨的目光盯着他,也不屈服。我那时想，总有一天，我一定要把父亲打败。但直到我真的奋斗到了城里，我发觉自己从来就没有把父亲打败，因为他根本就不在乎成败。他只是在乎我做事是不是有天地良心，害怕我为了自己而踩着了别人。我后来毕业留在了天津城，父亲从来不曾去过，好像他根本不在乎在城里有一个人是他的儿子。这一点他与母亲大不一样，母亲总是为她城里的儿子而骄傲，总是对人谈起城里的儿子来。但是父亲从来不提，好像根本没有这个儿子。于是，最后我悲哀地发觉，尽管父亲话不多、不识字，可我却从来没有读懂过他。我甚至一点也不了解父亲，不知道父亲心里想的是什么。这一点让我同情起自己来，在父亲面前，我一直以为自己是一个胜利者，可父亲根本没有把这当作一回事！这一点让我格外的悲哀，但在这种悲哀中，我渐渐地走入了父亲的心中，并且在同情他的时候，一天天地尊敬和爱起他来。我永远也忘不掉有一年冬天，我已进入北京工作，回去探亲时的情景。多年没有回去，我竟然不能适应故乡冬天寒冷的天气，整夜里都睡不着，总是冻得缩成一团，每天早晨起床时，双眼红红的。父亲察觉到了，他什么也没有说。只是第二天晚上，他提出要和我一起睡。我为这个想法有些感动，因为从我五六岁的时候，我见了他就躲得远远的，更别说靠近过他的身体了。而很小很小的时候，我曾是多么喜欢他那宽大而又温暖的胸怀。可长大后，由于我们的隔膜，我们竟然在长时间里形成了敌视。那天夜里，我和父亲聊起了家常，父亲有问必答，这让我感到我们从来没有这样贴近过。说着说着，我便不知不觉地睡着了。那天夜里，我没有感觉到冷，睡得很安稳，很实在。第二天一大早醒来时，才发现我自己的双脚，竟被父亲抱在怀里，他紧紧地拥抱着。原来，昨天一整夜，他都在用他那温暖的胸，裹紧我冰凉的双脚！我鼻子一酸，什么话也没有说出来。父亲用他那无声的爱与亲情，彻底俘虏了我……后来他来城市里居住，虽然那时我的生活也并不尽如人意，父亲也不计较。他总是说："共产党对你们不错，你要好好工作，不能犯错误啊。"他不识字，说的话也朴实无华，却时常让我感动与羞愧。在记忆中，我唯一一次侍候父亲，是我上军校时。有一次回家，父亲动了个小手术住院，不能自理，他大便后不得不让我替他擦拭时，父亲说，真没想到，给你们添麻烦了……那一刻我发现，父亲的脸，不知为什么竟然红了。再后来母亲离世，我让他续弦，他说："那不行啊，那还不被人们笑话。"没法，我们只能从经济上让他过得宽裕……

往事，就这样尘封与解冻，只是常常带点痛。这样的痛，其实在读书年代，天天如此，月月如此，年年如此。可以说，高中几年的生活，几乎都是在这样一种阴暗的心情中度过的。特别是到了星期六和星期天，学校的人都回去了，偌大的教室，经常只剩下我们几个外地生。我常常一个人走在镇子周围的马路上，对着异地的天空，涌起无数无端的眼泪。再或，一个人躺在空荡荡的集体宿舍，捂住被子哭。躺在漆黑一团的宿舍里，我对前途充满了恐惧。那时我自尊、敏感、脆弱、自卑，多情而又多愁善感，几乎看不到一点所谓优秀青年的影子。今天翻阅过去那时的照片，眼里同样充满忧愁，仿佛足以杀死世界上最凶猛的动物。特别是那时，我已有严重的胃病。遇到天阴，胃部受了刺激，便痛得几乎坐不住，严重地影响了正常学习。还有一次，由于饭票放在集体宿舍，我的不知怎么地被人偷了。离家那么远，没饭吃，我又不好意思对人讲，饿了一天。好朋友李同学听说了，偷偷地把饭票夹在我的书里。他知道我自尊心强，以这种方式悄悄地帮助我。我当时一直不知道是他做的，老以为是哪个女同学同情我。后来才知道，感动得无以复加。而从小学到高中，也仅有我们两个同学通过种种奋斗生活在北京。他悲天悯人、宽厚待人、与人为善的性格，让我们成了一辈子无话不谈的好朋友。有时遇上我在单位值班，他常常打的跑到我的办公室喝茶，每次都聊到深夜才回去。而当年的生活，除了两个人压马路空谈理想，发泄不满，倾诉不顺，其实什么都干不成。命运也非常奇怪，我拼死拼活地学习，成绩总是赶不上几乎不怎么费时间学习的他。每次考试，他都名列前茅，让我又羡慕得无以复加。人与人，有时的差别，像是天生的。比如面对无穷无尽胃痛的折磨，从那时我开始相信一个人的命，就是天生注定了的。我就在这沉甸甸的希望中，延喘，挣扎。多少次泪与泪的交碰，多少次灰心与丧气的折磨，多少次左手握右手温暖自己的虚幻，多少次来与去的重复，一切走到了希望破灭的日子。是的，希望什么也没有。在经历了漫长而苦闷的三年后，我以九分之差，与大学失之交臂。那个分数，可能放在其他的省份或地区，上个一般大学不成问题，但我们生在黄冈，那里的录取分数线比其他地方高。命中注定，我们许多怀着希望的人，要成为芸芸众生中沉默的大多数。当我看到历史万老师与英语刘老师失望的眼神，像刀子一样在剜着我的心。特别是万老师，有一天，我去学校取东西，看到美丽的她从远处走过来，我甚至不敢与她对视，躲在墙角悄悄地走了。我当时觉得，我与她和他们之间，其实一直存在着巨大的鸿沟。斯大林说，胜利者不受谴责。那么失败者呢？他没说。其实对于失败者而言，中国历史早就说得明明白白"成者为王败者寇"，不是吗？

高考这个巨大的气球突然破裂，彻底击碎了我们一家人的梦想。我回到家里，全家人都陷入久久的沉默。沉默，从此便在我家中成为一种习惯。本来就沉默的父亲，坐在一边，开始以同情的目光，不时扫过我的身影；而母亲，想装出若无其事，她已经做不到了。

在当时的情况下，农家的孩子要想改变前途，就是两条路，一是考学，二是当兵。在前一种失利面前，我决计走第二条路。于是，我先跑到乡里去报了名，等体检与政审等一切通过，全家高兴不已时，我却在去乡里领服装时被拒。原因是指标只有一个，还有一人要去，我去不了。母亲在家再度大哭起来，她终于明白，这个世界的无情与无奈。其实，在体检过程中，我特别要感谢帮助我的武装部一位周参谋的爱人胡阿姨，她看了我的作品，觉得我将来到了部队一定有前途，因此倾力帮我。但得知我最后由于指标与视力稍弱的原因走不了，她深为叹息。许多年后，我在外地当兵并考上了军校回来，曾专门去找过她表达谢意。又是多年过去后，遇上"新冠"初次爆发的时刻，我接到她在美国工作的女儿打的微信电话，说联系不上去乡下过年的父母，请我关心一下。我把电话打过去，才知道他们发烧了，连忙让他们去医院，并托人照顾，最后确认为"新冠"。好在救治及时，躲过一劫。这些事实，更让我相信了因果的轮回。

可在当初，我受不了不能入伍的打击，天天看到母亲流泪，我决计出走。于是在那年九月一个霏霏雨夜里，我离开了没有任何希望的故乡，去他乡寻找我自己的人生传奇。

那几年里，我最初流浪了几个省，经历了万千磨难，最后辗转到了新疆。我在那个陌生而广阔的地方，差点因疟疾死去。结果，命运就在那块陌生的土地上发生奇迹，我在新疆东不拉舅舅和舅妈的帮助下，不仅在异地入伍，在边疆当了一名光荣的汽车兵，而且在守了三年之久的风雪边防后，以高分考上了天津的一所军校！由于是异地入伍，特别是东不拉舅舅怕自己老家亲戚攀比等种种原因，我没有告诉家里。考上军校后，由于实行淘汰制，我害怕自己军事素质不行被淘汰，也不敢告诉家里，生怕竹篮打水一场空。直到军校第一个学期种种考试皆过，正式注册之后，我才回到故乡。

这就是我从小学到高中的读书生涯，是一个时代的横截面，也是一个时代的见证。无论读书之路是怎样的弯弯曲曲，无论过程是怎样的艰辛多难，我们幸运地走过了。而且，我一直不曾后悔，觉得苦难于己真的就是一笔宝贵的精神财富。不然，我不会有后面那样的警醒与努力。人不努力奔跑，又怎么能收获成功？如今，我生活在北京这样的大都市里，知足知戒，就是因为成长之路，布满了艰辛。我把它写出来，想激励那些在贫穷中长大的孩子，只要努力奔跑，只要埋头苦干，只要坚持不懈，生活总会出现奇迹。不是吗？上帝在关上一扇门的同时，还会给你留下一扇窗，没有什么奇迹不可能发生，也没有什么激情不可燃烧。努力就会见彩虹，付出终有回报。当我在静静地写下这些经历的时候，我心头涌起的，是对所经历中遇到的无数人的关心与帮助的浓烈的感恩之情。如果没有与他们的相遇，我的生活一定不会有这么丰富，人生也相对不会有今天这样的精彩。一个人所有的遭遇，其实都是人生路上的修行。一个人所有的修行与所经历的考验，最终都是自己命运的回报。

感谢从小学到高中的路上，那些所到与所遇之处，帮助与关怀过我的一切人，无论友好的与不如意的，我都要感谢你们让我知道了活着的真正意义。你们的过去我来不及参加，但你们的未来，一直有我的存在！

军校的滚滚洪流

1993年夏天我从新疆考上天津的军校，准备去上学。接到通知时，我们的连队去昆仑山执行任务去了。车队上山前，我们连长说："文书就别去了，我们这一去就是半年，我相信你能考上。"于是，连队派我和几个老兵负责留守营区。那是我当兵以来，最放松的几个月。除了坚持每天值守，我都在练长跑。所以，当团部干部科打电话告诉我通知来了的消息时，一整晚我都在流泪。终于，在经历了那么多的艰难曲折之后，命运的女神开始眷顾到我们这些草根身上。多年的奋斗，不就是想结出这样的一个果吗？这一切怎么能让人心里平静？站在偌大的新疆土地，我想了很多很多。

那时，我已在南疆戍守了三年之久。除平时干好本职工作外，我一门心思想的，就是考军校。由于自己是读文科的，我一直想考解放军艺术学院的作家班，但军艺招生的指标，始终到不了基层一线——许多年后我再上此校时，已提干多年，作为青年作家参加了首届青年作家培训班的学习。而当年在新疆，如果我不参加军校的考试，只有退伍或转志愿兵两条路了。好在那几年，我一直利用工作之外的点滴时间，坚持文化学习。我们营长姓金，是四川人，他常常对我说："通讯员，我们营已有三年没有考出去一个，你要给我打破这个光头。"我说好。但心里其实很虚。在团里，我们那一批四川兵多，南方人都聪明，四周可谓强手如林。为了改变命运，我还曾幻想在部队里能成为专业作家，经常向报刊投稿，仅偶有新闻发表在当地小报。有一年，我工工整整挑选并抄改了一大沓作品，寄给某杂志。我想，如果发表了，以后考军艺就容易了。但很遗憾，半年过去了，石沉大海，半点音讯也没有。于是，在那个冬天，我烧掉了屡投不中的一大摞手稿后，开始认真准备考试。在茫茫的戈壁滩上，我利用站岗与工作的间隙，拼命学习与锻炼，一套军报招生丛书，我从头做到尾，不懂的就去问别的连队的战友。实在问不出来的，就死记硬背，在广阔的天空下几乎背熟了所有物理与化学上的公式。因为当年我上高中时选择了文科，高二便没有再学物理、化学。尽管语文与数学成绩不错，但物理与化学基础不行。但让人意外的是，在预考筛选时，我在我们那个正师级单位，竟然考了第一名！这让我既高兴又担心，我甚至觉得战友们都在隐藏实力。后来，又去参加了正式考试，等成绩最终公布、我拿到通知书时，才知道自己竟然又在全师成绩名列第二！高兴的心情无以复加。

高兴归高兴，可想起过去的同学中考上大学的都快毕业了，而我的大学才刚刚开始，心情还是很复杂。我想，迟来的爱也是爱，迟到的安慰也是安慰。本来，我报的院校在安徽蚌埠，但通知书来时，却被天津的一所老牌军校录取了。许多年后，这两所学校整合成一所，安徽的成了分校。后来我调副师时，我同班同学也从天津提升，去了分校任副校长，而我俩都是当年一起从新疆考来并且毕业分配同时留校的。想想，人生许多东西都是缘分。

离开新疆时，正遇上当时局势紧张。领导一再叮嘱不要穿军装乘车。我和团里一同考上的几个好友一起，从库车出发前往库尔勒，然后再乘火车去乌鲁木齐，一路上提心吊胆，生怕屁股下的长途汽车被人安装了炸弹。到了库尔勒兵部，我们住了一宿，站在兵站外的马路边，每人吃了一碗拉条子，感觉那是世界上最好吃的东西了，那种味道至今挥之不去。许多年后，我调入北京，常去新疆饭店和乌市驻京办吃拉条子，就是这个原因。我爱人不喜欢吃，但我每次吃得津津有味，就像现在特别喜欢吃咸菜一样——而在读书年代，由于吃得太多，闻到那个味道都想吐——人呀，怎么说呢？路过乌鲁木齐的时候，我们住在军区招待所，为了省钱，我们住地下室。偶尔出去，满大街响起的都是周华健唱的《花心》，听得人格外忧伤。过去在连队的夜里，只有我经常一个人旁若无人地唱歌，抒发自己的苦闷，其他的人除了集体唱军歌，很少有人唱流行歌曲。但周华健所唱的这首歌词曲，一下击穿我的五脏六腑，让人走在五颜六色的乌市大街感到恍惚："花的心藏在蕊中，空把花期都错过……你的泪晶莹剔透，心中一定还有梦……"是啊，从小学读书开始，这个梦，盼了多少年！我不禁在异乡的大街上泪如雨下。

我们在乌市住了三天，才买到去北京的火车票，而且还是站票。那时从乌鲁木齐到北京，需要走三天三夜的路程。一路上，我们都是坐在火车的过道里。那时我们不讲条件，只觉得考上军校是个巨大的红利，兴奋与幸福，憧憬与梦想，撑得我们年轻的胸膛满满地像在做梦。在列车上，我还认识了同去天津一所学校报到的来自马兰基地的战友，他穿着军装，但不太愿意搭理我们，因为他有座票。我们也没有提出过要坐他的座位。

后来，我们在军校也交往不多，再热络已是许多年后，他分回新疆直到转业地方，有事就会想到我们。我们到了北京已是深夜，站在灯火辉煌的北京，我想起四年前我在此流浪时，曾在某个刚竣工的高楼上写诗的情景。那时，面对北京繁华的夜空，我空发了一通"总有一天我会奋斗回来的"誓言，而现在竟然变成了现实，不禁令人感慨万千，仿佛这块土地就踩在我的脚下。后来，我们连夜赶去天津报到，因为离报到截止时间只有一天了。下了车，我们不知道学校在哪里，便提出打车。其实学校离车站并不远，但大家都不知道，最后被一个无良的司机绕了好远才送到，他无非是想多挣点路费罢了。但那时我们不在乎，我走前我们连长和一个老乡分配给了我两百块钱，我从未拥有那么多钱，觉得自己是个土豪了。再说与考上相比，其他的一切都是次要。到达学校已是深夜，哨兵让我们进去后，由于找不到报到的地方，我们便在后来流汗流血的操场上睡了一晚。夏天操场上的蚊子很厉害，但也没有咬醒一路奔波的我们。经过了三天三夜的火车站票，我们的确太需要补觉了。第二天一早，我们被跑步的学员发现，他们推醒了我们。我们便换上整齐干净的军装去队部报到，一个年轻帅气的上尉军官接待了我们，虽然不热情，但是很威严。在我们办手续时，看到马兰基地的那位不太搭理我们的战友也来了，他穿着便装，进队部连个报告也没喊。上尉问:"你是来干什么的?"他说:"报到啊。"说完拿出通知书。上尉一看就火了:"你来报到?你以为你是谁?连个报告都不打,连个军装都不穿,你还是军人吗?你觉得考上很了不起是吗?"上尉一边说一边站起来,对这位同学说:"你现在立马给我出去,换完装再来。"战友脸红了,他连忙跑出去,换好装后响亮地喊了一声"报告"。上尉说:"从现在开始,我给你上军校教育的第一课,你在队部门口给我站一上午军姿。"这位战友听后,脸憋红了。果然,他在队部门口站了整整一上午,来来去去报到的同学,看到这个下马威,再也没有人为考上军校成为准军官而盲目自豪了。上尉说:"我给你们讲,进了军校,你们就是来学习的,别以为自己是干部。三年不合格,你们从哪来回哪去。"全队的新学员听了,一个个心里特别紧张。

其中,我尤其紧张。因为我那时个子小,长得瘦,加之军事体能上不是强项,特别担心会被退回去。果然,入校第一项就是复试,既有文化考试,又有专业考试。复试完,全校有八名同学(包括我们队里的一名),因为复试成绩与考进来时的成绩相差太大而被退回部队,还有一名因为专业复试不合格也被退学了。我们队里的两个战友离开时,哭得泪兮兮的,让人同情。但教导员讲:"这还不是终结,你们还有三个月的强化训练,这三个月中,有不合格的,一律退学。只有三个月后正式注册,才是正式学员,同时开始全过程的淘汰制,一直持续到毕业。"我们听后,更是压力山大。所以头三个月,我基本上是在补体能课,除了日常操课与学习,我坚持每天跑四个五公里,早晚与上午下午各一次,天天都在缺觉状态,只要教官喊休息,我们倒下来躺在操场上便睡着了。其实,就像我在另一篇文章中写过的那样,"上过军校的人,都会有很累的感觉。特别是在学员队的大房子里,乱哄哄的寝室总是有一股馊味,男人们的汗很慷慨地从身上滚落,衣服的气味带有男人十足的阳性。还有太阳,似乎总是苍白的,懒洋洋地射在人脸上。只要有一个学员忍不住打了一个长长的哈欠,这种状态马上就被传染,更多的人觉得有了睡意,最后连学校的广播,也似乎有些嗓音喑哑,吐出的声音底气不是很足——当然这一切只是限定在中午的时候"。可以说,上过军校的人,没有一个不对训练场留下深刻的印象。强化训练的三个月,包括后来几年从不间断的各种训练,都在我们刚来睡过的那个操场上。训练场很大,四周用铁丝网围了起来,不准有人徒步穿越,因为军人的步伐应该是直线的,它预示着军校没有捷径可走,也没有什么投机取巧的路可供选择。于是本来长满了可爱小草的操场被我们活生生地走出了一条路来,后来为了每年一次的阅兵方便,干脆就铺上了煤屑,以免灰尘扬起。对于我们而言,这的确是一条格外艰难的路，每个人在那条路上跑了多少圈，可能是一个统计不清的数字，我们曾在此洒过多少汗水，衣服上浸出了多少盐渍，有时衣服脱下来，能看到白花花的盐巴凝固成的颗粒。每天早晨天还不亮，操场上就站满了各种教官，区队长的哨子在驱赶我们起床，从穿衣到下楼，每天只有三分钟的时间。其实，一大早，就有些人起来了。跑步的、跳远的、做俯卧撑的、压腿的、打球的、越野的、练单双杠的……四处充满了男人阳性的硝烟味。早晨的空气里注入了一种十足的雄性物质，特别是队列走起来的时候，号子和脚步声融合在一起，把早晨的沉寂撕开了，惊天动地的吼声惊得偷懒的小鸟从树林里蹿出来，扑棱着翅膀向天空飞去。它们的身后，留下了人所不知的雾迹。在强化训练中，我们都害怕被淘汰，所以每个人都像新兵连一样，特别紧张，拼了命地奔跑和表现。那是漫长的三个月，也是痛苦的三个月，同时更是幸福的三个月。在最后结束的前一天，我们进行了一夜四十公里的长途奔袭，算是为训练打了一个结。那天夜里，我们全副武装，跟着大部队出发，一直走到天亮。最后的五公里是冲刺，这五公里下来，便意味着强化训练结束。虽然那时经过了三十五公里的行军，身体已相当疲乏，但枪一响，我们以班为单位，都开始拼命地跑起来。我是班里的骨干，虽然体质不算最好的，但由于整个强化训练期间，我一直为自己加码长跑，还跟得上。但我们班有个海军，长得很胖，几度想放弃，甚至在长距离行军途中就想放弃，上救护车。我说："一上车便意味着退学啊。"他哭了说："退就退吧。"我说："不行，要坚持住。"于是，我拉着他走，行李让一个河南战友背着。等冲刺时，跑了一段，他累得不行，气都喘不上来了，又想放弃。我在他屁股上狠狠踢了两脚，骂了他。其实骂他是为了刺激他，让他跑起来，果然有作用。他又动起来了。我便用背包绳拉着他跑，后面有全班的同学推。他的武装行囊，被大家轮流背着跑。就这样，我们坚持到了终点，而且不是最后。大家躺在地上，有人哭，有人笑。我倒在地上，突然一放松，气也出不来了，我摸摸脸上，全是泪。这天，学员队破例放了半天假，让大家休息。但到了夜里，我们刚想放松一下，整个学校却都在疯传，各个学员队都要淘汰学员，让空气突然充满了不安的因素。

果然，到了那一天，队长让我们每个人在各自的宿舍待命，等候通知。我们班一个宿舍共十二人，大家在屋子里喊喊喳喳的，不知谁会被命运叫去谈话。队里的通信员，是一个江西的小伙子，年龄不大，眉清目秀，由他到各个班叫人。大家听到他在楼道里走动的脚步声和说话声，甚至于呼吸声，都特别关注，每个人都高度敏感，嘴里虽然说着话，眼光却都投向门口，看他在哪个班停留下来。我们班由于在楼道的最里面，通知得最晚。在经过漫长等待后，通信员的脚步声终于在门口响起了。他一进门，大家的话便戛然而止，每个人的脸上露出异色，惊慌的眼神与恐惧都写在脸上。我也一样充满了担心，但不敢表露出来。没想到哪壶不开提哪壶，通信员刚一开金口，就点了我名字，问是哪一位。大家的目光瞬间都投向了我，我觉得血液与呼吸都静止了，甚至有几十秒的时间，整个大脑里一片空白，过了很久才回应地站起来，说我就是。他说："教导员叫你过去谈话。"他把"谈话"这个词说得意味深长。我相信那一刻我的脸绝对红了，只觉得心在怦怦直跳，跳出了胸膛——怎么会是我呢？我出门时，也听到有同学说："怎么会是他呢？""原来是他啊！"大家开始又喊喊喳喳起来，好像比刚才的讨论还热烈。站在楼道里，我顿时觉得双腿发软。从我们班到队部，其实只有二十几米，但我觉得那似乎是世界上最长的一条路——难道，在通往这条路上的努力，一切白费？我脚下像灌了铅似的痛苦。跟着通信员来到队部，我低低地弱弱地喊了一声"报告"。只听到教导员说："进来。"我进去后，他对我说："叫你来，知道是为什么吗？"我把胸脯挺得笔直，但不敢抬头，说："不知道。"教导员说："嗯，你在三个月的强化训练中，表现不错，现在交给你一个光荣而又艰巨的任务，希望你能圆满完成。"我一听，似乎不是我想象的要退学那样，但心里还是忐忑。教导员把微笑的目光投在我的脸上，一刹那暖洋洋的，于是我挺了挺胸脯并抬起头说："请首长指示，坚决完成任务！"教导员说："这是一个非常保密的任务，不能对任何人讲。今天，你住的对门有个学员因为专业成绩不合格，面临退学，明天就走。你的任务就是从现在开始，一直到明天早上，必须看好他，不能让他发现，更不能出现任何问题。明天一早我找他谈话，火车票已买好，谈完话后由你和另一个骨干送到天津西站，安全顺利完成交接。"我一听，心中命运的巨石落地，同时又为战友感到特别惋惜。我再次向教导员敬了个礼，觉得他非常帅气。出门时，才发现全身都是冷汗，特别是手心，几乎可以攒出水来。这时，我看到满楼道里，各个班都有人把脑袋伸出来张望。由于自己心里有了底，我装作若无其事，脚下觉得特别轻松，仿佛是踩在云朵之上。回到班里，大家从一片热闹声中突然又安静了下来，所有人把目光都聚焦在我身上。一个湖南的同学打破了沉静，说："是不是确定你啊？不要灰心，大不了明年再考。"我扫视了一下同学，他们的目光都很复杂，有的寄予了同情，有的可能也为不是自己感到庆幸。我装出平静的语气说："不是我啊，谢谢。"大家一听，原来不是我，那是谁呢？于是，整个宿舍一下子又安静了，有人的脸上开始又呈现复杂与惊慌的表情。所以，那一夜，同学们一个个翻来覆去，睡得特别不踏实。而对于我，却是进入军校后度过的最为轻松的一夜。整个晚上，我跑到对面要退学的那位战友的房间好几次，看他是否睡着。开始，他倚在床上，从黑夜中看着我。我第一次进去时，他没有理我。第二次进去时，他突然说了句话："你跑我们班干啥呢？"我在黑暗中心里一慌，随口说走错了门。他可能有预感，说："你走错两次了。"我本想说自己有夜游症，但话还没说出来，心却虚了。好在队里规定，各个班睡觉都不许关门，我便躺在自己床上盯着对面的动静。越是这样，班里的人越是睡不着。一个河南的战友终于打破平静："你这么晚了不睡，总是起床，干啥呀？"我说我有尿频症，老要上厕所——说这个话时，我还在黑暗中脸红了。他听后就不再说什么了，但我相信他和所有的同学一样，在黑夜中看我的目光是存有怀疑的，因为全班那天晚上都没有睡着。我们就这样迷迷糊糊地过了一晚，漫长的一晚看上去风平浪静。每次，我装作去上厕所时，看到其他班也有人上厕所，估计大家都有同样的任务，但彼此都心照不宣。不该问的不问，不能说的不说，这是我们当兵第一天起，班长就定下的规矩。终于到了第二天早饭后，队部开始找退学的同学谈话，这一批我们学员队共退学四个。有文化课复试相差太大的，有专业不合格的，有强化训练跟不上趟的……被确定要退学的人，眼里都饱含泪水，而有幸留下来的，个个欢呼雀跃。我受领任务，去车站送那位战友时，一路上他强忍着眼泪，不和我们说话。过安检的时候，我向他招手说："明年再考回来。"他理也不理，径直走了。我站在人来人往的天津西站，一时五味杂陈。想象着如果这个人是自己，不知该怎么办呢？他也许与我一样，经历了漫长的读书之路，也许和我一样，背负着家族与家庭的希望，而现在希望又失去了，谁能理解谁能体味呢？送走这位战友后，回来的路上，我一直叹息不已。没想到，第二年，这个同学真的又考回来了，不仅报的是同一所学校，而且上的还是本科班！有一次，我在训练场上见到他时，主动与他打招呼，但他同样没有理我——军校就是这样一个充满竞争的地方，我也不怪他。但从心底里，还是为他感到高兴。

从此，我们的生活走上正轨，训练的艰苦与读书的紧张在三年中一直伴随着我们直到毕业。由于我们指挥系是全程淘汰，我一直处于高度紧张的状态，不知从什么时候起，开始学会了抽烟。记得第一个寒假回去时，是我离开家四年后第一次回故乡。我穿着军装，扛着红牌牌，成为四里八乡的轰动事件。大家觉得，当年跑出去的那个伢，没想到竟然考上军校回来了。以至于那一年的春节时，许多到我们村庄拜年的人，都要绕道到我家门口看一看。最高兴的是我母亲，她从不敢相信到最终相信，从悲伤的哭到高兴的哭，几乎总是流着泪。她说："伢呀，我们家总算是苦穿头了。我知足啊。"母亲所谓的"苦穿头",就是"苦到了头",看到了希望。我虽然知道,自己不过是军队这所大学校里极为普通的一个,但毕竟考上了,觉得多年的一桩心事落了地,也总算对得起父母了。这时,我父亲看我的眼光,也就开始发生了改变,与过去迥然不同。他跟在我身后,脸上除了喜悦就是喜悦,总是拉着我去看他种的庄稼和菜地。有一年我回去探亲,想去原来读书的地方看看,父亲说:"那里都破得不像样,有啥看头?"但我还是一个人去了当年在山头上的小学,爬上陡坡,进入学校,我站在寒冷的风中,向四下里的农田与村庄望去,整个原野与大地上一片萧索,许多昔日的良田都已荒芜,乡村路上,四处都是走亲戚拜年的人们。而空空荡荡的小学,孤零零地立在山头上,像一个被舍弃的孩子,忧伤如四野的风一样灌满了我的心房。遥望前尘之路,我于是懂得了什么应该珍惜。回到学校,我便投入紧张的军校学习与训练之中。

严格说来,军校生活其实是与汗水紧密相连的。每天从早上开始,到晚上十点结束,我们被安排得满满当当的,几乎没有自己的空闲时间。到了周六下午或周日上午的休息时间,我作为学员队里的团委副书记,还得带着大家出去学雷锋,满大街给人打气、修自行车、扫地、拔草……都是杂活。回来后,又得洗衣服。等一切忙完,如果时间允许,我便利用找来的一块木板，铺在床上写作。而其他大部分时间，从早晨天不亮开始，我们就在训练场上拉开了架势与阵脚，每个系与大队，都在明里较量、暗中比拼，比口号、比气势、比精气神，比动作的规范，比纪律的严明……脸上的汗珠子在阳光的反射下有一种非常迷人的光亮，男性的力量和美在阳光的音乐中跳跃——这是整齐有力的动作带来的美感。早上的操课基本上没有单个的声音，除了指挥员的口令，大部分是集体行动，脚步声、喘气声或者衣服的摩擦声交会融合在一起，把人生站成了一种姿势——这种姿势是要求永远不倒的，无论在什么地方，在什么时刻，我们的一生从此便注定了从事的是一个集体主义与英雄主义的事业。职业的选择要求我们在做出牺牲的同时，还必须永远站在时代的前列，挺胸、抬头、收腹，两眼平视前方，头要正，身要直，两脚必须紧绷……仿佛历史千斤的巨轮就要碾过我们的身上，我们的体内，已被注入了另一种血液，和另一种声音紧紧地连在了一起，时代什么时候需要我们，我们就必须在什么时候挺身而出。而学校的操场与教室，只是我们的一个演习与练习的基地，那些被蹚出的路以及那些被汗水打湿的沙地和煤屑，只是一个简易的操作平台，我们都相信以后的舞台更广阔，更雄壮，也会更加苛刻。冰冷的水泥台上，因训练中偶尔滴过的鲜血留有余痕，草地早已显出坑坑洼洼，高出我们几届的师兄们,早已离开,不知散落何方的军营。铁打的营盘流水的兵,一茬又一茬的人来了又走了,谁也不知他们日后有了怎样的人生际遇,有了怎样惊天动地的事业,有了怎样感人肺腑的故事……因为我们任何人的生活,都只是一个短暂的旅程,有些东西,你永远不可能带来;有些东西,你也永远不可能带走。

我们这个学校是以指挥为主,因此没有一个女生。清一色的光头,让整个校园充满了雄性的味道。每次上课路上,遇到委培队里的女生们,同学们的目光便会转向。但很快,严厉的队长会下口令,把目光又收回来。在一个又一个不同的教室里,我们学的东西很多很多,多到一上课,只要屁股坐下来,我就感觉到缺氧,总有想睡觉的感觉;而在训练场上,没有任何一个地方会比这里积蓄更多的汗水和泪水,一年又一年,一遍又一遍,一拨又一拨的人在这个方块地上走来又走去,几年的时光或许能改变他们的一切,从此他们很难再忘掉这个地方给他们一生带来的影响。操场边的树在一天天地长大,而生命在一天天地老去,军营永远只属于年轻人,它必要的活力和更替,不允许有垂死的气息存在,所以他们年纪轻轻就做了老兵。"流血流汗不流泪,掉皮掉肉不掉队"——口号和标语对年轻人来说永远有一种鼓动作用,我们更易于接受这个国家的古老传统和习俗，不会再让耻辱的历史重新上演，不让民族的尊严再遭践踏。而小小的训练场和方方正正的教室，正是以后我们大有用武之地的地方，日后的大显身手必须经过此时的磨砺。每次，当我站在操场边上，每次都会为那一双双整齐划一的手、整齐划一的步伐和整齐划一的声音而赞叹不已——外在的形式都是为了培养内在的动力。一百多个同学生活在一个队，日子琐碎而又难熬，单调而又丰富。我们每天除了训练，还有文化通用课、专业课与政治课，会议也很多，队里的领导一讲就是好长时间，让始终有些羞涩的我总是感到羡慕。那时，我们整整齐齐地坐在小板凳上，个个腰杆挺得笔直，听到队长与教导员翻来覆去地提要求、讲传统、作训词。而队里的大会开过后，各级骨干还得层层加码开小会，进行再认识、再动员、再提高。除此之外，我和另外两个战友，还得在深夜里负责学员队的黑板报制作。我主要负责提供内容，他们两个设计版面并上版调色。他们俩用粉笔做的黑板报，非常有特色，常常在学院里获奖，成为我们学员队里的招牌。许多年后，我带着家人到苏州旅游，其中一位做黑板报的高手从新疆转业到无锡，听说后专门从无锡开车到苏州来请我吃饭。我们在一起，为那时的奋斗、牢骚、不满与误解而置腹长谈，把酒言欢。记得当年在学校，由于这项工作常常是在同学们睡了之后才有时间进行，他们对我意见很大，但此时却怀念过往。可见有时的苦痛到了后来再回味，便成为一种幸福。

学员队的生活没有自由的空间，这是大家一致的感受。最为幸福的时刻，大约在每天晚上九点半的时候，一声拉长的哨子声响起，楼道里忽然响起一片奔走的声音，任何人都不得在哨子响时没有反应——哨子是我们的行动指南——这意味着一天的辛苦都将结束，最后一项任务就是上床睡觉。我们便乖乖地熄灯，没洗完澡的也不例外，没唱完歌的也不例外。于是，刚才辉煌的灯火一下子没了影子，电闸合上了它的琴盖，最后一个音符戛然而止。这像是一个大兵营猛然撤走，战争停止了，枪声静止在战地的黄昏里，把一天的热闹也带跑了。夜色真正地笼罩了下来，月光很温柔。我觉得这是最幸福的时刻，躺在床上，可以什么都想，可以什么都不想。这时是不准有半点响声的，除了学员骨干在队长的房子里汇报，以及他们请示明天一早的训练计划。在学员队的寝室内，除了浓重的汗味之外，好像只留下了一大片空荡荡的黑暗，思念和记忆可以跑得很远很远，无边无际的，有些未知的空间有待他们前去猜想和探索……只有在这时他们才感到了疲乏，并在这种沉沉的疲惫中沉沉地睡去，等待着明天第一声哨子凌厉地叫起来……与我床靠床的同学郑是一个湖南兵，他喜欢听美国之音，每天钻在被子里，戴着耳机听到深夜。偶尔，他也把耳机线的另一端塞在我耳朵里，我听着听着就睡着了。他却精力旺盛，兴趣盎然。关于我与他的故事最多，记得强化训练时，他刚矫正牙齿，嘴里上满了铁丝。那时我从新疆边防来，没见过这个阵势，看到身材与我一样单薄的他时，忍不住就想笑。到了训练时，由于我个子最矮，便站在后面的排尾。他与我一个排面，每次听到口令喊"向右看齐"时，我都可以看到他用牙咬住牙包，包住铁丝，觉得特别滑稽，忍不住想笑。队列训练是一件非常严肃的事，谁还敢笑？可我当时只要看到他，觉得怎么看怎么滑稽，就是忍不住。负责训练的副队长，是一个更年轻的中尉，为此没少训斥我，有时甚至还拿教鞭在我头上来一下，或者在踢正步、向右看我又故技重演时，他就会用脚踢我屁股。为了避免这种情况的出现，我特别警惕，每次用牙紧咬下唇，争取不笑，以至于后来训练结束，我几乎把自己的下嘴唇咬烂了。还有一件事非常深刻，就是第二年的冬天，有一次轮到我俩站岗。当天晚上北风很大，大得让人一出门就好像要被风吹走了。而我们去站岗的地方，是个枪库，下面是一个猪场，整天臭烘烘的。我们爬上二层的岗楼，岗楼没有门，风一吹，冷得出奇。没想到郑同学准备工作做得很足，他先是从包里掏出一个床单，挂在岗楼门口把风挡住，接着又从大衣口袋里掏出两袋花生米，还有一瓶二锅头,对我说:"夜长天冷,咱们就边吃边巡逻吧。"我说:"站岗还能喝酒?"他说:"喝一点也无妨,你看这风吹的,人给冻的!再说,谁会半夜跑到这里来查岗呢?"我胆子小,不敢喝,加之平时也不喜欢喝酒。于是,他边喝边吃,我只是陪着他吃点花生米。犹是如此,两个人还是冻得瑟瑟发抖。本来,我们看守的这个地方离办公区教学区都比较远,平时也没什么人来,所以我们班便约定俗成,简化了站岗程序,由每两个人两小时轮换一次,改为每两个人值一晚上,下次轮到谁,谁再补上。这个地方没有暖气,冬天的夜半寒气袭来,身上穿着大衣都不足以御寒。由于白天训练与学习很累,我们站进岗楼眼睛便开始打瞌睡。但我们也不敢睡着,毕竟是枪库重地——虽然我们也不知道哪间房子是枪库,因为下面有一排平房,还有职工养着猪。没想到凌晨两点多,一个参谋却骑着自行车来查岗了。他爬上二层时,我们的花生米还放在岗楼的台子上,郑同学喝了几口御寒的酒,让岗楼里飘着一股酒味。这个参谋姓李,他看到了,却装作没事地问:"你们站岗一定冷得很吧?还喝酒。"郑同学也没当回事地说:"的确很冷,不喝点酒没法御寒。"李参谋又问:"你们俩都喝了?"郑同学说:"我感冒了才喝点,他没有喝。"李参谋凑上来闻了闻,没说啥。其实在他凑近我时,我闻到他身上也一股酒味。李参谋又问了问值勤情况,我说特别安全，我们一直盯着呢。李参谋说："没事就好。"说完便往下走。在他骑上自行车时，我还多心地问了他一句："首长，你不会记录郑同学喝酒的事吧？"他晃晃悠悠地说："不会不会。你们千万别睡觉啊。"我说好。当时我们以为他真不会说，还一直在岗楼里一边观察一边聊天，直到天亮。没想到第二天，系里领导找我们，说要我俩写检查，理由就是晚上站岗时居然喝酒！站岗喝酒，要是处理起来也是个严重的事件。这事在当时要说小也小，要说大也很大。我只能反复强调我没有喝，但大队长说站岗吃东西也不允许，也得写检查。我们都害怕这会影响到我们的学业，一直对领导解释。但系主任说："这事不处理，以后就没有规矩。"郑同学说："过去都这样啊。老兵们这样，我们才这样。"系主任说："抓到谁是谁，抓到谁处理谁。"我一听害怕了，连忙写检查，很快过了关。但郑同学害怕因此退学，先是不写，后来又四处找人打招呼，都不管用。他便勉强写了一篇，但稿子交上去，领导不满意，要重写。他写了几稿也不过关。后来，我们队长便让他找我帮他写。我便写了，开头的第一句就是：天有不测风云……他也没看，便上交了。队里一听是我帮他写的，也没认真看。等学员队开大会时，便让他念检查。开头这句"天有不测风云……"，把全体同学都逗笑了，我们队长先是笑了一下，接着脸都气红了，让他重写。

系里听说后，还非要处理他。也不知郑同学使了什么办法，后来这事也就过去了。我们之所以怕影响学业，是因为第一学期，我们的学员队里就有一个同学因四门课程考试成绩不合格被退学；还有一个，上课下课调皮捣蛋，既不好好学习，还影响别人，又不听骨干指挥，一个学期就被扣了四十个学分，也被勒令退学了。他家有关系，找了好多人，最后还是退了。说起来，这种筛选制，让大家都普遍感受到了学业的压力。所谓筛选制，就是一个学期如果因违反各种规定，总共被扣了四十个分值，就得强制退学。比如说，负责卫生的打扫不干净，会扣一分；顶撞骨干，扣两分；衣服不整洁或物品摆放不到位，扣零点五分……一个学期如果扣足四十分，就被退回原单位。这个制度，从某种程度上形成了强大的威慑力，谁也不敢随便造次，都感受到了紧张的压力。在强大的纪律面前，我们学员队的领导干部，始终意志坚韧，眼光敏锐，他们非常关注新生的事务和新的动向。以至于我们见了他们，总是有些躲躲藏藏的，冷不丁地走在路上，看见他们走过来，哪怕没有犯任何错误，我们也会马上绕过去走另一条道。总之在军校，每天从早到晚，安排得满满的。个人成为集体轨道中的一环，没有半点的安逸。为此，我特别盼望每天中午的到来。因为军校规定中午必须午睡。铁的纪律不允许你懒洋洋地中午走在路上，学校的路上基本见不到人。军校的就寝哪怕是午睡也都是统一进行的,谁也不能改变。这真是人生一个十分美好的时段,把百十斤的身子往床上一放,呼噜声马上就响起来了,像抽风机似的响个不停,很有些音乐的韵律,这是男子汉独有的声音。于是在那浸透着汗渍的凉席上一下子躺满了训练场上的英雄好汉。这时的太阳直射在窗棂,白花花地乱颤。男人们的鼾声如歌如诉,直把一个寝室的阳光弄得轻歌曼舞。不时有人翻身,有人流着口水,还有个别分子,甚至在梦中叫了某一个人的名字,引得大家在闲时没完没了地要他"交代情况"。其实有什么情况呢? 军校有规定,在恋爱方面,"谈了的不准吹,没谈的不准谈",否则退学处理。这一条土规定,把所有人拒绝在爱情之外。在军校的第二年,大家觉得生活总是缺点什么,刚好我有个同学在南方一所大学的英语班上学,在大家的鼓动下,由我出面,与她们班级开展共建,我们班十二个人,与她们班级一对一搞对口通信——这是当时通行的做法,弄得大家很是兴奋。然而毕竟这只是乌托邦式的联谊,大家热乎了近半年,个别战友还在放暑假的时候,偷偷跑去见笔友,但渐渐随着时光流逝,同学她们毕业得早,大家也就没有下文了。那时,还听说我们学校高年级的,敢越过营区跑到附近的纺院去跳舞,让人很羡慕。但我从来不敢翻墙,一直到毕业也不知道纺院到底在哪里。

与白天的喧嚣相比，我更喜欢夜里。因为到了夜里，喧闹了一天的校园突然变得寂静起来，好像一场战争一下子以一声哨响而结束，或者高音歌唱家在唱到某一个高音时突然提不上去，猛地静止在舞台上。随着一天忙乱的生活结束，从学校各个高大宽敞的楼房中，突然冒出了许多静谧的灯光，这时男子汉们改变了模样，由白天的勇猛成为风度翩翩的绅士。到教室里自习时，繁重的作业压得人喘不过气，我们只得在白纸黑字中徜徉，让自己的思想找到合拍点，许多伟大的幻想在这个时候最容易冒出苗头来，日后让人们吃惊的事业，没准就从这个夜晚开始。只要队领导不进教室，各种状态都有，认真学习的，不用扬鞭自奋蹄；不认真学习的，都在写家信；偶尔也有人偷偷地聊天。而领导一来检查，教室里一阵慌乱声过后，每个人都坐得笔直，仿佛在等待着首长的检阅。只有到了下自习的铃声一响，我们每个队每个班的男人们，都一拥而出，好像河水奔流而泄，一天的紧张全被冲走了。这是真正放松的时刻，从这时起，回到学员队的宿舍里，我们才可以在水房里痛痛快快地冲个凉水澡，可以边洗澡边唱上自己喜欢的一段流行歌曲。当冰凉的水滑过那些健康的躯体时，那真是一种痛快淋漓的感觉。这时整个走廊里才充满了欢声笑语，男子汉们孩子般的天性在此时暴露无遗。那时，我们都习惯了在冬天里洗冷水澡，只是毕业后随着生活安逸,这个好习惯没有保持。每天,在熄灯之前,我们高声地谈论着一天的感受,学习呀,训练呀,国家大事呀,国际新闻呀,以及同学们之间的笑话呀,说得眉飞色舞,听得津津有味。这个时候,队里的干部们一般都是大度的,他们满意地看着他们的部下一个个剽悍的、肌肉发达的身体,眼里露出的是父母和兄长般的爱怜。他们试图和学员交朋友,这可是一个大好时机,但是他们又不能嘻嘻哈哈,太失身份,否则到了明天,个别人会不太好管理……直到骨干们嘴里的哨子声急促地响起来,灯马上灭了,声音马上消失了。所有的人,都整齐地躺在床上,有的思乡,有的思考,有的思春……日子每天都是这样过着,每一天都似乎特别的漫长。但一天就这么过去了,一月就这么过去了,一年也这么过去了,待到两年、三年或四年这么过去,毕业的日子一天天地临近,男子汉们才感到了离别的忧伤。只有等到一切都过去了之后,才会感觉到光阴的确太短太短。

最后那年,我们面临实习。当时有两个去向,一个是到东北,一个是去西北的高原。有些人担心去高原适应不了,就选择去东北。我选择去了青海格尔木。主要原因是当兵时在新疆边陲,有过高原的经历;二是那时我接触到了著名作家王宗仁老师,开始在他主编的《后勤文艺》上发表文章,对他笔下的高原充满向往。结果，我们这一队实习的，还让我总负责。从北京坐火车到西宁，再到青海的格尔木，我在那里待了大半年。这里的团队，主要任务是保证西藏的物资供应，工作全靠几个汽车团与兵站保障。从格尔木到拉萨，一路上我们都走过了，印象最深的，是部队管理严格。当时我在汽车三团，团长姓姬，爱兵如子，却又严厉如父。我在十连代理排长，很羡慕基层的干部，特别能讲，每次集合，不拿稿子，一讲就是一个小时不打磕巴。所以暗下决心，一定要好好锻炼口才，到时去基层建功立业。我们连当时有一个排长，是从战士直接提干的，他也特别能讲，与战士们相处得好，让我很佩服。但他却羡慕我们是科班出身，没有经过军校的培训始终是他的遗憾。我们一起带着车队从格尔木出发，经过多个兵站，将物资送到拉萨。一路上，印象最深的是到了海拔5231米的唐古拉山口，很多同学有高原反应，头痛、走路发飘，而我没有半点感觉。中午遇上兵站吃饭，我拿着铁盘子，想等战士打完后再去打饭，可到了我，面条一点儿也没有了，只剩下半盆水。我不好意思讲，只好跑到车上去吃方便面。当晚到达五道梁时，遇上吃米饭，却黄斑斑的，既未煮熟，也不好看。原来与我们在新疆当兵出车去阿里高原时一样，让我受到了深刻的教育。到了安多，高原反应不强烈，我便第一次洗了个头，并在当天晚上与战士们一起站岗。打了一杯热水，放在玻璃杯内，结果第二天早上冻成了一个铁疙瘩。守在高原的夜空下，我时常想，以后自己到了边防，将会度过怎样漫长的一生，不禁浮想联翩，一直睡不着。后来去了拉萨，带队的连长指导员，破例让我们几个人换了便装，去参观布达拉宫。我们在慨叹藏传佛教文化的博大精深时，我还发现了一个奇怪现象，我们一起的一个战友，这不信那不信的，在里面乱讲乱议，结果在爬楼梯时跌了好几跤，后来他害怕得一言不发了。回到格尔木，他由于替团里办板报得到了表扬，为了感谢他，政治处一帮人拉他悄悄去喝酒，没想到一喝就多了，被送到中国人民解放军第二十二医院，差点没醒过来。我们带队的教导员为此事，严厉地批评了我，因为我是负责带队的。我也气得没法，但还是主动承担了责任。好在经过一场抢救，他醒过来了。才知道高原缺氧，与在平原喝酒不一样，以后谁也不敢再违规了。团里对此事的态度相当严厉，我们的车队在回格尔木营区时，由于超过了规定的时速，结果那个姬团长让我们把所有的车开到营区外，每辆车都熄火推回来，作为惩戒。我们这才知道，在高原的部队，管理上是动真格的。还有一天早上，姬团长到我们连来检查伙食情况，看到地上与泔水桶里扔有馒头，一下子惹得他暴跳如雷。他把负责伙食的司务长叫来，让所有人把自己桌边、桌下与桶里的馒头捡起来，让司务长带头吃。高原的馒头蒸不熟，是个正常现象，但也不能浪费粮食，这是要求。司务长没有蒸好，首当其责，我看到他边吃边吐，最后几乎哭了。接着，姬团长让我们每个人，都必须把桌子上剩的吃了，我也吃得想吐，但对此举却非常佩服，觉得这个团长治军真是有一套。有了这两件事，从此谁也不敢再违反规定了。我们还在高原种下了白杨树。许多年后，我给领导当秘书，陪他上高原宣布主官的命令，本想去看看自己种下的树成活、长大没有。结果，看到成片成片的白杨树，也不知道哪些是自己种的。岁月在人眼里，一转眼就是很长，记忆也靠不住了。

半年后，我们回到学校，准备论文，做好毕业准备。那时，大家天天在讨论毕业分到哪里。我们是从边疆来的，属于定向生，按哪里来哪里去的原则，我也没有什么其他想法。但队里领导要我带头写到边疆去的申请，我说："我反正是要回边防的，还用写吗？"他说："主要是个示范作用。"我便写了。这一写，给队长与教导员一宣传，大家便都开始写了。除极少数外，大家都表示听从指挥，服从安排，都愿意到边防去建功立业，也不排除有些人早就找好关系了。那个年代，这也正常。我在学员队一直当团总支副书记，也当过班长，还是学员队的宣传委员，有一定的优势。但我也明白，我们从开头考学便注定了要回新疆去，所以心里很淡定。在军校学习的几年，如果说稍有点成就，就是从那时开始我又抽出空余时间写作，并且有作品发表，在系里与学院里小有名气。说起来，在发表作品背后，还有点小故事。与我一起从新疆一个团考来的战友李，家里条件不错。他时常在周六日请我打个牙祭。学校的伙食的确不尽如人意，油水严重不足。条件好的人，便请假到学院门口买点东西补一补。天津最有名的，就是狗不理包子。战友李虽然在别的学员队就读，与我不同专业，但经常邀我出去吃一点补一下。一次两次可以，次数多了，我便不好意思老去蹭吃蹭喝了。因为我身上基本没有什么钱，可怜的一点津贴，除了买日常用品，还要存下来，作放假回家时来去的路费。加之我家里那时出了点事，我压力很大，偶尔还会把存下来的一点钱，哪怕只有十块二十块，也要攒起来寄回去补贴家用。长期吃别人的，让我心里有愧。于是，战友李说："你不是写作吗？可以投稿啊。如果发表了，有稿费你就请我。如果没有稿费，我请你必须来。"于是我只好硬着头皮和他一起去吃小笼包。有的同学一边吃一边批评店里老板，四处都是苍蝇。战友李说："有多少钱，就到什么样的地方吃饭，如果没有钱到大饭店，不能强求小店一样的干净。"他一说，一桌子人都不说话了。后来，大约是在军校的第二年，我在《天津青年报》上发表了我的第一篇作品，是篇两千字左右的散文。编辑叫高浣心老师，我一直没有见过她，此后二十年过去，我才与她联系上。但当时是她认可了我的处女作，一下子激起了我的写作信心。我便写得更勤了，发表的作品也越来越多。正是由于我发表了作品，慢慢变得小有名气，被学校知道了。在快毕业时，因为平时表现优秀，加之经常被机关借去写材料，所以时任政治部主任点名将我留校。这是许多年后，我才知道的。当时他说："把这个孩子留下来，以后可能会为我们学校争光。"可我当时并不知道，在去青藏线实习回来后，一直到宣布决定那天，我还蒙在鼓里。甚至在宣布决定的前一天夜里，学员队给每个人发了个麻袋，让把东西收拾好。我想，我是从边疆考来的，又是定向生，按照哪里来哪里去的原则，我只有回去，所以当晚在麻袋上写了"天津—乌鲁木齐"几个字。没想到第二天站在整整齐齐的队伍里，我听到自己被留校的消息，还以为听错了。我突然就流泪了。同学们中也有个别不相信的，还谣传我是秦基伟上将家的关系，是他打了招呼。其实我从来没见过他。许多年后，我对秦司令的儿子秦天中将讲起这个笑话时，他还呵呵呵地笑了。那时的我们，是多么纯洁无瑕。这让我对组织，对伟大的军队和对伟大的党，充满了深深的感激。

那个夏季，也因此在我的生命中成为一个非常特别的季节。

当年我们班考进来时，一共招录了一百零八个同学，而到毕业时仅有九十九个人，淘汰了九个。我想，自己是多么幸运的一个啊，不仅没有被淘汰，毕业了还能顺利留校！我在感激组织的同时，也为那些天不断地别离感到忧伤。因为留校后，我主要负责送站，每送走一个，大家都泪水翻飞，像是生离死别。共同在一起的一千多个日夜，大家度过了艰难的军校生活，无论有过怎样的竞争与不快，此时唯有友谊长存。我们在校门口深情地拥抱，在上车时深情地凝望，在告别时抹着眼泪，互相敬礼，谁也不知道，从此一别，以后相会是何年。回到宿舍，人越来越少，到送完最后一批，不知是谁，把一张播放着"祝你生日快乐"的音乐贺卡挂在班级晾衣的铁丝上。那本来清脆悦耳的声音，从幽深而漆黑的楼道里传出来时，我想到往日楼道里每天不断的欢声笑语与嘈杂之声，现在倏而不见，我突然脆弱得想哭……

我走到走廊的尽头，站在三楼的宿舍阳台上，向挥洒了三年汗水的训练场与曾经灯火辉煌的教学楼望去，只见操场在一片灯火中静默无声，而教学楼仍然灯火通明，低年级的学弟们仍在此耕耘理想。我的脑海里电影般地晃过一个个兄弟的笑脸与声音，突然有些手足无措。而楼下的槐花在七月芳香四溢，天空中一轮清月独挂。楼下的树林里，有低年级的学员们在那里巡逻和放哨,他们的身影在树下徘徊。我想起了三年前我们每个人从祖国的四面八方考来的时候,曾和他们现在一样,一个个生龙活虎,是多么雄心壮志、满腔热忱而又意气风发啊!随着漫长而又短暂的三年过去,我们已成长为另外一种样子了,是真正的共和国军官,担负着保家卫国的重大任务。军校几年,我们在得到知识、友谊、忠诚、坚韧、意志和力量的同时,也失去了很多——有些东西,只有在失去之后自己才知道。但无论怎样,校园还是那片校园,操场还是那块操场,只是我们已不再是当初的我们了。岁月在每个人的心头上划下许多痕迹,有深有浅,有轻有重,有主有次,但唯独没有从前。而眼前的训练场,像是一位永远不死的老兵——只要有战争的阴影,就会有它存在的价值。而过去,我们也曾诅咒日子过得太慢,早点想到部队去建功立业。现在想来,那些逝去的日子,是多么新鲜、生动、可爱和令人怀念!它接纳了我们的青春和悸动,从来不露声色,毫不张扬也不夸张。于是我只能说,无论军校的哪一块地方,无论我们曾在此经历了怎样的千辛万苦,对于善良的人们来说,她就是我们的一块福地。有了她,才有了那些从四面八方前来的小伙子;而有了这些以后会撒落在天涯海角的小伙子,我们伟大的祖国与善良人们的安全才有了可靠的保证。虽然学校没有招收过女学员,少了一道迷人的风景线,少了许多忧伤的故事流传,但这些最终没有被淘汰出局的男人,经过军校的熏陶与洗礼,一个个最终成为顶天立地的男子汉!他们的足迹,要踏遍天涯海角的山山水水;他们的心,永远与善良的人们一起跳动……

许多年后,我重回校园,坐在训练场上,看着新学员进进出出,我忽然非常羡慕。如果青春再来一次,我一定会更加努力去过另外一种更丰富更充裕的生活。但一切的也许与假设,都是不可能的。因为青春的小鸟,一去就不会再回来了……